Eva Meijer

Das Vogelhaus

Aus dem Niederländischen
von Hanni Ehlers

btb

Die Originalausgabe erschien 2016 unter dem Titel »Het vogelhuis«
bei Uitgeverij Cossee BV, Amsterdam.

Die Veröffentlichung wurde durch den Niederländischen Literaturfonds gefördert.

Nederlands letterenfonds
dutch foundation for literature

Dieses Buch ist auch als E-Book erhältlich.

MIX
Papier aus verantwortungsvollen Quellen
FSC® C014496
FSC www.fsc.org

Verlagsgruppe Random House FSC® N001967

1. Auflage
Genehmigte Taschenbuchausgabe April 2020
btb Verlag in der Verlagsgruppe Random House GmbH,
Neumarkter Straße 28, 81673 München

Umschlaggestaltung: semper smile, München,
nach einem Entwurf von © studiohelen.co.uk
Druck und Bindung: GGP Media GmbH, Pößneck
CP · Herstellung: sc
Printed in Germany
ISBN 978-3-442-71626-5

www.btb-verlag.de
www.facebook.com/btbverlag

Prolog

• 1965 •

Jakob kommt eilig hereingeflogen, ruft mich und fliegt gleich wieder nach draußen. So ein hektisches Gehabe sieht ihm gar nicht ähnlich, und es ist auch nicht seine Art, sich so weit vom Nest zu entfernen, wo die Jungen schon aus dem Ei geschlüpft sind. Normalerweise kommt er vormittags ein paarmal zum Futtertisch und bleibt dann in der Nähe des Nistkastens an der Birke – er ist ein besonnener Vogel, groß für eine Kohlmeise, ein guter Vater.

Ich folge ihm und höre, noch ehe ich am Gartenzaun bin, die Maschinen. In meinen Holzschuhen, Ungetümen, die ich in der Eile fast verliere, renne ich los – es wird doch wohl nicht, nicht diese Hecke, nicht jetzt im Frühjahr! Ein gedrungener Mann ist mit einer Motorsäge zugange, sie ist so laut, dass er mich nicht hört. Ich zwänge mich zwischen Maschine und Hecke. Der Lärm übertönt alles, wogt über mich hinweg, dringt durch mich hindurch.

Der Mann erschrickt, als er mich plötzlich vor sich sieht, macht das Ding aus, hebt seinen Gehörschutz an. »Was ist?«

»Sie können diese Hecke jetzt nicht beschneiden. Sie ist voller Nester. Die meisten Jungen sind schon aus dem Ei geschlüpft.« Meine Stimme ist höher als sonst, mir ist, als drücke mir jemand die Kehle ab.

»Da müssen Sie sich an die Gemeinde wenden.« Er macht seine Maschine wieder an.

Nein. Zweige bohren sich in meinen Rücken. Ich bewege mich mit dem Mann mit nach links, nach rechts.

»Weg da.«

»Wenn Sie die Hecke beschneiden wollen, müssen Sie erst mich aus dem Weg räumen.«

Er seufzt. »Dann fange ich eben auf der anderen Seite an.« Er hält seine Säge im Anschlag, aber eher als Puffer denn als Waffe.

Dort sind die Singdrosseln mit ihrer hübsch gesprenkelten Brust. Ich schüttele den Kopf. »Auf keinen Fall.«

»Ich mache nur meine Arbeit.«

»Wie ist die Telefonnummer von Ihrem Chef?«

Er nennt einen Namen und die Nummer der Rathauszentrale. Ich warte, bis er den Weg hinunter verschwunden ist. Er geht jetzt bestimmt zu einer anderen Hecke.

Rundherum fiept es – die Altvögel sind nirgends zu sehen, der Nachwuchs gibt Laut. Die Eltern werden wiederkommen, sind hoffentlich nicht zu sehr erschreckt worden. Ich haste zum Haus zurück, Schweiß rinnt mir den Rücken herab, ich nehme mir nicht die Zeit, meine Strickjacke auszuziehen.

»Könnte ich Mr Everitt sprechen? Es ist dringend.«

Während ich warte, setzt sich Terra zu mir. Sie spürt es immer, wenn etwas nicht stimmt. Vögel sind viel empfindsamer als unsereins. Ich schnaufe noch ein bisschen.

»Mr Everitt, schön, dass ich Sie am Apparat habe. Len Howard hier, aus Ditchling. Ich musste heute Morgen zu meinem Schrecken feststellen, dass einer von Ihren Männern dabei war, die Hecke an meinem Grundstück zu beschneiden. Jetzt, in der Brutzeit! Ich studiere hier die Vögel. Meine Forschungen werden gestört.«

Mr Everitt erklärt mir, ich müsse einen schriftlichen Antrag auf Unterbrechung des Heckenschnitts einreichen, damit der Gemeinderat darüber beschließen könne. Er selbst könne das nicht entscheiden. Ich danke ihm freundlich und bitte um die Zusage, dass man die Arbeit bis dahin ruhen lassen werde.

»Ich tue, was ich kann«, sagt er. »In der Regel hört man auf mich.« Er hustet wie ein Raucher.

Ich weiß zwar, dass mir die Kohlmeisen sofort Bescheid geben werden, falls man der Hecke wieder zu Leibe rücken sollte, aber ich bleibe dennoch den ganzen Tag unruhig. Mal hört sich der Wind wie eine Motorsäge an, mal ein entfernter Wagen. Jakob bleibt genauso unruhig. So kenne ich ihn gar nicht. Es könnte auch an seinem Alter liegen – er ist schon mindestens sechs.

Ich setze einen Brief auf. Sie müssen auf mich hören.

*

Am nächsten Morgen gehe ich beizeiten ins Dorf. Es ist der erste richtig warme Tag des Jahres, die Luft lastet auf mir, drückt mich auf den Weg nieder, als sei mein Körper zu schwer und werde immer schwerer. Früher brauchte ich zehn Minuten, wenn ich zügig ausschritt, jetzt bin ich fast zwanzig Minuten unterwegs. Beim Lebensmittelladen klopfe ich an die Scheibe. Es ist noch nicht neun Uhr. »Theo?« Ich klopfe noch einmal, sehe seinen strubbligen weißen Schopf hinter dem Ladentisch. Er richtet sich auf und hebt die Hand, zum Gruß oder um mir zu signalisieren, dass ich mich noch einen Moment gedulden soll.

Gepolter, das Geräusch von Metall auf Metall.

»Gwendolen. Was führt dich so früh hierher?« Sein Gesicht ist noch vom Schlaf gezeichnet, von spinnwebfeinen Linien durchzogen.

Ich erzähle, dass man die Hecke an meinem Grundstück beschneiden will, und gebe ihm meinen Brief zu lesen. »Würdest du auch unterschreiben?«

Er setzt seine Brille auf, liest andächtig, sucht dann in drei Schubladen nach einem Stift. »Gestern hat Linda mich im Laden vertreten. Jetzt liegt alles irgendwo anders. Ich konnte auch schon den Schlüssel für die Ladentür nicht finden. Sie hatte Esther dabei.«

»Wie macht sich Esther?«

»Sie kommt nächstes Jahr in die Schule.« Er schaut mich über seine Brille hinweg an, sichtlich stolz.

»Ist sie denn schon sechs?« Ich sehe ihre Mutter Linda,

Theos erste Tochter, selbst noch als kleines Mädchen vor mir. Sehr eigenwillig, Augen wie Tore zu einer anderen Welt. Die Augen hat sie immer noch, nun mit dickem schwarzem Kajal umrandet.

»Nächsten Monat. Du kannst den Brief auch hierlassen. Dann lege ich ihn allen, die vorbeikommen, zur Unterschrift vor.«

»Gute Idee.« Wir verabreden, dass ich später noch einmal hereinschaue. Ich danke ihm, nehme meine Einkaufstasche und mache die Runde durchs Dorf. Der Bäcker gibt mir ein Brot vom Vortag mit. Der Fleischer hat Speckschwarten für mich aufbewahrt. Vom Gemüsehändler bekomme ich eine Tüte alte Äpfel. Ich wollte eigentlich auch noch zur Baumschule in Brighton, aber bei der Hitze beschließe ich, mir die steilen Straßen lieber zu ersparen. Jakob begrüßt mich schon auf der Zufahrt zum Haus, und ich sehe das Rotkehlchenpaar, das voriges Jahr in meinem Garten genistet hat. Vielleicht ist es in diesem Jahr bei der Nachbarin, was nicht sehr klug wäre, denn deren Katze ist die größte und schrecklichste Vogelfängerin, die ich kenne. Noch schlimmer als die kleine schwarze, die sie davor hatte. Zudem ist die Nachbarin selbst neugierig und schaut in alle Nistkästen hinein, wodurch die Katzen genau wissen, wo sich die Nester befinden. Ich habe ihr schon dreimal gesagt, dass sie für die Tragödien verantwortlich ist, die darauf folgen.

Im Vorgarten sonnen sich Kohlmeisen, die Flügel aufgefächert. Jakob und Monokel II sitzen, von der Wärme eingelullt, brüderlich nebeneinander, als zankten sie sonst nicht den ganzen Tag herum. Terra hat es sich mitten auf dem Weg gemütlich gemacht, genau dort, wo ich immer entlanglaufe. Der älteste Sohn von Jakob sitzt auf einem niedrigen, breiten Zweig. Er ist ein wenig langsamer als die anderen und bedient sich gern an meinem Futtertisch. Drinnen lasse ich mich in den grünen Rollsessel fallen. Ich muss ja später den ganzen Weg noch einmal machen. Drops landet auf meinem Haar, fliegt aber, von Putzi verfolgt, gleich wieder auf. Es ist ein Spiel, das sich die Jungvögel jedes Jahr aufs Neue ausdenken. Sie fliegen drei Runden vom Schrank zu meinem Kopf, zum Tisch, zum Schrank, und dann zum Fenster hinaus – quirlig und ganz und gar im Hier und Jetzt.

*

Jakob alarmiert mich vom oberen Ende des Gartenwegs aus. Schon bevor ich es höre, weiß ich, dass sie wieder angefangen haben. Seit ich den Brief von der Gemeinde erhielt – leider, unmöglich, individuelle Interessen, Planung – und schriftlich Einspruch erhob, habe ich das Grundstück fast zwei Wochen lang nicht verlassen. Gestern dann wurde mir mitgeteilt, dass der Bürgermeister meine Einwände nun doch berücksichtigen wolle, und ich dachte, die Gefahr sei vorüber. Ich laufe, so schnell ich kann, lahmend wie ein alter Gaul, sie sind jetzt zu dritt. Jakob fliegt wie ein Irrer hin und her, ebenso die anderen Kohlmeisen, die Rotkehlchen und das Sperlingspaar.

»Da sind Nester«, rufe ich, und das Herz schlägt mir bis zum Hals. Es ist schon geschehen, bis auf die Amseln, die vielleicht gerade flügge waren, die Rotkehlchen waren mit Sicherheit noch zu klein.

Ein junger Mann mit halblangen roten Haaren und rundem, von Sommersprossen übersätem Gesicht nimmt seinen Gehörschutz ab. »Was sagen Sie?«

»Sie haben alle Vogelküken getötet.« Ich speie die Worte aus, dass die Spucke sprüht.

Er schaut zur Hecke, die Augen Schlitze gegen die Sonne, stockt kurz, ist sich unschlüssig. »Tut mir leid.«

»Da, sehen Sie.« Jakob ruft und jammert, die Sperlinge tschilpen, rufen die anderen. Die Amseln geben weinerliche Laute von sich, die ich nicht von ihnen kenne.

Der junge Mann blickt zu den Drosseln und den Rotkehlchen und den Meisen, die über die Hecke hin und her fliegen, zum Feld und wieder zurück, über die Köpfe seiner Kollegen hinweg zu mir. Seine blauen Augen bewölken sich. Er unterbricht die beiden anderen Männer, zeigt auf die Sperlinge schräg vor ihm. Sie halten inne – ich höre die Vögel umso lauter. Sie rufen und rufen, wie bei einem Überfall von Elstern, aber ohne Ende.

Ich bleibe draußen, bis die Männer nicht mehr zu sehen sind. Alle Vögel haben die Hecke verlassen, nur Jakob bleibt zurück. Ich rufe, locke ihn mit einer Nuss. Er kommt nicht zu mir.

Ich gehe die Hecke ab, suche nach Nestern, nach verbliebenen Nestlingen, aber ich sehe keinen mehr, nur

Federchen zwischen den abgesägten Zweigen und Blättern. An der Ecke finde ich ein aus dem Nest gefallenes Küken, einen Spatz, frisch befiedert – ich hebe das kleine braune Etwas vorsichtig hoch, weiß schon, dass es nicht gut aussieht. Das Tierchen zittert, wird dann ganz still, viel stiller als von Leben erfüllte Stille. Mit der anderen Hand scharre ich eine kleine Kuhle unter der Hecke, lege den Kleinen sanft hinein und schließe die Erde über ihm.

Die Stille wickelt sich um mich herum und begleitet mich nach Hause, wo die Kohlmeisen nervöser als sonst umherfliegen. Ich fülle den Futtertisch für sie, früher als üblich, vielleicht lenkt sie das ab – Nüsse, Brot, ein paar Stückchen Birne, nichts Fettes in der Brutzeit.

Das Grün des späten Frühjahrs ist immer noch überwältigend – eine funkelnde Pracht. Ich setze mich vor dem Haus auf einen der alten Gartenstühle, meine Hüftgelenke scheinen sich vom Körper lösen zu wollen. Ich verfluche diesen alten Leib.

Terra landet auf meiner Schulter. Ihre Krallen bohren sich in den Stoff meiner Bluse. Sie ist anhänglich, schläft aber nie drinnen. Sie hat ihr Nest in dem hohen Apfelbaum gebaut, Gott sei Dank nicht in der Hecke. Die Schnittarbeiten haben sie unbeeindruckt gelassen – sie hat schon genug erlebt, um zu wissen, dass es nicht lohnt, sich aufzuregen. Mit dem Schnabel tippt sie mir auf die Schulter, ganz leicht, als wollte sie mich an etwas erinnern.

Sternchen 1

Der Behaviorismus, welcher der Verhaltensforschung heute als wichtigste Philosophie zugrunde gelegt wird, geht davon aus, dass wissenschaftlich korrekte Daten nur in einer Situation gewonnen werden können, die frei von anderen Reizen ist und wo Reaktionen in reproduzierbaren Experimenten gemessen werden können. Der Kopf von Lebewesen, unter anderem vom Menschen, wird als Black Box betrachtet, das heißt, zu dem, was sich darin abspielt, hätten wir keinen Zugang. Verhaltensbeschreibungen haben bei dieser Auffassung von wissenschaftlichen Untersuchungen wenig Relevanz, weil sie nicht objektiv messbar seien. Darwins Arbeiten zur Kognition bei Tieren werden zum Beispiel als unwissenschaftlich eingestuft, da sie zum größten Teil auf Anekdoten basieren. Der Behaviorismus berücksichtigt freilich kaum, dass sich viele Tiere in Gefangenschaft anders verhalten als in Freiheit. Die meisten Vögel sind von Natur aus scheu, ja haben oft sogar Angst vor Menschen, und wenn sie in Laboren gehalten werden, dürfte das ihr Verhalten und somit die Untersuchungsergebnisse beeinflussen. Darüber hinaus dürften Untersuchungen von messbaren Reak-

tionen, die davon ausgehen, dass die Gedanken und Gefühle von Tieren nicht erforschbar seien, Resultate liefern, die genau diese These bestätigen. Betrachtet man jemanden als Maschine, wird sich das in den Untersuchungsfragen widerspiegeln und damit den Rahmen abstecken, in dem das Untersuchungsobjekt – ich schreibe hier bewusst Objekt – antworten kann. Diese sogenannte objektive Methode des Studiums von Tieren ist also genauso voreingenommen wie andere Methoden.

Es ist nun schon mehr als zehn Jahre her, dass ich in das Cottage im Westen von Sussex zog, das ich das Vogelhaus getauft habe. Es liegt am Rande eines Wäldchens und nahe eines Naturschutzgebiets, in dem unzählige Vögel und andere Tiere leben – Ringeltauben und Kuckucke, Füchse und Dachse, Feldmäuse und Maulwürfe, Bussarde und Waldkäuze, Zilpzalpe und Tafelenten. In den Bäumen und Sträuchern rund um das Haus wohnten bereits zahlreiche Kleinvögel wie Amseln, Kohlmeisen, Rotkehlchen und Sperlinge. Ich stellte auf dem kleinen Platz an der Vorderseite des Hauses einen Futtertisch für sie auf, den ich um sieben Uhr morgens und um fünf Uhr nachmittags mit allerlei Leckerbissen füllte. Ich installierte eine Vogeltränke und hängte einige Nistkästen auf, am Haus, an der alten Eiche und am Apfelbaum. Es dauerte nicht lange, bis die ersten neugierigen Meisen vorbeischauten. Sie wurden sogleich von Sperlingen verjagt, die jedes Gebiet dominieren, wenn man sie lässt. Die Sperlinge hatten aber größere Angst vor mir als die Meisen, und da ich oft auf der Bank im Garten saß, um die Vögel zu beobachten, bekamen alle die Chance, von dem Futter zu fressen und die Veränderungen im Haus zu inspizieren.

Ich zog im Februar 1938 ein. Da waren die meisten Vögel schon dabei, sich einen Nistplatz beziehungsweise den geeigneten Partner zu suchen. Sie waren also eher miteinander beschäftigt, als dass sie mir Aufmerksamkeit geschenkt hätten. Das änderte sich im Laufe des März. Eine der Kohlmeisen, Billy, ein älteres Männchen mit selbstbewusster Haltung und lauter Stimme, war frecher als die übrigen. Er flog jeden Morgen als Erster zum Futtertisch und kam jeden Mittag zur Vogeltränke, um ausgiebig zu baden. An einem warmen Apriltag flog er durch das geöffnete Fenster ins Haus, drehte eine Runde im Wohnzimmer und flog rasch wieder zum Fenster hinaus. Am nächsten Tag wiederholte sich das. Kohlmeisen lernen unter anderem dadurch, dass sie sich etwas voneinander abschauen, und so kam nicht lange danach Billys Gefährtin Grünchen – den Namen gab ich ihr, weil ihr Gefieder einen ungewöhnlich schönen Grünschimmer hatte – mit ihm zusammen herein. Von da an ließ ich immer das Oberlicht offen, damit sie nach Belieben ein und aus fliegen konnten. Das war der Beginn einer besonderen Wohnsituation, die bis zum heutigen Tag andauert und mich vieles gelehrt hat.

• 1900 •

»Schau mal, Lennie.« Papa hält etwas in den Händen. Ich renne zu ihm hin.

»Eine kleine Meise?«

»Eine Blaumeise. Aus dem Nest gefallen, ich hab sie unter einer der Buchen bei der Mädchenschule gefunden. Oder eigentlich hat Peter sie gefunden.« Peter wedelt mit dem Schwanz, als er seinen Namen hört. »Nimm du sie mal eben, dann hole ich einen Karton.«

Die Federchen – so etwas Weiches habe ich noch nie gefühlt. Ich wölbe die Hände zu einer Schüssel, einem Nest, und hebe sie an meine Lippen, gebe dem kleinen Vogel einen vorsichtigen Kuss. Wie weich! Und wie blau das Köpfchen! Das Kleine bewegt sich, schüttelt sich kurz, ich erschrecke, halte die Hände aber fest zusammen.

»Setz es mal hier rein. Ganz vorsichtig.« Papa hat einen Karton aus seinem Arbeitszimmer geholt, auf dem Boden liegt ein alter Schal.

Ich lasse die Hände als Schüssel in den Karton hinab, bis ich den Boden fühle, und öffne sie dann, ganz langsam.

»Gut so. Und jetzt holen wir was zu essen.« Mein Vater nimmt mich an der Hand. Olive und Kings und Duds sind in der Schule, mich lässt Mama noch nicht, und nun habe ich Glück. Nun habe ich endlich mal Glück. »Flor?« Papa steckt den Kopf in Mamas Zimmer. »Ich gehe mit Lennie kurz Tatar für die kleine Meise holen.«

»Nenn das Kind doch bitte Gwendolen. Musst du nicht arbeiten?« Die Stimme meiner Mutter klingt heller als in den letzten Tagen. Vielleicht hat sie keine Kopfschmerzen mehr.

Papa winkt ab.

»Gwendolen, komm mal her.« Widerwillig betrete ich das dunkle Zimmer. Es riecht nach Schlaf und irgendetwas anderem, etwas Altem. Meine Mutter zupft mein Kleid zurecht und drückt mich dann an sich. Sie ist es, die so riecht. Als sie mich loslässt, laufe ich schnell zu meinem Vater, der draußen auf mich wartet.

Ich hüpfe die breite Straße entlang, so langsam, dass ich genau neben ihm bleibe. »Wo gehen wir hin?«

»Zuerst zum Fleischer und dann zu Mr Volt.«

Ich hüpfe immer höher, das kann ich wirklich gut. Meine Füße kommen im selben Takt auf wie die von Papa. Pa-dam, pa-dam, die Hufe von einem halben Pferd.

Beim Fleischer muss Peter draußen warten. Er setzt sich, er kennt das schon. Ich kraule kurz sein weißes Beffchen und laufe dann schnell hinter Papa her nach drinnen.

»Ein wenig Tatar, bitte. Es ist für eine Meise, es braucht

also nicht viel zu sein.« Der dicke James arbeitet nicht immer in der Fleischerei, nur wenn Mr Johnson selbst nicht da ist. Er ist ziemlich langsam und gibt uns auch keine Scheibe Wurst.

»Vielen Dank. Bekomme ich auch noch eine Scheibe Wurst?«

Der dicke James zuckt die Achseln und wendet sich ab, um die Wurst zu schneiden. Mein Vater zwinkert mir zu. Draußen teilt er die Scheibe Wurst in zwei Hälften, eine für Peter, die andere für mich.

Bei Mr Volt gibt es alles Mögliche zu kaufen. Sein eines Auge hängt etwas weiter herunter als das andere und steht auch ein bisschen vor. Duds sagt, er habe mal eine so heftige Ohrfeige bekommen, dass es ihm aus dem Kopf geschossen sei und nicht mehr zurückwollte, und Olive sagt, er sei auf dem Auge blind, aber er schaut mich immer an, als könne er mich sehr wohl mit beiden Augen sehen, als könne er sogar mehr sehen, Sachen, die andere Leute nicht sehen.

»Guten Tag, Mr Howard, guten Tag, junge Dame. Womit kann ich dienen?«

»Etwas Vogelfutter bitte, für eine kleine Blaumeise.«

»Universalfutter. Wie viel?« Er nimmt eine Blechdose vom obersten Regalbrett und greift zu einer Papiertüte.

»Bis die Kleine wieder fliegen kann.«

Der ganze Laden ist voller Blechdosen, und in der Ecke steht ein Skelett. Ich gehe hin, befühle die Knochen und zucke zurück, als es sich bewegt.

»Ja, ja, pass nur auf«, sagt Mr Volt. »Manchmal fährt plötzlich der Geist in ihn hinein.«

»Was bin ich Ihnen schuldig?«, fragt mein Vater.

»Ach, eine so kleine Portion lässt sich gar nicht berechnen. Und du, junge Dame?«

Ich komme zum Ladentisch.

»Eine Spinne oder einen Käfer?«

»Käfer.«

Aus einem der großen Gläser unter dem Ladentisch nimmt er etwas zu naschen für mich heraus, es ist grün und rot und hat die Gestalt eines Käfers.

»Danke schön.« Ich mache eine kleine Verbeugung, wie ich es mit Olive geübt habe.

»Artig, junge Dame.«

Peter läuft auf dem Nachhauseweg vor uns her. Die Näscherei ist weich und sehr süß. Ich nehme sie aus dem Mund, um zu sehen, ob sie ihre Gestalt bewahrt hat. Der Käfer ist zu einem Klecks geworden. Klecksy der Kleckskäfer.

Tessa öffnet die Tür genau in dem Moment, als wir davorstehen. Ich renne an ihr vorbei durch den großen Flur ins Wohnzimmer, wo der Karton mit der Blaumeise auf dem Tisch steht.

»Sie lebt noch.«

»Schön. Dann wollen wir uns jetzt mal um sie kümmern. Wie spät ist es?«

Ich laufe zur Uhr auf der Fensterbank. »Drei Uhr.«

»Genau drei Uhr?«

»Ziemlich genau. Eine, nein, zwei Minuten nach drei.«

»Ja, das ist ziemlich genau. Hör gut zu: Wir müssen das Vögelchen einmal die Stunde füttern.« Er formt etwas Tatar zu einem Kügelchen und schiebt es der Meise mit dem kleinen Finger tief in den Schnabel. Das Vögelchen schluckt. Ich jauchze leise.

»Nachher vermische ich das Tatar mit dem Vogelfutter und etwas Wasser zu einem feinen Brei. Und dann wird immer schön gefüttert. Wenn die Kleine morgen noch lebt, darfst du es auch versuchen.« Er gibt der Blaumeise noch ein Kügelchen und noch eines, bis sie nicht mehr mag. Mein Vater hat schlanke und geschickte Hände. Ich schaue ihm ganz genau zu, damit ich es morgen auch kann.

»Frag Cookie mal, ob sie ein Stövchen für uns hat, mir scheint, der Kleinen hier ist ein bisschen kalt.«

»Darf ich sie auch mal in die Hand nehmen?«

Mein Vater schüttelt den Kopf. Ich renne in die Küche.

»Cookie, Cookie, wir haben eine kleine Meise. Hast du vielleicht ein Stövchen für uns? Ihr ist kalt.« Ich springe vom linken auf den rechten Fuß und vom rechten auf den linken.

»Sachte, sachte, Kind.« Cookie erhebt sich ächzend. »Nicht so laut, deiner Mutter ist nicht wohl. Komm.« Ich folge ihr die schmale, steile Treppe in den Keller hinunter, schrittweise, die Hand an der kühlen Wand.

»Wenn sie morgen noch lebt, darf ich sie füttern.«

Cookie macht hm, hm und zieht ein Stövchen aus dem offenen Schrank an der hinteren Wand. Ich nehme es ihr ab. »Und vorsichtig gehen, ja«, ruft sie mir nach. Ich bin schon fast wieder oben.

Sternchen 2

Im Garten des Vogelhauses und ringsherum wohnten unzählige Meisen, Amseln, Sperlinge und Rotkehlchen. Es gab auch ständige Besucher wie Dohlen, Krähen, Eichelhäher, Stare, Finken und Spechte. Manche Vögel, wie etwa die Schwalben, kehrten jedes Jahr wieder, andere schauten nur dann und wann einmal vorbei. Es gab Brutvögel, die ihr ganzes Leben lang blieben, andere kamen für eine Saison oder für ein paar Jahre. Vögel fast aller Arten haben sich auch einmal im Haus umgesehen, wenn ich die Krähenvögel auch nach Möglichkeit draußen gehalten habe. Sie stören die kleineren Vögel und plündern deren Nester. Zu Kohlmeisen habe ich die engste Beziehung aufgebaut. Kohlmeisen sind wohl die klügsten aller Vögel hier und zudem sehr neugierig, also ideale Forschungspartner.

Billy und Grünchen fremdelten bei ihren ersten Besuchen noch ein wenig, doch schon bald blieben sie immer länger im Haus, zumal als der Herbst in einen Winter mit wochenlangem Schnee überging. Andere Kohlmeisen machten es ihnen nach, und in jenem Dezember suchten sich bereits die ersten Schlafplätze im Haus. Ihre Wahl war nicht immer glücklich – sie bauten Nester zwischen Gardinenstange und Zimmerdecke oder im Rahmen der Schiebetür, so dass ich diese nicht mehr schließen konnte, und deshalb hängte ich da und dort Kästen auf – ausgediente Kartonverpackungen und Holzkistchen. Die Vögel begriffen immer schnell, wozu das dienen sollte, und schon bald hatten sich einige Kohlmeisen ihr eigenes Heim erobert. Im Haus gab es weniger Revierstreitigkeiten als draußen, vielleicht weil sie anerkannten, dass das hier mein Territorium war. In der Brutzeit suchten sie sich übrigens immer draußen ihren Platz, bis heute hat nie eine Meise im Haus gebrütet. Wahrscheinlich haben sie hier doch zu wenig Privatsphäre.

Die Kohlmeisen lernten mich kennen, und auch wenn meine Gegenwart ihr Verhalten manchmal beeinflusste (sie erschraken zum Beispiel, wenn ich mich zu abrupt erhob, und bevor ich das Haus betrat, rief ich sicherheitshalber immer »Nüsschen«, damit sie wussten, dass ich mich näherte), lebten sie ihr Leben größtenteils wie gewohnt weiter. Das erlaubte es mir, nicht nur ihr Verhalten, sondern auch ihre Beziehungen untereinander aus nächster Nähe zu studieren. So wurden mir bestimmt vierzig Kohlmeisen gut vertraut, die alle ihre jeweils eigenen Vorlieben und Wünsche hatten. Die Vögel selbst lehrten mich, dass individuelle Intelligenz für ihr Verhalten und ihre Entscheidungen eine weit größere Rolle spielte als biologische Neigungen oder das, was Wissenschaftler »Instinkt« nennen. Damit ich die Vögel auf diese Weise studieren konnte, war es wichtig, andere Menschen weitestmöglich fernzuhalten – Vögel reagieren auf *die geringste Störung oder Änderung der Stimmlage, und selbst Besucher, die sich alle Mühe gaben, keinen Lärm zu machen, verhielten sich oft so, dass die Vögel schnellstens das Weite suchten. Wenn Vögel aber erst einmal erschreckt worden sind, dauert es ein Weilchen, bis sie wieder zurückkommen – in der Regel mindestens einen halben Tag.*

In der Interaktion mit den Kohlmeisen kam ich mir oft plump und schwerfällig vor. Kohlmeisen können besser hören als Menschen, und ihr Sehen ist umfassender. Die Augen sitzen bei ihnen seitlich am Kopf, und sie sehen sowohl einäugig als auch beidäugig, ihr Gesichtsfeld ist sehr groß. Auch ist ihr Wahrnehmungsvermögen schärfer als das des Menschen. Sie sind nicht nur viel sensibler für Störungen in ihrem Lebensraum, sondern haben auch Antennen für Wetterumschläge, für die Farbe von Früchten, vor allem von Beeren, und die Bewegungen anderer Tiere. Es gibt natürlich auch eine Menge Übereinstimmungen. Wie wir Menschen haben sie feste Angewohnheiten und Rituale, zum Beispiel was das Essen und Schlafen betrifft. Meistens schlafen etwa sechs, sieben Kohlmeisen in den Kästen bei mir im Haus. Manche kommen nur herein, wenn es draußen wirklich kalt ist, andere schlafen den größten Teil des Jahres in einem Karton auf der Leiste unter der Schlafzimmerdecke.

Vögel haben genau wie wir vielfältige Möglichkeiten der Kommunikation miteinander – durch Rufe und Gesang, ihre Körperhaltung, die Geräusche, die sie mit ihren Flügeln machen, Blickkontakt, Berührungen, Bewegungen, Tänze. Dementsprechend reich und vielgestaltig wurde schon bald die Interaktion zwischen den Kohlmeisen und mir. Ich sprach sie regelmäßig an. Sie wussten oft schon durch den Ton meiner Stimme intuitiv, was ich bezweckte, und lernten nach einer Weile die Bedeutung der von mir benutzten Wörter kennen. Sie begriffen die Gebärden, die ich machte, und wir traten in Blickkontakt. Auch setzten sich manche Vögel gern zu mir und auf mich. Vögel sehen mich immer eher als ich sie. Wenn ich ihnen das Gesicht zuwende, sind sie mir bereits zugewandt – sie sehen mich nicht nur früher, weil ihre Augen seitlich vom Gesicht sitzen, sie bewegen sich auch schneller. Anfangs hatte ich das Gefühl, sie könnten mich besser verstehen als ich sie, doch mit der Zeit konnte ich sie genauso gut lesen wie sie mich. Einige Individuen verstand ich natürlich besser als andere, wie das bei Menschen untereinander ja auch der Fall ist. Ein paar Vögel waren ganz speziell: Glatzköpfchen, das Kohlmeisenmännchen, das in seinen letzten Lebenstagen so zutraulich war, dass es eigentlich den ganzen Tag bei mir auf dem Schoß saß. Krummschwänzchen, ein beherztes und sehr intelligentes Weibchen, das mich in die Kohlmeisensprache einführte. Und natürlich Sternchen, die klügste Kohlmeise, die ich je kennenlernen durfte, und die, zu der ich die engste Beziehung entwickelte.

• 1911 •

Mir ist, als hätte jemand ein Türchen in meinem Herzen aufgestoßen, so dass die Wärme hereinströmen kann. Ein Türchen oder ein Fenster. Ich renne zu Olive, hinten in den Garten, durch das Sommergras, das weiche Gras, alles ist so grün.

»Ist Papa schon da?«

Ich schüttle den Kopf. »Hast du schon gerochen, wie die Rosen duften? Guck mal, sie sind ganz auf.« Ich greife zu einer Rose im Spalier hinter ihr und biege sie zu ihr hin.

Sie nickt und streckt sich erschöpft. »Würdest du mir bitte etwas zu trinken holen? Ich war den ganzen Tag auf den Beinen.« Sie musste mit meiner Mutter zusammen Kleider kaufen.

Ich gehe ins Haus zurück, langsamer jetzt, setze einen Fuß vor den anderen. Meine Mutter hält mich im Wintergarten auf. »Bist du bereit für den Auftritt, Gwen? Dein Vater ist in spätestens einer halben Stunde hier. Er wird ein paar neue Gedichte vorlesen, danach liest Paul einen kleinen Zyklus, und dann könntest du vielleicht diese Bach-Suite spielen, ja?«

Ich zucke die Achseln.

»Gwendolen.« Sie sieht mich streng an.

»Ja, Mama.« Ich gehe in die Küche, wo ich Tessa um ein Glas Champagner bitte. »Für meine Schwester.«

»Wie geht es den Vögelchen?«

»Die kleine Kohlmeise hat es nicht geschafft. Die Elster hab ich gestern rausgesetzt, ich glaube, die ist über den Berg.«

»Du bist eine Liebe. Das habe ich gerade zu Cookie gesagt.«

Ich winke ihr und gehe mit dem Glas Champagner nach draußen. Paul lehnt mit dem Rücken am Türrahmen, seine Locken kringeln sich an der Wand, er hält das Gesicht in die tiefstehende späte Sonne. Als ich an ihm vorbeigehe, wendet er sich mir zu. Ich erschrecke, werde rot, tue so, als sähe ich ihn nicht.

»Gwendolen?«

Ich schaue mich um.

»Meinst du, das ist ratsam, wenn du nachher spielen musst?«

»Das ist für Olive.« Ich klammere die Finger um das Glas – bloß nicht zu fest, dann zerspringt es womöglich noch, aber ich darf es auch nicht fallen lassen.

»Ich weiß. War nur ein Scherz.«

Ich erröte noch tiefer.

»Ich freue mich schon.«

Ich nicke und gehe schnell weiter, der Champagner perlt über den Glasrand auf meine Finger. Ich hätte etwas über seine Gedichte sagen sollen, dass mein Vater sie mir zu lesen gegeben hat, dass sie leben, fliegen, mich bewegt haben.

»Danke.« Olive hat den Sonnenschirm aufgespannt, obwohl sie im Schatten sitzt. »Fangt ihr schon an?«

»Papa ist in einer halben Stunde da.«

Aus dem Augenwinkel sehe ich Paul kleiner werden, ein schwarzes Figürchen im Anzug, ein Männchen auf einer Hochzeitstorte. Meine Cousine Margie redet von der Ehe, als bedeute sie Gefangenschaft.

»Spielst du die Cellosuite von Bach?«

Ich nicke und gehe im Kopf die Noten durch.

»Ist Sargent auch da?«

»Er wollte kommen.« Ich hoffe, dass er kommt – Sargent leitet ein Orchester in London, und er hat mich schon eine ganze Weile nicht mehr spielen gehört. Ich bin besser geworden, ich habe in den letzten Monaten wirklich viel geübt. Charles, die Krähe, die Papa aufgezogen hat, landet im Efeu. Er hüpft auf meine ausgestreckte Hand und gleich wieder zurück auf einen Ast. Er mag diesen Trubel nicht. Er fliegt davon und kackt unterwegs auf das Glas von Mr Wayne von der Musikschule in Tywyn, der das erst sieht, als er einen Schluck trinkt.

»Dieser Schmutzfink.« Olive verzieht angewidert das Gesicht.

Voriges Mal, als Sargent hier war, hat er sich ziemlich auffällig um Margie bemüht. Sie ist zweiundzwanzig und studiert an der Kunstakademie, und sie wohnt diesen Sommer bei uns, weil ihre Eltern auf Reisen sind. Margie flirtet mit jedem, und die Leute fallen darauf herein, weil sie so unschuldig wirkt. Sargent dachte schon, er hätte sie erobert, bis Margie am späten Abend furchtbar zu gähnen anfing, sich entschuldigte und nach oben verschwand – von der Treppe aus hat sie ihm noch kurz zugewinkt.

Olive nimmt das Schälchen Nüsse vom Tisch und stellt es auf ihre Stuhlkante. Sie sucht sich die leckersten Nüsse heraus und steckt sie sich nacheinander in den Mund.

Tessa kommt uns holen. Drinnen ist es warm und voll, Leiber, die zu wenig Platz lassen, Worte, die andere kaum oder gar nicht erreichen. Worte, die von Konventionen zeugen und wenig bedeuten. Die Leute kommen von weit her zu diesen Salons, mein Vater ist der Einzige in Westwales, der regelmäßig so etwas veranstaltet. Sargent drückt mir die Hand, viel zu lange. Die rote Nelke in seinem Knopfloch gerät in Bewegung, als er mit Nachdruck ausatmet. Vielleicht hat er etwas Falsches gegessen.

Meine Mutter steht neben dem Flügel. »Seien Sie alle herzlich willkommen.« An solchen Abenden spricht sie anders als sonst, affektierter.

Ich sehe den blonden Dickschädel von meinem Bruder Dudley auf der anderen Seite und gehe möglichst unauffällig zu ihm hinüber.

»Ich warte.« Meine Mutter zieht die Augenbrauen

hoch. Es wird gelacht. Dudley rückt einen Stuhl weiter, um mir Platz zu machen.

Paul sitzt schräg hinter mir. Ich werde mir meines Rückens in dem altroséfarbenen Kleid bewusst, das meine Mutter für mich herausgesucht hat, zu damenhaft und zu eng. Meine Mutter nennt zuerst seinen Namen und dann meinen, als gehörten wir zusammen und folgten logisch aufeinander.

Newman beginnt mit dem zweiten Gedicht aus *Footsteps of Proserpine*, über Liebe und Amseln. Viele Gedichte aus diesem Band hat er für meine Mutter geschrieben. Ich unterdrücke ein Gähnen und bewege die Finger, um sie ein wenig anzuwärmen. Tadadadadadada. Er liest noch zwei weitere Gedichte aus dem ersten Band, dann ein langes über die Stadt, die sich so sehr verändert hat, und eines über die Schlacht um Troja, aus dem griechischen Zyklus. Seine Gedichte sind allesamt zu lang und enthalten zu viele Adjektive. Bevor er Dichter wurde, war er Buchhalter.

Kingsley, mein ältester Bruder, kommt keuchend hereingestürzt und lässt sich so laut auf einen Stuhl in der hintersten Reihe plumpsen, dass sich alle umdrehen. Er hat noch seine Sportsachen an, ich kann ihn von meinem Platz aus riechen. Als ich mich zu ihm umdrehe, schneidet er eine Grimasse.

Die Stimme meines Vaters wird höher, eine kleine Pause noch, dann endet er triumphierend. Während Beifall geklatscht wird, kommt Paul nach vorn, ich schaue auf seine Füße, dann kurz in sein Gesicht, das die Sonne eingefangen hat, unsere Blicke treffen sich für einen Moment, er spricht schon. Ich höre kaum, was er sagt, ich kenne die Worte. Es ist im Nu vorbei.

Meine Mutter kündigt mich an, ich stimme. Meine Finger vibrieren. Und dann spiele ich: eine Frage, eine Antwort, eine Frage.

*

Als alle weg sind, gehe ich nach unten. Ich stelle mich dorthin, wo er gestanden hat, zwei Meter von mir entfernt, vielleicht zweieinhalb. Ich sehe mich dasitzen, zur Seite schauen, den Kopf drehen. Und wieder brennen meine Wangen. Durch das Fenster sehe ich meinen Vater im Garten ein Glas Champagner einschenken. Er reicht es meiner Mutter. Das Haus atmet fühlbar auf, durch die Fenster, die aufgeklappt sind, während das letzte Tageslicht schwindet.

Als ich zu Ende gespielt hatte, kam Paul zu mir. Er fragte, ob ich mit der Musik weitermachen wolle. Ich zuckte die Achseln. »Vielleicht.«

»Dann musst du nach London gehen.«

»Ich weiß.«

»Ich habe Bekannte dort, ich kann dir helfen, ein Zimmer zu finden.«

Ich nickte und dankte ihm. »Entschuldige, aber ich muss zu meiner Mutter.« Zu meiner Mutter! Ich bin bald achtzehn.

»Natürlich.« Er nickte und ging, ich schnappte nach Luft, atmete ein, aus. Draußen roch es nach Gras und Feuer, nach Parfüm. Vielleicht kam er mir nach, und wenn nicht, würde ich ihn bestimmt noch sprechen. Erwartungen heften sich aneinander, bilden größere Erwartungen; etwas Unbedeutendes fügt sich zur Hoffnung, und noch etwas, und dann ist es schon schwer, das auszublenden, dann ist es schon schwer, sich nicht umworben zu wähnen, sondern zu unterscheiden zwischen dem, was ist, und dem, was sein könnte. Jedenfalls bis er weg ist. Vielleicht dauert es Wochen, ehe ich ihn wiedersehe. Ich hätte etwas Kluges oder Witziges sagen müssen. Die Sonne in meiner Brust verzieht sich und hinterlässt ein Fragezeichen, eine Sehnsuchtsspur. Ich hätte mich einfach kurz mit ihm unterhalten können. Er sagt das doch nicht von ungefähr, das mit dem Zimmer und den Bekannten, er hat das Gedicht von der Frau, die immer auf der Suche ist, vorgelesen.

Mein Vater winkt mir, ich gehe nach draußen.

»Schön gespielt, Schatz.« Er hickst, legt den Arm um mich und zieht mich an sich. Wind trägt den Geruch vom Meer mit sich, nicht das Salz.

Meine Mutter trinkt ihr Glas in einem großen Zug leer.

Ich entwinde mich der Umarmung. »Ich möchte gern aufs Konservatorium.«

»Dafür bist du noch viel zu jung, Liebling.« Mein Vater lächelt begütigend.

»Dann müsstest du auch ganz nach London«, sagt meine Mutter. »Mein kleines Mädchen. Ich weiß nicht, ob du dem gewachsen bist.« Sie legt die Hand auf meine Wange, zwickt mich kurz.

»Natürlich bin ich dem gewachsen.«

Sie schweigt. Mein Vater starrt in den dunklen Garten hinein.

»Natürlich bin ich dem gewachsen«, sage ich lauter. »Ich bin kein Kind mehr.«

Mein Vater legt die Hand auf meine Schulter, ich schüttle sie ab. Im Haus hinterlassen meine Schuhe Erde und Gras.

Auf der Treppe begegne ich meiner Schwester, sie hat einen Teller mit einem Sandwich in der Hand. »Schön, nicht, diese Gedichte von Paul.«

»Ich glaube, ich liebe ihn«, sage ich.

»Du bist verliebt, das ist etwas ganz anderes.« Sie sieht mich streng an. »Du solltest Gefühle nicht durcheinanderbringen.« Und ihrer Meinung nach sollte man sich auch besser nicht von ihnen in seinem Handeln leiten lassen.

Ich stoße einen tiefen Seufzer aus.

»Tu nicht so romantisch.« Sie folgt mir in mein Zimmer, setzt sich aufs Bett und fängt an zu essen. Beim Abendessen nimmt sie so gut wie nichts zu sich, und später hat sie dann immer Hunger. »Aber schön gespielt hast du.«

»Ich möchte Geigerin werden. Jeden Abend spielen. Mir eine Existenz aufbauen, in London oder irgendwo anders. Geld verdienen.« Ich muss mich erkundigen, wie das mit der Aufnahmeprüfung für das Konservatorium funktioniert, wann ich die machen kann und was ich dafür können muss.

»Du brauchst doch gar kein Geld zu verdienen! Wir haben genug Geld.«

»Ich möchte mein eigenes Leben leben.«

»Das geht doch auch hier.«

Ich schüttle den Kopf.

Sie stellt den Teller mit dem nur zur Hälfte gegessenen Sandwich auf meinen Nachttisch und wünscht mir eine gute Nacht.

Ich trete ans Fenster. Meine Eltern haben sich draußen auf die Bank gesetzt. Vor ihnen steht ein kleiner Tisch – zwei Gläser, ein Aschenbecher, der Gedichtband meines Vaters. Die Amsel höre ich nicht mehr. Ich schließe die Vorhänge. Als ich mein Kleid ausziehe, rieche ich mich im Stoff. Mich und den Abend. Das Taillenband hat einen Abdruck auf meiner Haut hinterlassen. Ich greife zu meinem Tagebuch.

Charles war heute Morgen im Garten und heute Abend wieder. Nachdem die Leute gegangen waren, habe ich ihn nicht mehr gesehen – er wird sich an seinen Schlafplatz am Waldrand verzogen haben. Die Amsel, die ich vorhin gehört habe, war wahrscheinlich Mike, der sich seit letzter Woche in unserem Garten aufhält.

Ich führe schon seit einigen Jahren Buch darüber, welche Vögel in den Garten kommen, und schreibe manchmal Geschichten über sie, die mein Vater als Einziger unheimlich gut findet. Voriges Jahr habe ich ein paar davon an eine Zeitschrift geschickt, aber nie eine Antwort erhalten. Ich widme mich besser der Musik. Aber für Komponisten sind Vögel auch wichtig. Paul hat mir neulich erzählt, dass sich Mozart von den Staren inspirieren ließ, die er sich als Haustiere hielt. Paul. Ich schreibe seinen Namen und streiche ihn dann durch.

Sehnsucht:

Begreifen, dass du unergründlich bist.

Begreifen, dass du Bewegung bist.

Begreifen, dass du Wasser bist und dass man Wasser nicht festhalten kann.

*

Das Licht in der alten Schule scheint greifbar zu sein. Staub gibt den Strahlen Substanz. Es kribbelt in meiner Nase.

»Einen Moment noch.« Margie hebt ungeduldig die Hand. »Ich habe dich fast.«

Ich kratze mich an der Nase.

»Komm, Gwen, noch einen Moment stillhalten.«

Ich blicke auf das Loch in der Tapete hinter ihr. Die Schule ist vor ein paar Jahren zugemacht worden, und das Gebäude wird von niemandem mehr benutzt. Margaret hat vor drei Wochen entdeckt, dass die Hintertür, die halb mit Efeu überwuchert ist, gar nicht abgeschlossen war. »Wir dürfen rein«, sagte sie gestern Abend. »Sonst hätte man die Tür wohl nicht offen stehen lassen.«

Sie zeigte mir, wie ich mich auf den Tisch legen sollte, und drapierte ein Laken um mich herum. Charles hatte uns begleitet, ist aber nach einer Viertelstunde wieder rausgeflogen. Zu wenig los. Und nichts zu futtern.

»Ja, das ist schön. Entschuldige, ich rechne es dir wirklich hoch an, dass du bereit bist, mir Modell zu sitzen. Ich weiß, dass es warm ist.« Sie tritt einen Schritt zurück, kneift die Augen halb zu.

Das Loch in der Tapete wird zu einem Menschen, einem Tier, einem Fleck.

»Meine Damen.« Seine Stimme.

»Hallo, Paul«, sagt Margaret. »Was machst du denn hier?«

»Dein Onkel bat mich, euch zu holen. Hallo, Gwen, du siehst, ähm, sehr speziell aus.«

»Ich darf mich nicht bewegen«, sage ich. »Reden fällt auch unter bewegen.«

Paul sagt, dass sie mit dem Boot rausfahren wollen und wir mitkommen sollen. »Die Kunst geht vor«, sagt Margaret. »Ich brauche noch etwas. Wann wollt ihr los?«

Ob er meinetwegen hier ist? Ich rühre mich nicht, schaue zu, wie sie reden. Er sieht mich nicht mehr, oder doch, er blickt auf das Bild und dann kurz zu mir herüber, forschend.

»Abfahrt in einer Viertelstunde«, sagt er.

»Dann musst du jetzt aber gehen«, sagt Margaret. Sie zupft ihren karierten Rock zurecht.

Er sieht mich, bevor er das Klassenzimmer verlässt, wieder an, als gäbe es bei mir etwas zu entdecken. Ich spüre meine Handflächen, meine Fußsohlen, meine Haut an Stellen, die sich sonst nicht bemerkbar machen.

Margaret setzt noch ein paar Pinselstriche, scheint durch den Besuch abgelenkt zu sein. »Dann sollten wir wohl mal gehen, was meinst du?«

»Ich muss nicht unbedingt mitfahren.«

»Ich bin, glaube ich, fertig.« Sie wischt mit dem kleinen Finger ihrer rechten Hand etwas Farbe weg. Ich setze mich auf, meine Füße sind eingeschlafen. Ich streife mein Kleid über.

»Was meinst du?« Sie dreht die Leinwand zu mir. Ich sehe eine Art Göttin oder ein Wesen aus einer anderen Zeit, mit meinem Gesicht zwar, aber schöner, mit gestreckterem und eleganterem Körper. In einer Ecke sitzt eine Krähe auf einer Säule.

»Den Busen hast du mir angedichtet.« Jetzt verstehe ich, warum Paul so geguckt hat.

Sie lächelt. »Passt doch, oder?«

»Was willst du damit machen?«

»Ausstellen. Vielleicht hier, am Ende des Sommers. Hier ist es perfekt.« Sie geht mir voran aus dem Klassenzimmer, lässt das Bild stehen. Aus der Distanz sehe ich, dass sie im Hintergrund ein Fenster mit Aussicht aufs Meer gemalt hat.

»Lennie! Margie!« Mein Vater steht vorn im Boot und winkt.

Ich fasse seine ausgestreckte Hand, steige ein und gehe gleich zum Achtersteven durch, Holz auf Wasser. Ich ziehe mein Kleid von der Haut weg und lasse es wieder zurückfallen, und das Ganze noch einmal, Kühlung. Dudley raucht, in ganzer Länge auf der Sitzbank ausgestreckt. Er verdreht die Augen, als ich näher komme. »Kingsley wollte nicht mit, der ist zum Tennisplatz.« In diesem Sommer spielt Kingsley jeden Tag Tennis, er ist noch kein einziges Mal mitgekommen, um Vögel zu beobachten.

Margaret schiebt Dudley zur Seite und setzt sich neben ihn. »Herrlich, bei diesem Wetter mit dem Boot rauszufahren.« Sie streckt die langen Beine aus, hält ihr Gesicht in die Sonne und schließt die Augen.

»Schön, dass ihr dabei seid. Wir warten jetzt nur noch auf Paul und Dimitri.« Meine Mutter hat eine große, dunkle Sonnenbrille auf und trägt das Kleid, in dem sie, wie alle sagen, so jung aussieht. Wie eine Schwester ihrer Töchter, nicht wie deren Mutter. »Cookie hat Sandwiches gemacht.«

Ich trete an die Reling, blicke zu den Hügeln in der Ferne hinüber.

»Schiff ahoi!« Paul steht am Kai, zieht das Licht auf sich. Hinter ihm erscheint Dimitri. Er ist auch Dichter und ein Freund von Paul. Dimitri hat einen Oberlippenbart, den er mit Brillantine hochzwirbelt. Er ist der

Sohn von McWest, einem Millionär, der im Sommer auf seinem Landsitz vor den Toren von Aberdovey wohnt. Er möchte seit Ewigkeiten mit Olive ausgehen, aber in deren Augen ist er ein Taugenichts. »Wir haben Äpfel dabei und eine Gitarre.«

Sie laufen die Steintreppe hinunter und springen vom Kai aufs Boot. Mein Vater stößt ab, mit übertrieben schwungvollen Bewegungen. An Feldern mit aufgehäufter fetter Erde entlang fahren wir den Hügeln entgegen. Wir kommen am Fort auf dem Felsen mit den Nadelbäumen vorbei. Die Fahne auf der Vorderseite des Gemäuers hängt schlaff herab. Ich setze mich zu meinem Vater vorn ins Boot. Vorige Woche haben wir hier Kiebitze gesehen.

»Wann gehen wir wieder mal nach Ynys-hir?« In den vergangenen Sommern haben mein Vater und ich Tageswanderungen durch das Feuchtgebiet dort gemacht, um Vögel zu beobachten.

»Dafür bist du doch inzwischen zu alt, Liebling. Es wird Zeit, dass du dich wie eine Dame benimmst.« Meine Mutter zupft meinen Rock zurecht.

»Ich habe nicht dich gefragt.« Ich schüttle ihre Hand ab, rücke von ihr weg.

»Hallo, Gwen.« Dimitri setzt sich neben mich und gibt mir die schwitzige Hand. »Schön gespielt, vorige Woche.« Er lacht kurz auf, er hat so ein hohes Kichern, mit dem er seine Sätze oft enden lässt. Seine käsigen Beine werden bestimmt in null Komma nichts rot verbrannt sein.

»Danke.«

Das Grau der Felsen geht nach oben hin in Weiß über, ganz obenauf sind sie gelblich.

»Paul erzählte, dass du Modell gesessen hast. Für Margaret. Malst du auch?« Er blinzelt gegen das Licht, seine Nervosität geht mir auf die Nerven.

»Ich glaube, ich muss mich unter den Sonnenschirm setzen, sonst verbrenne ich noch.« Ich erhebe mich. »Und nein, ich male nicht. Keine Zeit.«

»Okay. Dann weiß ich Bescheid.« Er kichert noch einmal.

Mein Vater unterhält sich mit Paul, klopft ihm auf die Schulter. Dudley hängt über der Reling und lässt die Fingerspitzen durchs Wasser gleiten. Olive liest. Meine Mutter sucht im Picknickkorb nach einem Glas. Mein Blick kreuzt sich mit dem von Margaret. Wasser rauscht.

»Wer mag ein Sandwich?« Meine Mutter teilt Päckchen aus.

Dimitri setzt sich neben Margaret. Sie beginnt ihn zu zeichnen. Er greift zu Stift und Notizbuch und ruft, er werde ein Gedicht über sie schreiben – sie sei eine Frau wie ein Gedicht.

Das Brot ist warm und weich, durchweicht, die Gurkenscheiben flutschen in die Serviette. Ich fische sie heraus, esse gierig, spüre, dass Paul mich ansieht.

»Köstlich«, sagt mein Vater. »Köstliches Brot. Das habe ich jetzt gebraucht.« Er klopft sich auf den Bauch, der merklich an Umfang zugenommen hat, seit Newman nicht mehr arbeitet.

Meine Mutter sieht ihn missbilligend an.

Paul setzt sich neben mich. »Was machen die Vögelchen?« Er erzählt von einem Komponisten, der den Gesang von Amseln in seine Stücke aufgenommen hat.

»Nimm auch ein Sandwich, Olive.« Meine Mutter versucht, ihr eines in die Hand zu drücken, doch Olive weigert sich.

»Nein, Mama, ich will abnehmen.«

Meine Mutter isst selbst auch nichts. »Meint ihr, wir könnten schon mal anstoßen?«

Mein Vater nickt. »Dafür ist es nie zu früh.« Er nickt noch einmal. »Zumal jetzt.«

Alle erheben sich. Margaret und Dimitri legen ihre Sachen beiseite und stellen sich zu Dudley.

Mein Vater deklamiert ein Gedicht über die Schlacht um Troja. »Zum Wohl.«

»Zum Wohl«, sagen die anderen, und dann schubst Dudley Margaret über die Reling, um selbst hinterherzuspringen. Dimitri und Paul ziehen sich auch aus und springen ihnen nach.

»Vielleicht sollten sie hier besser nicht baden«, sagt mein Vater, während er das Boot verankert. »Die Strömung ist trügerisch.« Meine Mutter nickt zustimmend, weil er etwas sagt, aber ich glaube nicht, dass sie wiederholen könnte, was es war.

*

Das hohe Gras kitzelt an meinen Beinen. Ich gehe so weit, bis ich die anderen nicht mehr hören kann, und hocke mich mit heruntergelassener Baumwollunterhose hinter einen Rhododendron. Ich richte den Strahl zwischen meine Füße – ah, das tut gut –, zu heftig, es spritzt an meine Unterschenkel. Ein Geräusch, ich ziehe meine Unterhose schnell wieder hoch. Vielleicht war es ein Kaninchen oder ein Eichhörnchen, vielleicht auch nur der Wind, der die Zweige bewegt hat. Ich wische die linke Wade am rechten Schienbein ab, die letzten Tröpfchen sind schon verdampft, als ich vier Schritte gemacht habe.

Dimitri, Dudley und Olive schwimmen, meine Eltern sitzen auf der Decke.

Ich gehe einen Schritt ins Wasser, würde auch gern schwimmen, habe aber keinen Badeanzug dabei.

»Wo ist denn Margaret?«

Mein Vater dreht sich zu mir um. »Keine Ahnung«, sagt er langsam. Seine Beine heben sich weiß gegen den Sand ab.

»Du bist beschwipst, Papa.«

»Wir genießen den Sommer, Schatz.« Er bemerkt nicht, dass ich irritiert bin, und stimmt ein Lied auf der Gitarre an. Keiner fällt ein.

Ich gehe den Hügel hinauf, um Margaret zu suchen. Es scheint immer wärmer zu werden, mein Körper immer schwerer. Sand über Sand.

Ich folge einem Pfad Richtung Wald, der Schatten

zieht mich an. Nach kurzem Aufstieg sehe ich links eine Wiese. Schwalben kreisen darüber, tauchen fast bis zum Gras hinunter, umschwirren einander, abwärts und wieder aufwärts. Ich folge den blauen Blumen, ein Hase schießt davon.

Ich höre sie, bevor ich sie sehen kann. »Au, au, mich hat was gestochen.«

»Tja, Liebling, du wolltest ans Wasser. Zum Wasser gehören Mücken.«

Ich gehe noch einen Schritt weiter, bleibe hinter der Hügelkuppe, sehe sie daliegen, eng umschlungen, ein Körper aus zweien, bis sich ein Bein bewegt, ein Arm. Er kitzelt sie, sie tut so, als wollte sie fliehen.

Ich pralle zurück, strauchle, schon außer Sichtweite, aber sie haben mich bestimmt gehört – und wenn schon. Ich habe Margaret gesucht, was tun sie auch so heimlich, ich denke nicht daran, jetzt leise zu gehen. Zwischen meinen Brüsten entsteht ein Riss, der sich durch meinen Körper abwärts zieht: zuerst dünne Linie, dann klaffender Spalt. Der Weg verschwimmt vor meinen Augen, wütend wische ich die Tränen weg. Wieso habe ich das nicht gewusst? Wissen alle davon? Warum habe ich es nicht bemerkt? Warum sieht er dann mich an? Und Margaret – sie weiß, was ich empfinde. Sie werden mich ausgelacht haben.

Im Laufschritt, damit meine Eltern meine Tränen nicht sehen können, renne ich ans Wasser, ziehe mein Kleid aus und springe im Unterkleid hinein, schwimme unter Wasser zu den anderen hinüber. Dimitri pfeift, Olive lacht, Dudley bespritzt mich. Ich schwimme eine Runde um das Boot herum und stelle mir vor, dass sich der Riss in meiner Brust mit Wasser füllt. Als ich danach mit den anderen ans Ufer steige, bin ich flüssig geworden. Meine Mutter blickt tadelnd auf mein Kleid, die Augen meines Vaters schlafen. Tropfen perlen von meinen Beinen, bilden kleine Rinnsale zum Fluss.

»Wir müssen bald zurückfahren«, sagt mein Vater. »Laut Vorhersage soll das Wetter gegen Abend umschlagen.«

»Margie«, Dudley ruft, so laut er kann. »Paul.«

»Sind sie denn zusammen weg?« Olive runzelt die Stirn.

»Hast du sie gesehen, Gwen?« Meine Mutter nimmt ihre Sonnenbrille ab, schlägt ein Tuch um ihre Schultern.

Ich schüttle den Kopf. In meinem Magen ballt sich eine Faust.

Margaret kommt über das Feld gehüpft, das Fohlen, den Zeichenblock in der Hand. »Brechen wir schon wieder auf? Ich war an einem Moor, da waren so schöne Schmetterlinge.« Sie zeigt meiner Mutter ihre Zeichnungen, fährt mit den Fingern die Konturen der Schmetterlingsflügel nach.

»Wir vermissen nur noch Paul.«

In dem Moment kommt Paul aus einer anderen Richtung, mit zerknittertem Oberhemd und Sand im Haar. »Entschuldigt, bin ich zu spät? Ich war Richtung Wald gelaufen, um etwas zu schreiben, und dort bin ich eingenickt.«

Paul zwinkert mir zu, als er an mir vorübergeht. Ich tue so, als hätte ich es nicht bemerkt, und folge Olive auf die Sitzbank ganz vorn. Sie erzählt von einem Buch, das sie gelesen hat, darin geschehe alles an einem einzigen Tag. Margaret setzt sich mit meiner Mutter in die Mitte vom Boot. »Sind noch Sandwiches da? Ich hab auf einmal einen Bärenhunger.«

Meine Mutter öffnet langsam den Picknickkorb, zieht die Szene in die Länge, das ist ihr großer Moment. Dudley hat plötzlich auch Hunger, Paul ebenso.

»Ich könnte auch noch eins vertragen.« Mein Vater streckt die Hand aus.

»Du hattest schon genug.« Grinsend macht meine Mutter den Korb zu.

Mein Vater will ihn zu sich heranziehen, meine Mutter hält ihn am Griff fest, mein Vater zieht heftiger, meine Mutter presst die Lippen aufeinander. Sie zieht noch stärker am Griff, der sich an einer Seite löst, sie verliert das Gleichgewicht und kippt hintenüber. Die Sandwiches purzeln aus dem Korb, landen hübsch in Reih und Glied.

»Für die Fische.« Margaret hilft meiner Mutter auf und wirft ein Sandwich nach dem anderen ins Wasser. Auf dem Boden des Bootes bleiben Gurkenstückchen zurück. Mein Vater setzt sich und späht angestrengt zum Horizont, Dudley und Paul steuern das Boot aufs Wasser hinaus.

In der Ferne türmen sich Wolken auf, eine dunkelgraue Burg, und ich sehne mich nach nichts als Regen.

*

Rosa Sonne, rosa Himmel, blauer Himmel, gelbe Sonne. Ich liege im Bett und höre das Klopfen von Olive, von meiner Mutter, und noch einmal von Olive. »Gwen?« Sie streckt den Kopf durch die Tür. »Alles in Ordnung?«

Ich richte mich auf, meine Augenlider sind schwer. »Ich fühl mich nicht so gut.«

»Cookie könnte dir einen Brei machen. Soll ich sie bitten, dir was nach oben zu bringen?«

Ich schüttle den Kopf. »Ich stehe schon auf. Vielleicht muss ich kurz nach draußen, an die frische Luft.«

»Bist du sicher, dass alles in Ordnung ist? Es ist schon elf Uhr.«

»Jaha.« Ich stehe auf, wasche mir das Gesicht an der Wasserschüssel auf dem hohen Tischchen in der Ecke. Auf dem Flur schaue ich in den Spiegel. Zottiges dunkles Haar, scharfgeschnittene Nase, langgezogene Wangenpartie, fragende Augen – ich kann es schon verstehen, ich finde mein Gesicht auch nicht gerade anziehend.

Dudley liegt lang ausgestreckt auf dem Sofa, ein angespülter Seehund. Er liest ein Buch, *Jane Eyre* – das ist mein Buch.

»Guten Morgen.«

Er schlägt die Seite um, unter den Nägeln seiner

dicken Finger Trauerränder. Er tut rein gar nichts. Kingsley arbeitet wenigstens, in der Fabrik von Dimitris Vater.

»Guten Morgen, habe ich gesagt.« Oben schlägt eine Tür zu. »Das ist übrigens mein Buch.«

»Herrgott, Gwen, suchst du Streit?« Er schaut plötzlich zu mir auf.

Ich entreiße ihm das Buch, als wäre ich acht und nicht achtzehn und er zehn und nicht zwanzig.

»Mensch, seid ihr alle blöd.« Nach und nach setzt er seine Gliedmaßen in Bewegung. »Mama«, ruft er nach oben, »ich gehe schwimmen.«

Cookie bringt mir Brei. Ich esse langsam, mit kleinen Bissen. Als der Teller halb leer ist, bringe ich ihn in die Küche. Ich entschuldige mich bei Cookie: »Tut mir leid, aber ich fühl mich nicht so gut.«

Draußen werde ich ruhiger. Die Wärme ist ein willkommenes Gegengewicht. »Warte mal, Charles.« Ich hatte ihn schon durchs Fenster gesehen, er möchte mich bestimmt begleiten. Er bleibt auf dem untersten Ast der Eiche vor dem Haus sitzen, bis ich bei ihm bin, fliegt dann auf, weg, zurück, zu verspielt für diese Hitze. Die weißen Felsen am Weg sind wärmer als sonst, geben Kreide an meine Hand ab. Mein Herz klopft zu schnell, ich verlangsame meine Schritte. Die Erde schnurrt vor Wärme. Bei den ersten Eichen verliere ich Charles aus den Augen – er hat einen Seitenweg eingeschlagen und ist zu niedrig geflogen, als dass ich ihm weiter mit dem

Blick hätte folgen können. Ich gehe auf gut Glück in seine Richtung. Hinter den Kiefern raschelt etwas – es ist windstill, das wird wohl ein Tier sein, wahrscheinlich ein Kaninchen. Der Weg führt auf eine Lichtung, wir waren schon einmal hier, im Winter, als der Wald so eisig und abweisend war, die Zweige der Bäume schwarz und hart, die Tiere hungrig. Im Schatten eines Tümpels sehe ich Charles. Er watet, gravitätisch ein Bein vors andere setzend, ins Wasser hinein, das Gefieder wegen der Hitze leicht geplustert. Als er sich hinablässt, breiten sich langsame Kreise um ihn herum aus. Ich streife die Schuhe ab. »Gute Idee, Kleiner.«

Charles war erst wenige Wochen alt, als mein Vater ihn fand. Wir dachten, er würde es nicht schaffen. Ich durfte ihn nach der ersten Nacht in meinem Zimmer behalten, er schlief zuerst in einem Schuhkarton und danach in einem Kanarienkäfig. Er spricht nicht, versteht aber viel, und vom Verhalten her ist er wie ein Hund. Er möchte mich am liebsten überallhin begleiten, und als er jünger war, hat er gern mit Stöckchen und Bällen gespielt. Als er gut genug fliegen konnte, ließ ich das Fenster offen, auch wenn es fror, gerade wenn es fror. Anfangs kam er jeden Abend, später blieb er weg. Manchmal fliegt er mit einer Gruppe anderer Krähen zusammen. Ich glaube nicht, dass er eine Partnerin hat. Vielleicht findet er nächstes Jahr eine, wenn sie im März wieder zu brüten beginnen.

Das Wasser ist am Rand lauwarm und wird kühler, je tiefer es wird. Charles schüttelt sich und pickt in sein

Gefieder, er bleibt am Rand – Spritzer klimpern auf der Wasseroberfläche, gut hörbar, wir sind die Einzigen hier. Das Wasser verzerrt, meine Beine unterhalb der Knie sind dünn und schief, meine Hände, als ich sie hineintauche, biegsamer denn je. »Ich muss mehr üben, um wirklich gut zu werden. Ich muss richtig gut werden. Dann kann ich nach London.« Charles legt den Kopf schief und schaut mich an. »Du wirst mir fehlen.« Olive hält in letzter Zeit nach Männern Ausschau, vor allem bei den Soireen, sie sucht einen Mann zum Heiraten, auch wenn sie das niemals zugeben würde. Heiraten, Kinder kriegen, allmählich in die Fußstapfen meiner Eltern treten. Die Jungs brauchen das nicht. Die können einfach ihre eigenen Wege gehen. Ich mache meine Arme nass und gehe dann wieder aus dem Wasser.

In der Ferne singen Kleinvögel – Amseln wahrscheinlich, aber ich kann es nicht gut genug hören. Charles lauscht auch. »Du darfst keine kleinen Vögel fressen«, sage ich, als er um mich herumhüpft. Er schaut mich kurz an. »Ich kann das schon verstehen. Margie ist sehr hübsch. Ich dachte nur …« Charles fliegt ein Stück von mir weg, pickt nach einem Insekt. Ich setze mich hin, wische, bevor ich meine Schuhe anziehe, die Erde von meinen Fußsohlen. »Dass er mich versteht.«

Sternchen 3

Im zeitigen Frühjahr 1946 kam eine unbekannte Kohlmeise mit ihrem Partner aus dem Nachbargarten herüber. Sie bezog den Nistkasten in der Eiche am Pfad zum Haus. Sie hatte einen sternförmigen kleinen weißen Fleck auf der Stirn und bewegte sich besonders elegant. Ich nannte sie Sternchen. Die regelmäßigen Besucher meines Gartens hielten Abstand zu dem neuen Paar, und ich sah die beiden immer nur im Vorübergehen.

Im Sommer 1949 verlor Sternchen ihren Partner und warf bald ein Auge auf Glatzköpfchen. Glatzköpfchen war ein ständiger Bewohner meines Gartens, ein starkes, stämmiges Kohlmeisenmännchen, das mir vollkommen vertraute. Glatzköpfchen war nicht gleich von Sternchen angetan. Er hatte schon eine Partnerin – die ich Monokel nannte, weil ihr linkes Auge weiß eingefasst war – und fand Sternchen viel zu wichtigtuerisch. Doch sie ließ nicht locker. Erst verjagte sie Monokel, und dann blieb sie Glatzköpfchen den ganzen Herbst hindurch auf den Fersen, bis sie Mitte des Winters endlich sein Herz erobert hatte.

Gemeinsam nahmen sie nun den Kampf gegen Klecks,

Glatzköpfchens alten Feind, auf, der seinen angestammten Nistkasten an der Seite des Hauses besetzt hatte. Klecks war schuld an Glatzköpfchens gelichtetem Federkleid auf dem Kopf und an seinem Hinkebein – wenn Kohlmeisen kämpfen, verkrallen sie manchmal die Füße ineinander und wälzen sich auf dem Boden, bis eine von beiden die andere auf dem Rücken und in der Zange hat. Der Streit zwischen diesen beiden Vögeln war entbrannt, als sie als Jungvögel Einzug in den Garten gehalten hatten, und er entzündete sich jedes Frühjahr von neuem. Die Federn, die Glatzköpfchen im vergangenen Jahr bei den anhaltenden Gefechten mit Klecks verloren hatte, waren zwar inzwischen wieder nachgewachsen, doch die Feindschaft zwischen den beiden Vögeln blieb unvermindert erbittert. Voriges Jahr hatte Glatzköpfchen schließlich den Kampf verloren, weil Monokel ihn alles allein machen ließ. Dieses Jahr aber hatte er Sternchen an seiner Seite, und die Karten waren neu gemischt. Sternchen kämpfte mit Mohrchen, der Partnerin von Klecks, und die zwei waren sich physisch ebenbürtig, aber Sternchen war viel ausdauernder. Glatzköpfchen konnte wegen seines lahmen Beins nicht richtig mit Klecks kämpfen. Stattdessen stieß er im Sturzflug auf Klecks hinunter, wenn dieser ihrem Nest zu nahe kam, und gab dabei Warnrufe von sich, so laut und schrill er konnte. Kraft Charakter und Entschlossenheit eroberten Sternchen und Glatzköpfchen den Nistkasten zurück.

Monokel schaute zu Beginn des Frühjahrs wieder vorbei. Sternchen verscheuchte sie aber so grimmig, dass sie danach nur noch selten in den Garten kam und ein Stück weiter weg mit einem jungen Vogel nistete. Ihr neuer Partner, Peterchen, freundete sich mit Glatzköpfchen an, und die beiden Männchen gingen regelmäßig im Territorium des anderen auf Futtersuche. Die Weibchen mieden sich jedoch – Monokel versteckte sich immer, wenn sie Sternchen nahen sah, manchmal sogar unter den Haaren in meinem Nacken. Sie kannte mich gut, denn sie war oft zu mir ins Haus gekommen, als sie noch mit Glatzköpfchen zusammen gewesen war. Manche Kohlmeisen entwickeln ein tiefes Vertrauen zu mir, andere schenken mir ihr Vertrauen nie. Letztere sind meistens auch in der Beziehung zu ihren Artgenossen eher Einzelgänger. Sie können das Vertrauen aber auch voneinander lernen. Sternchen hatte, als sie noch in dem Nistkasten am Gartenweg wohnte, ziemlich viel Angst vor mir. Da Glatzköpfchen mir aber so zugetan war, dauerte es nicht lange, bis auch sie mir vertraute.

• 1911 •

»Gwendolen? Spielst du heute Abend diese Mozart-Suite?«

Ich schüttle den Kopf.

»Warum nicht?« Meine Mutter sieht mich verwundert an, mit betont weit aufgerissenen Augen, dem Blick, den sie Männern schenkt – als sei sie ahnungslos, bedürfe der Einweihung, der Hilfestellung.

»Ich spiele andauernd.« Ich wende mich von ihr ab, gehe in den Garten hinaus, in die späte Augustwärme.

»He, mein Fräulein, so geht das aber nicht. Wir haben dich fest eingeplant.« Sie kommt mir nach, die Absätze ihrer weißen Schuhe versinken in der feuchten Erde. »Bleib stehen, Gwen.« Meine Mutter fasst mein Gesicht mit beiden Händen. »Was ist denn nur mit dir los in letzter Zeit?«

»Nichts.« Ich nehme ihre feuchten Hände von meinem Gesicht.

»Ich kenne dich doch.« Ihr Atem riecht nach Sherry (wie etwas von außen in den Körper wandert und dann doch wieder in die Welt hinauswill), ich trete einen

Schritt zurück. Ich kann sie ja verstehen, wenn ich sie wäre, würde ich auch verrückt werden vor Langeweile. Sie hält die Hände noch einen Moment in der gleichen Stellung, als wollte sie den Umfang meines Gesichts angeben. »Wir machen uns Sorgen.«

»Ich will aufs Konservatorium. Nach London.«

»Das verstehe ich, Liebling. Lass uns nächste Woche darüber sprechen, wenn dein Vater wieder da ist.« Newman ist nach London gefahren, um sich mit seinem Verleger zu treffen. »Nicht, dass er etwas Wesentliches dazu sagen dürfte.« Sie will zur Seite treten, schwankt, einer ihrer Absätze bleibt im Boden stecken. »Hilf mir mal eben.«

»Ich werde Sie hineinbegleiten, Mrs Howard.« Dimitri bietet ihr seinen Arm an und zwinkert mir zu. Er führt sie den Muschelpfad entlang. Dumpfe Schritte gehen in Knirschen über.

Im Wintergarten leuchtet Pauls Gesicht unter allen anderen Gesichtern auf. Ich tue so, als sähe ich ihn nicht.

»Gwen. Spielst du nachher auch etwas? Dimitri liest vor, ich auch, neue Arbeiten.« Er legt die Hand auf meine Schulter.

»Nein, ich habe letzte Woche zu wenig geübt.«

Er nimmt die Hand weg, ich fühle sie nach wie vor. »Das ist meine Schwester, Patricia.«

Das Mädchen, das neben ihm steht, sieht ihm ähnlich, ihre Augen blicken genauso bohrend. Sie trägt die Haare kurz und glatt herabfallend, wie es Mode ist. »Angenehm. Ich habe viel von dir gehört.« Sie sei gerade angekommen und wohne bei Paul.

Dimitri stellt sich zu uns. Er trinkt sein Glas in einem Zug leer.

»Nervös?«, frage ich.

Sein Gesicht wird glutrot. »Ein bisschen.«

»Sie sind ohnehin beschwipst und finden alles schön. Alle hier langweilen sich zu Tode. Die Eintönigkeit von Aberdovey und Tywyn und all den anderen Käffern hat sie völlig benebelt.«

Er kichert hoch und greift zu seiner Mappe mit den Gedichten, seine Hand zittert. »Ich muss sie noch mal kurz durchlesen.«

Um uns herum unterhalten sich Leute und spähen dabei über die Schulter ihres Gegenübers nach möglicherweise interessanteren Gesprächspartnern – die Unterhaltungen kreisen um Nachbarn, Affären, alles, was aus dem Rahmen fällt, nie etwas, was diesen Rahmen in Frage stellen könnte.

»Meine Damen und Herren, es ist schon fast halb neun. Wir fangen an.«

Als alle Platz genommen haben, eröffnet Paul den Abend. Sein Blick sucht die Reihen ab – ich habe Margie auch noch nicht gesehen. Er schenkt mir ein Lächeln, fast schon verschwörerisch, lächelt dann seiner Schwester zu.

Dimitri liest als Zweiter. Seine Stimme ist knarzig und schwerer, als man bei seinem Körperbau erwarten würde.

Mein Fuß ist eingeschlafen, ich bewege das Bein, um das pelzige Gefühl loszuwerden. Dimitri schaut zu mir herüber. Das Papier zittert in seiner Hand. Die Tür geht auf, Margie huscht so leise wie möglich herein – Dimitri gerät ins Stottern, scheint den Faden verloren zu haben. Sie geht zu meiner Mutter und flüstert ihr etwas ins Ohr, dann winkt sie mir.

»Wo ist er?«, sagt meine Mutter auf dem Flur zu Olive.

»Im Krankenhaus. Er ist bei Bewusstsein. Sie wissen nur nicht, was mit seinem Bein ist. Es scheint nicht gebrochen zu sein, aber er hat kein Gefühl darin.« Meine Schwester spricht hoch und japsend.

»Dudley hatte einen Unfall«, sagt Margie. »Er ist von einer Klippe ins Wasser gesprungen und auf einen Felsen geprallt, nicht weit von dort, wo wir neulich mit dem Boot waren.« Ich stehe nah an der Wand, lege die Hand auf den kühlen Stein. »Er ist mit dem Becken aufgetroffen, und sein Bein ist verletzt.«

Meine Mutter ist ganz bleich geworden. »Wir müssen zu ihm. Irgendjemand muss Newman Bescheid geben.«

»Fahr du schon mal mit Olive«, sagt Margie. »Dann regeln Gwen und ich hier alles andere.«

»Ich will auch zu Dudley«, sage ich. Mir ist schwindlig.

»Drei Leute gleichzeitig dürfen sowieso nicht zu ihm.«

Olive nimmt meine Mutter mit. Drinnen erklingt Applaus. Ich öffne die Tür, sehe, wie Dimitri sich verbeugt, die Gedichte fallen ihm aus der Hand. Margie stellt sich neben ihn. »Liebe Leute, im Namen von Florence möchte ich Ihnen herzlich für Ihr Kommen danken. Leider ist ein Unfall passiert, und deshalb gibt es jetzt keine Drinks mehr. Ich muss Sie alle bitten, nach Hause zu gehen. Vielen Dank für Ihr Verständnis.«

»Was ist passiert?«, ruft ein Mann mit tiefer Stimme.

»Das wissen wir nicht genau.«

»Ist sie erkrankt?«

»Florence erfreut sich bester Gesundheit. Bitte. Sie können draußen weiterschwatzen.«

Ich gehe hinaus, stelle mich an die Verandabrüstung und warte, bis alle weg sind. Der Garten scheint tiefer zu sein als vorher, sein Grün dunkler. Beunruhigung beschleicht mich, windet sich um mich herum wie Efeuranken. Das wird nicht wieder gut. Die Hintertür geht auf, Dimitri tritt auf die Veranda. Er stützt sich mit den Ellenbogen auf die Brüstung, nachher wird seine Haut dort von Furchen durchzogen sein.

»Sind schon alle weg?« Drinnen brennt das Licht noch, als stünde etwas bevor.

Er erschrickt. »Gott, Gwen, wo kommst du denn her?« Er kichert hoch, zündet sich dann eine Zigarette an.

»Weißt du, wo Kingsley ist?«

»Der wird bei seiner Freundin sein.«

Meistens taucht er irgendwann im Laufe des Abends doch noch auf, obwohl er sich nichts aus Musik oder Poesie macht. Er gehört nach draußen, nicht nach drinnen. Meine Mutter hat früher immer gesagt, er müsse ihr wohl untergeschoben worden sein, jetzt sagt sie seit geraumer Zeit gar nichts mehr.

»Lief es denn gut mit der Lesung?« Ich fuchtle mit den Händen, um die Angst von mir abzuschütteln.

»Nein. Aber ich habe es hinter mir.« Er sieht mich an. »Dein Bruder wird es schon schaffen, der ist hart im Nehmen.« Er gibt mir seine Zigarette.

Ich nehme einen Zug, inhaliere, es sticht, und ich versuche, nicht zu husten.

Dimitri nimmt mir die Zigarette wieder ab.

Eine Amsel landet im Ahorn hinter ihm und beginnt zu singen.

»Sollte die Amsel nicht längst schlafen? Es ist viel zu spät für Musik.«

»So reden sie miteinander.«

»Wie du mit der Geige.«

Dimitri legt die Zigarette auf die Mauer und macht einen Schritt auf mich zu. Ich bleibe stehen, gerade aufgerichtet, schließe die Augen, bis ich seinen Atem spüre.

Der Geruch von Brillantine, Rauch, seine Lippen, die Haare darüber, er ist sanft, dann gierig, es dauert eine Minute, zwei, ich höre auf zu zählen, die Amsel singt noch immer, mir ist schwindlig, seine Hand auf meinem Arm, meinem Rücken, mein Körper lebt, meine Hand schläft, mir ist, als läge alles, was ich fühle, auf oder unter meiner Haut. Ich weiche einen Schritt zurück, sehe, wie Dimitri die Augen öffnet, ein Blick, den ich nicht kenne und doch begreife, und da gehe ich ins Haus.

In meinem Zimmer ziehe ich mich aus, Schicht für Schicht, ein ungewohntes Prickeln im Körper. Im Nachthemd öffne ich das Fenster. »Charlie«, rufe ich. »Charlie.« Ich kann nicht laut rufen, alle schlafen schon. Gerade als ich das Fenster wieder schließen will, höre ich seinen Flügelschlag. Er lässt sich auf der Fensterbank nieder. »Komm«, sage ich. Er kommt auf die Bettkante. Ich streiche ihm sanft über den Rücken, obwohl ich weiß, dass er das nicht mag. Müdigkeit erfasst mich, löst die Erregung ab. Charles hüpft einen Schritt zur Seite und pickt in sein Gefieder. »Entschuldige. Dudley liegt im Krankenhaus. Es war so ein komischer Abend.« Ich erzähle ihm von Dimitri. Vielleicht weiß er es schon, er sieht ja alles von oben.

Er bleibt im Zimmer, bis ich eingeschlafen bin. Beinahe weckt mich sein Flügelschlag, als er wegfliegt, ein schwarzer Kratzer über meinem Traum.

*

Als ich aus dem Krankenhaus zurückkehre, sitzt Patricia auf der Mauer vor dem Haus.

»Hallo.« Sie springt herunter. »Wie geht es deinem Bruder?«

»Er wird gerade operiert. Meine Eltern sind bei ihm.«

»War das ein großer Schock für dich?«

»Nicht so schlimm.«

Sie sieht mich fragend an.

»Ich muss rein«, sage ich.

»Gut, verstehe. Ich wollte nur wissen, ob mit dir alles in Ordnung ist.«

Ich gehe zur Haustür.

»Hast du heute Abend schon etwas vor?«

Ich drehe mich zu ihr um. »Tut mir leid, aber ich habe nicht viel geschlafen und bin wirklich sehr müde.«

»Morgen?«

Wind kommt auf, öffnet meinen Mantel. Sie bleibt einfach da stehen, als hätte sie auf irgendetwas Anspruch.

»In Ordnung.«

»Ich hole dich ab.«

Sie rennt davon wie ein Kind, dem Park entgegen, aus dem Feld zu ihrer Seite fliegt ein Rebhuhn auf. Sie bewegt sich genauso wie ihr Bruder, mit viel Schwung.

Im Flur rufe ich ein lautes Hallo. Keine Antwort. Ich gehe ins Wohnzimmer, trete an den Flügel und öffne den Deckel. Ich spiele den Flohwalzer, »Für Elise«, und danach dreimal die Sätze von Mozarts »Türkischem Marsch« in behäbigem Tempo. Ich spiele gern Klavier, aber die anderen hören es weniger gern, weil ich zu viele Fehler mache. Ich mache mehr Fehler, wenn sie mir auf die Finger sehen. Als ich geendet habe, klatscht jemand Beifall. Cookie steht im Türrahmen, hat mir zugehört. »Wie schön du das kannst.« In ihrem Akzent reihen sich die Wörter nahtlos aneinander. Ich laufe zu ihr und schlinge die Arme um sie. Sie riecht vertraut, nach Brot und Fleisch und Schweiß, und sie herzt mich, als wäre ich noch ein kleines Kind.

*

Am nächsten Morgen wehen Eichenblätter gegen meine Fensterscheibe. Es ist noch nicht Herbst, noch nicht einmal Nachsommer, aber die Schäfchenwolken über dem Garten haben es eilig, und der Tag trägt schon die kommenden Monate in sich: lange, regnerische Sonntage, Strandspaziergänge in der Kälte, Kartons mit Tauben, die zu schwach sind, um den Winter im Freien zu überstehen, die es manchmal schaffen.

Meine Mutter ist nicht beim Frühstück. Ich setze mich zu Olive an den Tisch.

»Und du hältst es nicht für nötig, was zu sagen? Dein Bruder liegt im Krankenhaus!« Die Stimme meines Vaters hallt durch den Flur. Kingsley murmelt etwas. »Nein, er ist nicht tot, ich weiß. Aber solange du unter diesem Dach lebst, bist du Teil dieser Familie.« Kingsley kommt mit gesenktem Kopf ins Esszimmer, dunkle Ringe unter den Augen, die Haare ungekämmt. Papa ist rot angelaufen vor unterdrückter Wut, und den Stift in der rechten Hand umklammert er wie eine Waffe. Beide haben genau das gleiche böse Gesicht aufgesetzt.

Mein Vater zieht einen Stuhl zurück und setzt sich beinahe daneben. Wenn ich Olive jetzt ansehe, fangen wir an zu lachen, also konzentriere ich mich auf meinen Toast und verkneife mir das Kichern. Der Marmeladenklecks auf meinem Brot sieht aus wie ein kleiner Hund mit Schlappohren. Ich verstreiche das Hündchen, esse es still auf, muss nur einmal kurz glucksen.

»Übst du noch ein wenig?«, fragt mein Vater.

Ich nicke und erhebe mich. Ich muss für morgen eigentlich zwei neue Stücke einüben – das von Haydn geht, aber das von Mozart ist ganz schön schwer beziehungsweise schnell, und ich habe zu wenig Zeit darauf verwendet.

Auf der Treppe kommt mir meine Mutter entgegen. Sie nimmt mich in die Arme und presst meinen Kopf an ihre Schulter. Ihre Umarmung ist eine Spur zu fest.

»Mama.« Ich befreie mich von ihr.

Zwei Stufen auf einmal nehmend, laufe ich weiter nach oben: Ich habe schon die Musik im Kopf.

Auf meinem Bett stimme ich die Geige und denke über den nervösen Dimitri nach. Ich will ihn nicht heiraten und auch nicht seine Freundin sein. Will ich ihn überhaupt noch sehen? Ich spiele ein kleines Lied, um die Finger warm zu machen. Vielleicht. Er will mich.

Das Stück von Haydn beginnt ruhig, meine Finger kennen sich aus, bis zur Modulation. Ich suche den richtigen Fingersatz, denke, ohne zu denken, nur dem Gefühl folgend, spiele, was noch nicht gut läuft, bis es fast gut ist. Noten stellen die Gedanken anderer dar, von früher, werden zu meinen, vertreiben meine eigenen, machen sie zu Musik.

Nach einer Stunde lege ich die Geige aufs Bett, die Saiten ruhen auf der Bettdecke, ich suche das Mozart-Stück heraus – die Fingerspitzen meiner linken Hand suchen auf dem Bett nach den Griffen. Ich schaue die Eiche vor dem Fenster an, ihre alte Rinde, spüre deren

Struktur in den Fingern; die Zweige zeigen zum Fenster, lassen hin und wieder ein Blatt fallen – grüne Blätter mit braunem Rand. Bäume tragen das Jahr mit sich, durch die Jahreszeiten gestückelt. Ein Tag wird durch Termine, Worte, Versprechen, Gedanken gestückelt. Eine Straße wird durch Schritte, Häuser, Pappeln (das Zuhause von Amseln, von Meisen) gestückelt.

Mein Blick wird zur Mauer vor dem Haus gelenkt, wo eine schmale Gestalt sitzt, die an den Nägeln kaut.

Ich hatte sie vergessen.

Ich öffne das Fenster. »Hallo. Sitzt du schon lange da?« Meine Stimme weht wieder ins Zimmer herein.

Patricia erhebt sich, winkt. »Kommst du?«

Das Fenster schließt sich von selbst, ich brauche nur einen Schritt zurückzutreten.

»Machst du hier Ferien?«, frage ich.

»So was Ähnliches. Meine Eltern haben mich satt, und Paul hat ein Zimmer übrig. Sie wollen, dass ich nach dem Sommer heirate, und sie haben auch schon beschlossen, wen.«

Sie sieht Paul nicht wirklich ähnlich, aber sie hat den gleichen Blick – sie kneift die Augen ein bisschen zusammen, runzelt leicht die Stirn. »Wen denn?«

»Wollen wir an den Strand gehen?«

»Es ist ziemlich windig.«

»Gerade deswegen. Magst du eine Zigarette?«

»Ich rauche nicht.«

»Man ist nur einmal jung.« Sie nimmt eine Zigarette aus einer Blechschachtel.

»Wie ist es in London?« Wir laufen den Steinweg zum Kieselstrand hinunter. Über der weißen Mauer hinter uns liegt ein grüner Schleier, der gestockte Atem des Meeres.

»Genauso öde wie hier. Das heißt, man kann alles Mögliche machen, aber es ist nicht genug Platz. Jeder kennt jeden, wenn man einmal etwas macht, was sich nicht gehört, weiß es sofort jeder. Erst recht wenn du eine Frau bist.« Sie zieht den linken Schuh aus. »Au.«

»Ich würde die Schuhe noch kurz anbehalten, wenn ich du wäre. Weiter vorn ist dann Sandstrand.«

Sie gibt mir den Schuh, der warm ist, das Leder weich, eine Haut, und stützt sich mit der Hand auf meiner Schulter ab, während sie mit der anderen Hand die Muschelschalen von ihrem Fuß wischt.

»Sie wollen also, dass ich heirate.« Sie zögert. »Jemanden, zu dem ich Kontakt hatte. Aber er will nur eine schöne Frau, die gut zum Haus passt.«

»Ich werde nie heiraten.« Während ich es sage, weiß ich, dass es stimmt.

Sie lacht. »Was willst du denn dann machen?«

»Aufs Konservatorium gehen, ich möchte in einem Orchester spielen. Und du?«

»Ich werde Schriftstellerin.« Sie blickt triumphierend und auch ein bisschen ernst.

»Ich habe früher immer Geschichten über Vögel im

Garten geschrieben. Aber ich wüsste nicht, wer das lesen will.«

»Ich würde sie gern lesen.« Sie fasst mich am Arm, ich bekomme eine Gänsehaut.

Wir laufen auf dem schmalen Streifen an den Booten entlang zum Sandstrand. Hellblaues geht in dunkelblaues Wasser über, dunkelblaues Wasser in tiefblauen Himmel. Ich erzähle ihr, dass ich Worte manchmal fürchte, weil sie Dinge einfangen, die man besser nicht einfangen sollte – es sei viel einfacher, mit der Geige zu sagen, was ich meine. Sie sagt, dass es nicht die Worte sein können, die mir Angst machen, denn die seien doch nur Hülsen, Träger von etwas anderem.

Unterdessen bricht die Sonne die Wolken über dem Horizont in zwei Hälften auf, ein Mund, der Licht spricht, die Winkel lachend gekräuselt.

*

Eines Tages ist Dudley zu Hause, als ich von der Geigenstunde zurückkomme. Er sitzt in einem Sessel am Fenster und schaut in den Garten hinaus. »He, Duds. Schön, dass du wieder da bist.« Meine Stimme klingt seltsam förmlich.

»Ich bin auch froh, wieder zu Hause zu sein.« Er wendet das Gesicht nicht vom Garten ab, als ereigne sich dort wer weiß was. Nur das Gras bewegt sich, und die Stauden.

»Was macht dein Bein?«

»Weiß ich nicht.«

Cookie läutet zum Tee. Ich gehe nach oben, um meine Geige wegzulegen. Im Garten singt Mike. Ta-da-da, ta-da.

Beim Tee sitzt Dudley mir gegenüber. Er meidet nach wie vor meinen Blick und redet mit niemandem. Meine Mutter redet: über den Nachbarn, den sie einer Affäre verdächtigt, über einen Streit mit ihrer Schwester, über den Kartenabend bei ihrer Freundin, die furchtbar schlechte Laune hatte. Mein Vater setzt sich kurz zu uns, murmelt etwas von einem Gedicht, mit dem er gestern Abend angefangen hat, und geht wieder.

Als Cookie die Sandwiches bringt, greift sich meine Mutter an die Stirn. »Es fängt wieder an. Ich muss ins Bett.« Cookie holt Tessa aus der Küche, damit sie meiner Mutter die Treppe hinaufhilft.

Dudley nimmt ein Sandwich von der Platte. Er kaut langsam, Bissen für Bissen, mit leicht geöffneten Lippen, so dass sein Mund zum Resonanzkörper wird – bevor die Menschen miteinander sprachen, kauten sie sich etwas vor. Cookie schenkt uns Tee ein. Ich spüre, dass Olive mich ansieht, erwidere ihren Blick aber lieber nicht, das Lachen sprudelt schon auf. Dudley scheint es nicht zu bemerken. Er nimmt sich ein Stück Kuchen, Krümel bleiben in seinem Schnauzer hängen, fallen neben den Teller, als er einen weiteren Bissen nimmt.

»Du krümelst«, sagt Olive und presst die Lippen aufeinander.

Er nimmt noch ein Stück Kuchen und putzt sich diesmal den Schnauzbart mit den Fingern ab, so dass die Krümel neben dem Teller landen.

»Igitt«, sage ich.

»Igitt?«, sagt er. »Weißt du, was eklig ist? Euer falsches Mitleid. Dir ist das doch alles ganz egal, du denkst nur an deine Geige.« Er wendet sich Olive zu. »Und du willst so tun, als wäre alles normal. Willst Mama nachäffen. Wenn es dir Spaß macht, bitte.«

Ich nehme einen Bissen von meinem Sandwich und denke an das Mozart-Stück. Ich kann es im Kopf spielen, meistens folgen dann auch rasch meine Finger. Dudley leckt einen Finger an und tupft damit die Krümel vom Tisch, die er langsam ableckt. Und dann das Ganze noch einmal.

Olive schiebt abrupt ihren Stuhl zurück, die Stuhlbeine machen einen Hüpfer auf dem Holzboden. Auf ihrem Teller liegt ein angebissenes Sandwich – zunehmender Mond.

Bevor ich mich erhebe, sehe ich Dudley kurz an. Sein Blick ist ruhig, als hätte er nichts gesagt. Er nimmt sich noch ein Stück Kuchen.

*

»Ich wollte mich verabschieden.« Patricia tritt aus dem Schatten der Eiche. »Du brauchst mich nicht zu begleiten.«

»Aber es ist auch nicht verboten, oder?«, sage ich.

Sie nimmt den großen Koffer, ich den kleinen. Wir gehen durch das Licht ins Dunkel, der Weg an den Bahngleisen entlang ist hinter der Kurve mit Zweigen übersät. Sie erzählt von dem, was sie vorhat, wenn sie wieder in London ist, von ihrem Buch. Ich erzähle von dem neuen Stück, das ich gerade einstudiere, ein Walzer von Chopin. Kleine Steinchen werden von unseren Füßen in Bewegung gesetzt, Steinchen, die vielleicht nur selten bewegt werden. Ein Zug fährt vorüber, dann ist es wieder still. Bis auf die Enten, die in der Ferne rufen, und den Wind, der im Gras raschelt.

»Du musst das Heft in die Hand nehmen. Sonst geht die Zeit einfach vorüber. Sonst wirst du zu dem, was sie von dir erwarten. Dann wirst du wie von selbst zu deiner Mutter.«

Ich schüttle den Kopf.

»Kopf hoch.« Sie tippt mir unters Kinn. »Du solltest Sargent anrufen.«

Der Zug fährt ein, bremst, hält ganz vorn am Bahnsteig. Wir rennen. Sie löst beim Schaffner eine Fahrkarte, und ich umarme sie zum Abschied. »Schade, dass du schon wegmusst.«

»Ich komme bestimmt mal wieder. Oder wir sehen uns in London.«

»Weißt du, ich …«

»Ja?«

Der Schaffner bläst in seine Trillerpfeife, bedeutet ihr, dass sie sich beeilen soll. Sie steigt ein.

»Was wolltest du sagen?«

»Ach nichts, wird schon werden.«

Sie läuft durch das Abteil, setzt sich ans Fenster und legt die Hand an die Scheibe. Ich lege meine Hand dagegen, bis ich spüre, dass sich der Zug in Bewegung setzt.

Ich winke, bis er ganz verschwunden ist. Die Sonne hat gedreht, ich laufe im Licht zurück, ich habe keinen Hut auf, und mein Scheitel brennt.

Auf dem Postamt rufe ich Sargent an.

»Wer bitte?«

»Gwen. Howard.«

»Ach, Gwen, entschuldige, ich hatte dich nicht richtig verstanden. Nett, dass du anrufst. Alles in Ordnung?«

»Ja, ja. Alles gut. Ich habe eine Frage. Ich möchte gern aufs Konservatorium, aber meine Eltern können sich nicht damit anfreunden. Mein Vater hält große Stücke auf Sie, ich denke, er würde auf Sie hören. Also habe ich mich gefragt…«

»Ob ich ein Wörtchen für dich einlegen könnte. Das kann ich. Aber unter einer Bedingung.«

»Und die wäre?«

»Dass du dann hier im Orchester spielst.«

Mein Grinsen ergießt sich über den Schaltertisch, lässt den Fußboden und die Wände erstrahlen.

»Gern.«

»Schön. Dann werde ich alle Hebel in Bewegung setzen.«

Ich danke ihm und verlasse das Postamt mit roten

Wangen. Ich gehe nicht nach Hause, sondern biege vor unserer Straße ab und folge dem Muschelpfad an den Bahngleisen entlang, an den weißen Hotels vorüber zum Hafen und weiter Richtung Meer. Ich stibitze mir einen Apfel von einem Apfelbaum, schlage den Bogen zum Sandstrand und setze mich dort in eine Nische der Kreidefelsen. Das Wasser, die Weite, der Geschmack des Apfels – ich würde am liebsten singen, sitze aber einfach nur da und lasse mich vom Geräusch des Wassers überspülen, Welle für Welle.

Sternchen 4

Sternchen begann im März mit der Einrichtung des Nistkastens und flog tagelang Moos, Rindenfasern, Wollfäden und anderes weiches Material herbei. Sie tat das wie alles, was sie machte, mit großer Hingabe und Leidenschaft. Diese Eigenschaften traten nicht nur in ihrem Verhalten, ihrer Gründlichkeit zutage, sondern ihre ganze Haltung war vollkommen konzentriert, wie bei einem Musiker während des Spielens.

Glatzköpfchen betrachtete den Nistkasten als sein Territorium, und als Sternchen das Nest fertig hatte, wurde er abends vorstellig, weil er dort schlafen wollte. Sternchen jagte ihn weg: Die Jungen bringen schon genug Arbeit mit sich, ein weiterer Übernachtungsgast bedeutet zusätzlichen Aufwand beim Sauberhalten. Glatzköpfchen war jedoch hartnäckig und flog allabendlich so lange singend zum Nistkasten, bis Sternchen nachgab. Sie blockierte das Einflugloch immer von innen und legte das Köpfchen schief, als beurteile sie Glatzköpfchens Gesangskünste. Am ersten Abend brauchte er gut dreißig Anläufe, doch von Tag zu Tag wurden es weniger, als sei beiden klar geworden, dass

Sternchen ja doch nachgeben würde. Glatzköpfchen schlief in dem Kasten, bis die Jungen einige Tage alt waren. Da suchte er sich freiwillig einen anderen Schlafplatz.

Fünf Tage nachdem die Jungen aus dem Ei geschlüpft waren, kam Sternchen zu mir, um Futter für sie zu holen. Bis dahin hatte sie ihrer Brut immer nur natürliches Futter gegeben und höchstens für sich selbst etwas von mir angenommen. An diesem Morgen bewegte sie sich schneller als sonst und flog, während ich in der Küche beschäftigt war, ein paarmal zum Nistkasten zurück. Glatzköpfchen traf eine Stunde nach ihr ein. Er flog zu mir und legte sich auf meinen Schoß, als seien seine Beinchen zu schwach, ihn zu tragen. Sternchen kam aus dem Nistkasten zu uns herüber, sowie sie ihn sah. Sie schlug wie wild mit den Flügeln und rief ihn, um ihn dazu zu bewegen, mit ihr zu kommen. Er piepste kurz, blieb aber still liegen. Sie kam an diesem Nachmittag noch mehrmals wieder. Beim letzten Mal betrachtete sie ihn nur kurz aus der Distanz.

Ab dem Moment schaffte sie den Löwenanteil des Futters für die Küken heran. Glatzköpfchen flog gelegentlich mit einem Stückchen Brot vom Futtertisch in den Nistkasten, um dann wieder ein paar Stunden zu schlafen. Am liebsten schlief er bei mir auf dem Schoß. Er tat dann so, als komme er, um sich eine Nuss zu holen, legte den Kopf an meinen Bauch und blieb sitzen – die Nuss aß er manchmal gar nicht.

• 1914 •

Komm doch mit.«

Olive sitzt auf meinem Bett, schaut zu, wie ich meine Sachen packe. »Wenn Papa auch noch eingezogen wird, muss ich Mama im Haushalt helfen und mit Dudley.«

»Mama kann doch selbst für Dudley sorgen.«

Olive rümpft die Brauen. Seit dem Unfall fängt meine Mutter schon mittags an zu trinken. Mein Vater wiederum hat damit aufgehört und verschanzt sich den ganzen Tag in seinem Zimmer, um an einem Gedichtband über den Krieg zu arbeiten. Voriges Jahr sind seine gesammelten Werke herausgegeben worden, ein Meilenstein, der bei ihm vor allem für Unzufriedenheit sorgte. »Das ist alles Mist. Das muss ich ganz anders machen.« Seither schreibt er nur noch. Nicht mal die Vögel würdigt er eines Blickes.

»Du brauchst dich nicht aufzuopfern.«

Olive starrt nach draußen. »Ich wüsste ohnehin nicht, was ich machen soll. Ich eigne mich für gar nichts.«

Ich setze mich neben meine Schwester.

»Kein Mann will mich, weil ich zu hässlich bin. Nichts Halbes und nichts Ganzes. Und zu alt. Und ich kann nichts.«

»Du kannst Klavier spielen. Und nähen. Und du bist schnell.«

Olive kann rennen wie der Blitz, da kommt nicht mal Kingsley mit.

»Was bringt mir das? Ich bin sechsundzwanzig.« Sie lacht, aber ihr Blick bleibt traurig.

»Möchtest du, dass ich bleibe?«

»Ach was.« Sie nimmt meine Hand, drückt sie kurz und legt sie dorthin zurück, wo sie lag, wie ein Werkzeug nach Gebrauch.

Charles hockt auf dem Fenstersims und klopft mit dem Schnabel an die Scheibe. Ich mache ihm das Fenster auf.

»Du lässt diese schmutzige Krähe rein?«

Charles fliegt Richtung Bett und dreht, als Olive sich bewegt, zum Schreibtisch ab. Dort bleibt er seelenruhig sitzen, denn er weiß, dass Olive immer nur kurz da ist.

»Ich bin auch schon erwachsen«, sage ich.

»Du bist noch jung. Und in London ist es was anderes.« Sie erhebt sich. »Ich schau mal kurz, was Mama macht, ich habe sie den ganzen Tag noch nicht gehört.«

Charles kommt zu mir. Er hat seit dem vorigen Jahr eine Partnerin, ein sehr kluges Krähenweibchen, das etwas kleiner ist als die anderen, aber doppelt so geschwind. Ich kraule ihn am Köpfchen und packe dann weiter. Meine Kleider liegen schon alle im Koffer, die verbleibende Hälfte ist für die Noten bestimmt. Die bekannten Stücke müssen auf jeden Fall mit, und ein paar persönliche Favoriten. Ich lege Notenhefte in den Koffer, nehme sie wieder heraus, lege sie zurück. Charles hüpft aufs Bücherregal. Ich würde gern die Vogelbücher mitnehmen, die sich im Laufe der Jahre bei mir angesammelt haben, aber das würde auf Kosten des Platzes gehen, den ich für die Noten reserviert habe. Ich kann die Bücher ja Weihnachten holen. Außerdem kann ich in London in die Bibliothek gehen.

Auf dem obersten Regalbrett liegen die Hefte mit allem, was ich geschrieben habe. Ich sehe sie durch – Geschichten von Charles, von Benny, der Elster, die ein Jahr lang bei meinem Vater im Arbeitszimmer lebte; stümperhafte Versuche, Vogelgesänge zu notieren; Listen der Vögel, die den Sommer über bei uns im Garten waren. Als die Nachbarin am Ende des Sommers bei uns zum Tee war, fragte sie, was ich denn ständig im Garten machte. »Sie schreibt auf, welche Vögel da sind«, sagte meine Mutter, und daraufhin brachen beide in Gelächter aus. Ich lege die Hefte neben den Koffer, am besten werfe ich sie weg.

Kingsley klopft an die offene Tür. »Bist du allmählich fertig? Wir müssen morgen um Viertel nach sechs weg. Papa und Olive kommen mit zum Bahnhof und helfen die Koffer tragen.« Er hat sich einen Bart stehen lassen, so sieht er meinem Vater noch ähnlicher.

»Aufregend, nicht?« Eigentlich sollte es voriges Jahr schon losgehen, aber da fanden meine Eltern auf einmal, dass ich noch zu jung sei. Jetzt bin ich einundzwanzig, da können sie mir nichts mehr vorschreiben.

Er schmunzelt über meine Begeisterung, und die Unzufriedenheit, die er an sich hat, ist kurz verflogen. »Ich werde die Jungs vermissen.« Er hat einen großen Freundeskreis, junge Männer aus dem Dorf, mit denen er Sport macht und trinkt.

»Für Männer ist es vielleicht anders.«

Er zwinkert mir zu. »Ich hab versprochen, dass ich gut auf dich aufpassen werde.«

Ein schiefes Grinsen, dann wende ich mich wieder dem Koffer zu. Es ist nicht wahrscheinlich, dass Kingsley lange in London bleiben wird. Die meisten Soldaten gehen aufs Festland, nach Belgien und Frankreich.

Die Sonne bricht plötzlich durch, die Birke schräg vor meinem Fenster wirft einen Schatten über das Bett, über meinen Koffer. Cookie läutet zum Tee, mit schnellem, schrillem Gebimmel. Ich renne die Treppe hinunter.

Der Tisch ist reich gedeckt: Schüsselchen mit Marmelade und Butter und Schlagsahne, Teller mit Kuchen, Scones, Muffins, Sandwiches und Pfannkuchen. Es gibt Tee und heiße Schokolade.

»Wie festlich.« Ich setze mich neben meinen Vater.

»Zwei von vier Kindern fliegen aus. Das müssen wir ein bisschen feiern.«

Ich nehme einen Muffin. »Olive, reichst du mir bitte die Erdbeermarmelade? Und die Schlagsahne?«

Sie schiebt mir beides mit verkniffenem Gesicht hin.

»Ist irgendetwas?«

»Wieso sollte etwas sein? Das bildest du dir ein.«

»Du kannst jederzeit zu Besuch kommen.«

Dudley isst Pfannkuchen, als hinge sein Leben davon ab. Er bestreicht sie dick mit Butter und Marmelade oder belegt sie mit Käse und Schinken, rollt sie zusammen und schneidet sie in mehrere große Stücke. Bissen für Bissen verschwinden sie in seinem Mund. Beim fünften Pfannkuchen sehe ich, wie meine Mutter ihn anschaut. Beim sechsten ermahnt sie ihn. Beim siebten bedeutet sie Cookie, die Pfannkuchen abzuräumen. »Halt«, sagt Kingsley, »ich hätte gern noch einen.«

»Na gut, einen noch«, sagt meine Mutter. Sie nimmt einen vom Teller und legt ihn über den Tisch hinweg auf Kingsleys Teller.

»Mam, ich habe Hunger. Ich könnte noch zwei vertragen«, sagt er.

Sie gibt ihm noch einen. Ihre Lippen sind zu einem geraden Strich zusammengepresst. Cookie fragt, ob sonst noch jemand einen Pfannkuchen möchte.

»Ich hätte auch gern noch einen«, sagt Dudley.

»Das ist doch wohl nicht dein Ernst!«

Mein Vater stößt die Hand meiner Mutter an und klopft dann mit seiner Gabel auf die Tischplatte. »Gönn dem Jungen doch auch etwas.«

»Er hat schon sechs gegessen.«

Sieben.

Mein Vater wendet sich wieder seinem Teller zu. »Köstlich«, sagt er zu Cookie. »Sie haben sich wieder mal selbst übertroffen. Was für ein Festtag. Wundervoll.«

Dudley rülpst. Schnell hält er sich die Serviette vor den Mund. »Entschuldigung.«

»Pfui Teufel«, sagt Olive.

Cookie räuspert sich. Sie steht immer noch mit dem Teller in der Hand da.

»Von mir aus«, sagt meine Mutter.

Dudley behandelt diesen Pfannkuchen genauso wie die vorigen, nur ist die Schicht Butter dicker und die Schicht Marmelade auch.

Ich spüre, dass Olive mich ansieht, als ich einen Bissen von meinem Scone nehme. Ich schaue nicht zurück.

Am nächsten Morgen klopfe ich, bevor wir aufbrechen, bei meiner Mutter an die Tür, aber sie macht nicht auf. »Vielleicht geht es ihr nicht gut«, sagt Olive.

Ich drücke die Türklinke runter. »Abgeschlossen.«

»Len«, ruft mein Vater unten an der Treppe. »Wir müssen jetzt wirklich los.«

Ich klopfe noch einmal.

»Komm«, sagt Olive. Ich folge ihr nach unten. Mein Koffer ist schwer, aber ich will ihn selbst tragen.

*

Das Erste, was ich sehe, als ich aufwache, ist meine Geige, die im offenen Kasten auf zwei Stühlen am Fußende liegt. Das Zimmer ist schmal und dunkel und perfekt. Irgendwo in der Ferne schlägt eine Turmuhr, ich zähle bis sieben. Ich steige aus dem Bett und öffne das Fenster, setze mich mit der Geige auf die Fensterbank und zupfe leise die Saiten. Straßenbahnen, Stimmen, Wind, ein Motorrad. Auf der anderen Straßenseite hat jemand eine Wäscheleine vor dem Fenstersims gespannt. Daran hängt Unterwäsche. Die Probe ist erst um zwei Uhr, ich habe genügend Zeit, das Viertel zu erkunden. Es klopft an der Tür. Ich schlüpfe rasch in meinen Morgenmantel.

»Miss Howard? Guten Morgen, ich bin Sylvia. Mrs Sewell bat mich, Sie zu wecken. Das Frühstück steht ab halb acht bereit.« Sylvia ist einen Kopf kleiner als ich und trägt ein weißes Häubchen auf ihrem sisalbraunen Haar. Ich schätze sie auf höchstens sechzehn.

Ich ziehe mich an und flechte mein Haar. Die Tür von nebenan geht auf und wieder zu – es ist noch nicht halb acht, aber ich habe Hunger.

Mrs Sewell steht unten an der dunklen Holztreppe. Sie unterhält sich mit einer hochgewachsenen jungen Frau mit roten Locken. »Nein, *vor* Freitag«, sagt sie scharf. »Das ist mein letztes Wort.«

Die junge Frau dreht sich abrupt um, sieht mich kurz an und zwinkert, ehe sie geht. Sie trägt Lippenstift.

»Guten Morgen, Miss Howard. Haben Sie gut geschlafen?« Mrs Sewell klingt zuckersüß. »Das Esszimmer ist dort.«

Ich laufe über den dicken dunkelbraunen Teppich zum hintersten Zimmer, wo die junge Frau von eben als Einzige am Tisch sitzt.

»Darf ich mich zu dir setzen?«

Sie lacht. »Gern. Ich bin Thea.« Sie ergreift meine ausgestreckte Hand mit der Linken, denn in der Rechten hält sie die Teetasse.

»Gwendolen, aber alle nennen mich Gwen. Oder Len.«

»Hallo, Len, willkommen im Geisterhaus, wie es hier alle nennen. Der einzige echte Geist ist Mrs Sewell, aber egal.« Sie grinst wie die Cheshire-Katze aus Alice im Wunderland. »Bist du auch Musikerin?«

»Ich spiele Geige. Und du?«

»Schön, dann können wir zusammen spielen. Cello.« Sommersprossen bahnen sich einen fächerförmigen Pfad von ihrer Nase zu ihren Wangen. Neben ihr bin ich dunkel und blass, farblos.

»Auch in einem Orchester?«

»Ich muss diese Woche dreimal vorspielen. Hoffentlich kommt etwas dabei heraus, sonst wird es schwierig. Auch in puncto Geld.« Sie gießt sich noch etwas Milch in die Tasse, trinkt den hellen, lauen Tee in einem Schluck aus. »Aber irgendetwas ergibt sich immer. Bis jetzt jedenfalls.«

»Ich bin beim Queen's Hall Orchestra angenommen worden.«

»Wow, du bist richtig gut! Umso besser. Hast du einen Freund?«

Ich schüttle den Kopf und nehme eine Scheibe geröstetes Brot vom Teller. Ich bestreiche sie mit Butter und Marmelade. »Du?«

»Derzeit zwei. Andrew, einen Soldaten, und Johnny, aus dem Orchester, in dem ich zuletzt gespielt habe. Er ist der Grund dafür, dass sie mich rausgeworfen haben, sie wollen keine Liebesgeschichten am Arbeitsplatz. Merk dir das schon mal.«

»Mein Bruder ist auch Soldat.«

»Sieht er gut aus?« Ihre Augen weiten sich, als versuchte sie, ihn in mir zu sehen.

»Weiß ich nicht. Ich möchte nachher einen Spaziergang durch das Viertel machen, kommst du mit?«

Sie verzieht das Gesicht. »Was willst du hier im Vorort? Komm mit in die Innenstadt, kennst du London ein bisschen?«

»Nicht wirklich.«

»Perfekt. Dann bin ich deine Führerin, und du hast Glück, denn eine bessere wirst du kaum finden.«

*

»Nimm deinen Mantel mit. Es soll Regen geben.« Thea wartet unten an der Treppe auf mich. Ich laufe noch einmal nach oben und stoße beinahe mit der Wirtin zusammen.

»Miss Howard?«

»Entschuldigen Sie, ich hatte es eilig.«

»Auf der Treppe wird nicht gerannt.«

Ich entschuldige mich noch einmal.

Thea lacht über mein verdattertes Gesicht. »Mrs Sewell ist nicht die Verkehrteste. Sie kann zwar ziemlich aus der Haut fahren, aber sie hat mir schon ein paarmal aus der Bredouille geholfen. Auch jetzt wieder. Ich bin mit der Miete schon zwei Wochen überfällig, jeder andere hätte mich längst auf die Straße gesetzt.«

»Soll ich dir was leihen?«

»Regel Nummer eins: Bitte Unbekannte nie um Geld. Hier hat keiner was, Musiker schon gar nicht. Bewahr dein Geld für schlechtere Zeiten auf.« Sie fährt sich mit der Hand durch die Locken. »Wir gehen da lang, durch den Park. Du bist doch schon mal in London gewesen, oder?«

»Vor langer Zeit.« Der Boden unter unseren Füßen vibriert. Ein Wagen fährt nah an uns vorüber, ich rieche den Pferdeleib. Thea scheint es gar nicht zu registrieren. »Wohnst du schon lange hier?«

»Ich bin hier geboren. Meine Eltern sind nach Schottland gezogen, als ich dreizehn war, da bin ich zu einer Tante gegangen. Ich wollte nicht mit.«

Ein Automobil mit einem Kasten auf dem Dach kommt uns entgegen – die Soldaten, die oben drinsitzen, rufen Thea etwas zu. Sie sieht meinen Blick.

»Das sind die neuen Busse. So werden unsere Jungs heutzutage transportiert. Vielleicht ist ja dein Bruder darunter. Du scheinst ihnen zu gefallen.«

»Sie rufen *dir* nach.«

»Uns beiden. Du bist das nicht gewohnt, hm?« Ich sehe sie schief von der Seite an, sie lacht.

Der Bus hinterlässt Spuren im Matsch, in der Luft. Auf der Kreuzung steht ein Polizist, der uns streng bedeutet, dass wir stehen zu bleiben haben.

»Immer mit der Ruhe«, sagt Thea. »Es ist ihr erster Tag in London.«

Der Mann schmunzelt und sieht auf einmal zehn Jahre jünger aus. »Willkommen, Miss.« Wir dürfen über die Straße.

Thea erzählt, dass sie sich nicht zwischen Andrew und Johnny entscheiden könne, weil beide so hübsche Kerle seien. Andrew sei stark, und Johnny sei ein fabelhafter Musiker. Johnny gefalle ihr besser, glaubt sie. Ich schaue mich um. Die Häuser sind so hoch, und die Straße ist schmutzig, schwarz vor Dreck, Auspuffgasen, Pferdemist. »Wird hier nie saubergemacht?«

»Die Straßenfeger kommen jeden Morgen.«

Der Weg führt uns jetzt durch einen Park. Auf einer Bank sitzt ein Mann mit geschlossenen Augen, die Hose zerlumpt, ohne Mantel oder Schuhe. Thea zieht mich weiter. »Landstreicher«, sagt sie, als wir außer Hörweite sind. Am Ausgang des Parks stehen noch zwei von der Sorte. Thea tut so, als bemerke sie die Männer nicht, und die verhalten sich genauso. Wir biegen rechts ab. Zwischen flachen Häusern sind Wäscheleinen gespannt, an denen Baumwollkleidung hängt: weiße Hemden, Kleider, Hosen. Als wir näher kommen, sehe ich, wie oft sie geflickt worden sind. Weiß auf fahlerem Weiß.

Während wir durch eine Geschäftsstraße gehen, erzählt Thea von dem Orchester, in dem sie zuletzt gespielt hat, und fragt noch einmal, ob wir zusammen spielen wollen. Sie sagt, es gebe nur wenige offene Stellen, ich hätte Glück gehabt.

»Hoffentlich geht es gut, dieser Sargent ist ein ziemlicher Choleriker.«

Wir bewundern Schaufensterauslagen, wo nichts vom Krieg zeugt: tausend Sorten Seife, Seidenkleider, Juwelen. »Kommst du noch mit in den Pub?« Thea zeigt auf eine Tür mit Holzornamenten, Goldfarbe, grünem Glasfenster.

»Ich habe gleich Probe.«

Sie fragt, ob ich allein zurückfände, umarmt mich, als würden wir uns schon sehr gut kennen. Dann geht sie hinein und überlässt mich einer Stadt, die mich zögernd willkommen heißt. Zwei Krähen schwatzen miteinander, hoch oben in einer Pappel. Ich bekomme Bauchschmerzen. Charles weiß nicht, wohin ich verschwunden bin und warum.

*

Der Probenraum ist in einer ehemaligen Schule, ein Klassenzimmer mit hohen Fenstern und noch höherer Decke. Heute proben nur die Streicher. Ich schüttle Hände und vergesse Namen, lächle ununterbrochen; die Nervosität kribbelt nicht nur in meinem Magen, sondern auch in meinen Fingerspitzen. Eine grobknochige Frau mit farblosem Haar, die sich als Joan vorgestellt hat, beginnt mit dem Einspielen, und schon bald spielen alle leise durcheinander, ein Flickenteppich aus Tonarten und Motiven, die sich eher voneinander weg als aufeinander zu bewegen. Mein Notenständer klemmt, ich ziehe und rüttle, mein Kopf läuft rot an. Ein hochgewachsener Mann in buntem Hemd wirft mir einen fragenden Blick zu – da geht der Ständer zum Glück auf. Die Noten bleiben stehen, die Geige ist nur ganz leicht verstimmt, und nun spiele auch ich mich ein, lange, tiefe Striche, die allmählich ansteigen – leise, ich lasse die Töne in denen der anderen verschwinden.

»Sind wir so weit?« Sargent blickt in die Runde. Neben mir steht eine junge Frau mit hellblonden Locken und meergrauen Augen, ihr Kleid ist eigentlich viel zu schön für eine Probe. Sie nimmt auf einem der Holzstühle Platz, ich nehme den Stuhl neben ihr. Sie lächelt kurz. »Ich bin Billy«, flüstert sie. »Willkommen.«

»Ich nehme an, ihr habt alle mit Gwendolen Bekanntschaft gemacht, die die Geigen verstärken wird.«

Ich nicke ihm und den anderen um mich herum zu, schlage den Blick nieder, versuche zu schlucken, aber mein Mund ist zu trocken. Hinter mir hustet jemand, laut und anhaltend.

»Gut. Haydn, Vater der Symphonie. Katholisch, Polypen in der Nase, pockennarbiges Gesicht, gar nicht mal so jung gestorben.«

Sargent breitet sich über das Stück aus, ich beiße mir auf die Lippe, übe die Griffe auf dem Hals meiner Geige. Ich muss erst später einsetzen, brauche nichts Besonderes zu machen, nur mitzuspielen und richtig zu zählen. Die erste Geige spielt, vier Takte, acht, und dann fallen wir ein, im richtigen Moment, mir ist, als werde ich hochgehoben, als werde etwas von uns allen gemeinsam hochgehoben, immer höher und höher.

»Ja, das reicht. Priscilla, du bist viel zu schnell. Gwen, ich höre dich nicht. Etwas lauter, bitte. Joan, ein bisschen flotter.« Ich wische die Handfläche an meinem Rock ab.

Und noch einmal, und noch einmal – mein Herz schlägt allmählich ruhiger, ich kann die anderen besser hören, habe inzwischen im Gefühl, wann ich anfangen muss, obwohl ich sicherheitshalber im Kopf mitzähle.

Anschließend prickeln meine Finger und meine Wangen, meine Ohren sind rot. Stimmen schwirren durch den Raum, Instrumentenkästen werden zugeklappt. Ich lache der Frau mit den Locken zu und gehe, den Geigenkasten in der Hand, hinaus, in meinen neuen Schuhen, die ein wenig drücken – von jetzt an wird alles nur immer besser werden.

*

»Kommst du noch mit, was trinken?« Billy greift zu ihrem Geigenkasten. Ich folge ihr zum Pub, vorbei an Körben, die in hohen Stapeln vor der Wäscherei stehen. Auf der anderen Straßenseite sehe ich eine junge Frau, die aussieht wie Olive, sie ist genauso groß und blond. Wenn Olive doch sehen könnte, wie es hier ist. Gestern habe ich ihr einen langen Brief geschickt, ich hoffe, sie schreibt bald zurück.

Im Pub ist es dunkel, die Kollegen sitzen in einer Ecke. Farbiges Licht fällt durch die Bleiglasfenster auf die runden Holztische. Ich setze mich neben Priscilla. Der Plüsch der Sitzfläche gibt kaum nach. Sargent fragt, was wir trinken wollen. Ich bestelle als Einzige Tee. »Trinkst du nicht?«, fragt Billy, die sich auf meine andere Seite gesetzt hat.

»Ich möchte morgen gern früh aufstehen, um zu üben.« Und ich muss nachher noch durch die ganze Stadt, ohne mich zu verlaufen oder belästigt zu werden.

»Vernünftig. War ich auch, am Anfang. Das nutzt sich über kurz oder lang ab.«

Die Kellnerin stellt ein Tablett auf den Tisch. Sargent nimmt seinen Whisky. »Alter Whisky und junge Weiber, für den Mann die besten Zeitvertreiber. Prost!«

»Hier gibt es wenigstens noch was Alkoholisches«, sagt Priscilla und trinkt einen großen Schluck von ihrem Sherry. »In den meisten anderen Lokalen wird nichts mehr ausgeschenkt. *Bloody war!*« Ihr Südlondoner Akzent verbiegt die Worte, macht sie runder und kompakter, ungelenken Pummelchen gleich.

Billy beugt sich zu ihr. »Weißt du, was mit Marion ist? War sie nun schwanger von dem Jungen?«

Ich scheine fragend zu blicken, denn sie erzählt mir,

dass Marion meine Vorgängerin gewesen sei, eine gute Geigerin, aber ein ziemlich lockeres Mädchen.

Sargent nimmt einen Stuhl und schiebt ihn zwischen Priscilla und mich. »Wie hat dir deine erste Woche gefallen?« Ich rieche seinen Schweiß, seinen Atem.

»Gut. Aber müde bin ich.« Ich weiche zurück, aber die Wand lässt mir nicht viel Raum.

»Keine Bange. Väterliche Besorgnis, nichts weiter. Ich habe Newman versprochen, gut auf dich aufzupassen, und das werde ich. Wie der Teufel auf eine arme Seele.« Mein Vater und er sind auf dasselbe Internat gegangen, wo sie beide Außenseiter waren, und blieben befreundet. Mein Vater hat viel an ihm auszusetzen, sagt aber trotzdem immer wieder, dass er nicht mit Gold aufzuwiegen sei.

Der Tee ist noch zu heiß zum Trinken. Ich hätte vielleicht besser Wasser bestellt. Ich weiß auch nicht, wer das hier bezahlen wird. »Ich habe kein Geld bei mir. Vergessen.«

»Die erste Runde geht auf mich. Aber nur freitags und nur, wenn wir abends keine Aufführung haben. Gut, dass du gekommen bist, Gwen. Du bist ein Gewinn für das Orchester. Wenn irgendetwas ist, egal was, sollst du wissen, dass du immer zu mir kommen kannst.«

Er tätschelt mich, als wäre ich ein braves Tier, und geht zu Sonia, einer russischen Klarinettistin, die auf Einladung des Orchesters für ein halbes Jahr hier ist. Sie hat knallroten Lippenstift aufgelegt und trägt ein enges schwarzes Kleid. Sargent sieht meinen Blick und zwinkert mir zu, bevor er sich ihr zuwendet.

*

An meinem ersten freien Tag gehe ich in den Hyde Park. Es ist weit, anderthalb Stunden zu Fuß, aber ich vermisse die Vögel. In meiner Straße stehen nur zwei Ahornbäume, und obwohl die kleinen Parks im Viertel einige Vögel anziehen – Tauben, Krähen, vereinzelte Amseln oder Spatzen und die Stare natürlich –, halten sich die meisten offenbar anderswo auf. Von meinem ersten Gehalt habe ich Vogelfutter gekauft und auf meinem Fenstersims ausgestreut, um es nach ein paar Tagen unangerührt wieder wegzukehren. Das übrige Futter bewahre ich in meiner Tasche auf, und wenn ich irgendwo Tauben sehe, streue ich ihnen etwas auf den Boden. Die Tage werden kürzer, es friert nachts, da haben sie Hunger.

Im Hyde Park gibt es zwar keinen Wald, aber es stehen etliche Eichen und Buchen dort, es gibt Amseln und Spatzen, und es gibt einen Teich mit Seerosen, Enten, Blesshühnern und Schwänen, auf einer der Rasenflächen grast eine Gruppe Graugänse. Ich laufe mir die Unruhe aus dem Leib, setze mich dann auf eine Bank und nehme ein Sandwich aus meiner Tasche. Als ich es aus dem braunen Papier wickle, setzt sich ein Mann neben mich. Vom Geruch seines Mantels wird mir fast übel. »Möchten Sie ein Butterbrot?«, frage ich. Er nimmt es ohne ein Wort an, beißt ein paarmal davon ab, um dann den Rest in dem Papier auf der Bank liegen zu lassen und weiterzugehen. Drei Tauben, zwei graue und eine weiße, landen vor meinen Füßen. Ich nehme das Brot aus dem Papier und zerkrümele es. Die weiße Taube ist kleiner als die beiden anderen, also bekommt sie am meisten. »Nichts mehr da«, sage ich und zeige ihnen die leeren Hände, bevor ich sie an meinem Rock abwische. Die Tauben scharren noch ein bisschen um mich herum und fliegen dann weg, um bei der nächsten Bank zu landen, wo jemand etwas isst.

*

Meine Mutter schreibt mir jede Woche. Im Dezember kündigt sie an, dass sie mir Weihnachten einen Besuch abstatten wolle. An dem Tag, als ich sie vom Bahnhof abhole, regnet es Bindfäden. Ich habe keinen Schirm mitgenommen, mir nur einen Schal um den Kopf gewickelt. Menschen stellen sich in Hauseingängen unter, warten in Geschäften, in denen grelles Licht brennt. Es ist das Wochenende vor Weihnachten, und alle machen Einkäufe: Taschen, Hüte, Modelleisenbahnen. Der Krieg scheint sich irgendwo weit weg abzuspielen, bis plötzlich ein Wagen mit Soldaten vorbeifährt, bis es mancherorts keine Schokolade mehr gibt, keinen Alkohol.

Auf der Anzeigetafel in der großen Bahnhofshalle sehe ich, dass ihr Zug in zehn Minuten ankommen soll. Ich wische über das feucht glänzende Holz der Bank, bevor ich mich setze. Kälte kriecht in mir hoch, und ich niese zweimal. Mein Mantel ist schwer vom Regen, die Luft riecht nach nassen Sachen. Der Lärm der Züge lässt den Fußboden erdröhnen, weniger die rhythmische Bewegung der Räder als vielmehr deren Abbremsen. Ich denke an das Stück, mit dem wir morgen Premiere haben – ich bin früher von der Probe weggegangen, um meine Mutter abholen zu können, und weiß nicht, ob ich mir das erlauben kann. Es ist ein Stück mit vielen Tempowechseln, das größte Genauigkeit erfordert. Sargent ermunterte mich zu gehen. Und ergänzte, dass er meine Mutter sehr schätze.

Brighton, Manchester, Edinburgh – es wäre so einfach, von hier wegzugehen. Der Bewegung wohnt immer eine Verheißung inne. Auf dem Bahnhof, in der Musik.

Ein Mann in langem, schwarzem Mantel setzt sich neben mich. »Das ist ein Wetterchen, was?«, sagt er. Ich nicke. »Allein unterwegs?«

»Ich warte auf meine Mutter.«

»Ja, ja, auf die Mama.« Er beugt sich zu mir. Ich rutsche ein Stückchen von ihm weg. Er hustet Schleim in sein Taschentuch.

»Gwennie!« Meine Mutter kommt über den glatten Bahnhofsboden auf mich zugelaufen, küsst mich auf beide Wangen. Hinter ihr steht ein junger Mann mit einem großen Koffer. »Jim hier ist so nett, meinen Koffer für mich zu tragen. Wohin darf er ihn bringen?«

Sie redet den ganzen Weg bis zum Haus von Mrs Sewell – über Papa und Olive und Dudley und über Kingsley, der endlich geschrieben habe, mit seiner unleserlichen Klaue. Darüber, wo sie als kleines Mädchen in London gewohnt habe. Über die Nachbarn und andere Leute im Ort, und dass sie wirklich umziehen würden, nur leider nicht nach London, sondern wahrscheinlich wieder nach Surrey. Erzählungen, die Wiederholungen von früheren Erzählungen sind, Variationen. Wenn man jemanden länger kennt, sind die meisten Erzählungen Variationen, mit einer Modulation hier und da. Ich brauche nur zu nicken, ab und zu hm, hm zu machen, auf den Weg zu achten. Jim läuft mit uns durch die nasse Stadt, ein schweigendes, folgsames Wesen, immer brav ein paar Schritte hinter meiner Mutter.

»Was bekommst du von mir?«, fragt sie, als wir fast da sind.

»Einen Kuss.«

Meine Mutter zögert, oder spielt, dass sie zögert.

»Kleiner Scherz. Komm mal vorbei, morgen oder übermorgen.« Er schreibt seine Adresse auf einen Zettel, der sofort nass wird. »Ist das so lesbar?« Er drückt ihr den Zettel in die Hand.

Meine Mutter nickt, gibt ihm einen Kuss auf die Wange. Drinnen wirft sie den Zettel in den Papierkorb neben der Treppe. Sie lächelt mich an. »Komm, zeig mir mal dein Zimmer.«

*

Weihnachten essen wir im Criterion zu Mittag. An dem mächtigen Christbaum in der Mitte des Saals sind Kerzen und goldene Bänder angebracht; alle Fenster sind mit Tannenzweigen und roten Schleifen geschmückt. Ein Ober mit goldener Fliege nimmt uns die Mäntel ab, ein zweiter Ober weist uns einen Tisch zu. »Du warst phantastisch gestern«, sagt meine Mutter, sowie wir sitzen. Das hat sie gestern auch schon gesagt, gleich nach der Aufführung und noch einmal auf dem Nachhauseweg. »Schön, dass wir endlich einmal etwas Zeit für uns haben. Aber ich verstehe, dass du noch viel proben musstest, so eine Aufführung ist nicht ohne.«

»Möchten Sie schon etwas trinken?«

Meine Mutter wendet ihr Dekolleté dem Ober zu. »Ein Glas Champagner, bitte. Und du, Liebling?«

»Darjeeling, bitte.« Das goldene Mosaik an der Decke glitzert.

»First Flush. Sie muss heute Abend noch auftreten. Sie spielt Geige. Im Queen's Hall Orchestra.«

Der Ober nickt, der Teppich verschluckt das Geräusch seiner Schritte, als er sich entfernt.

»Es ist schon schwierig mit deinem Vater. Sein neuer Gedichtband kommt nicht so recht voran. Mir scheint, Newman wird immer kritischer. Wochenlang arbeitet er an einem Gedicht, und dann wirft er es doch weg.«

»Vielleicht solltest du dir auch eine Beschäftigung suchen. Klavier studieren. Malen. Margarets Sachen liegen noch auf dem Dachboden.« Meine Mutter erzählt oft, dass sie früher ganz leidlich gemalt hat, aber wir haben nie etwas davon gesehen.

»Du weißt, dass ich genug zu tun habe. Mit den Salons und der ganzen Organisation. Cookie wird uns vielleicht im Februar verlassen, weil sie sich um ihre Schwester kümmern muss – finde da mal einen guten Ersatz. Dem neuen Mädchen ist nicht recht zu trauen, zumindest sagt Dolores das, du weißt schon, die aus Tywyn. Die muss ich also besonders im Auge behalten. Und dann ist da noch Dudley, der gar nichts tut, aber ständig an allem herummäkelt. Und deine Schwester, die partout keinen Mann findet.«

»Sie wird schon jemanden kennenlernen, so liebenswürdig, wie sie ist.« Ich streiche mir mit den Händen über die Stirn, die sich in Falten gelegt hat.

»Sie könnte sich aber schon ein bisschen mehr anstrengen.« Meine Mutter nimmt einen großen Schluck aus dem Glas, das ihr der Ober hingestellt hat. »Aber gut. Es ist schön, dass sie noch da ist. Dass sie ihre arme Mutter nicht im Stich gelassen hat.«

Ich puste in meinen Tee.

»Und du, wie ist es bei dir mit der Liebe?«

»Mama.« Vor mir auf dem Tisch liegt eine rote Serviette mit goldenen Sternen, gefaltet wie ein Fächer.

»Wenn ich nicht frage, ist es auch nicht recht.« Sie spitzt die Lippen. »Jetzt siehst du noch passabel aus.«

»Ich habe zu viel um die Ohren.«

»Noch einigermaßen passabel. Du solltest nicht zu lange warten.«

»Die Karte.« Der Ober legt zwei Speisekarten vor uns

hin. Meine Mutter fragt ihn, ob der Hummer tatsächlich so vortrefflich sei, wie man sich erzähle.

Der Mann am Tisch neben ihr räuspert sich. »Wenn ich so frei sein darf: Der Hummer ist unübertrefflich.« Seine Stimme ist zu hoch für seinen Körperbau, er schnauft nach den paar Worten, die er gesprochen hat. Sein Bauch berührt die Tischkante.

»Dann weiß ich schon, was ich nehme.« Meine Mutter sieht mich triumphierend an.

»Ich möchte noch kurz in die Karte schauen.« Ich lächle dem Ober zu, der nickt und sich entfernt.

Unser Tischnachbar räuspert sich erneut. Er trägt einen schimmernden Anzug. Seine Fliege ist rot mit grünen Tupfen. »Meine Frau ist gegangen«, sagt er leise zu meiner Mutter. »Gestern. Sie sagte, sie halte es nicht mehr aus.«

Meine Mutter blickt geschockt. »Was denn?«

»Weiß der Kuckuck.« Er wischt sich mit seiner Serviette den Mund ab und steht vom Tisch auf. »Noch schöne Weihnachten.«

»Manchmal ist es schwer«, sagt meine Mutter, als er weg ist. »Er machte einen ganz netten Eindruck auf mich, aber dein Vater macht auch einen netten Eindruck. Hier.« Sie schiebt mir ein Päckchen hin. »Das soll ich dir von ihm geben.«

Vorsichtig öffne ich das glänzende rote Papier. *Vögel in der Stadt*, mit Illustrationen und Tipps, wie man die Umgebung vogelfreundlicher macht.

»Wissen die Damen schon, was sie bestellen möchten?« Der Ober beugt sich tief über meine Mutter, die ihm ihr schönstes Lächeln schenkt. Ich bestelle nur eine Weihnachtspastete mit Rote-Bete-Sauce, ich habe keinen großen Hunger.

Am späten Nachmittag bringe ich meine Mutter zum Zug. Auf dem Rückweg fängt es an zu schneien. Der Schnee bringt Trost und Verheißung. Kinder dürfen noch kurz nach draußen, Erwachsene begreifen wieder, dass sie auch mal Kinder waren. Der Geräuschpegel der Stadt nimmt rasch ab, alles klingt dumpfer, satter. Schmutz verschwindet unter dem Weiß. Ich atme Kälte ein und Wölkchen aus.

Am nächsten Morgen stehe ich früher auf als nötig, damit ich Spuren ziehen kann, im Schnee umherlaufen kann, ohne den Spuren anderer zu folgen. Eine Krähe fliegt krächzend über mich hinweg – für einen Moment vermisse ich Charles so sehr, dass es mir fast die Luft abschneidet, für einen Moment vermisse ich Olive und meinen Vater und sogar Dudley und die Übrigen.

Wieder in meinem Zimmer, greife ich zu meiner Geige und suche mit den Fingern nach dem Ausdruck für das, was ich empfinde. Ich spiele, bis es vorüber ist. Wenn ich mir genug Mühe gebe, werde ich meinen Weg machen.

*

Nach dem letzten Konzert des Jahres eilen wir durch den Regen in den Pub. Sargent bestellt für alle Glühwein. »Phantastisch gespielt!«

Ich hänge meinen Mantel an die Garderobe und setze mich neben Billy. Sie fragt, ob ich Silvester zu einem Fest mitkäme. Ein Windstoß lenkt meine Aufmerksamkeit zur Tür, wo eine Frau in grünem Mantel eintritt, am Arm eines Mannes. Ihre Silhouette kommt mir bekannt vor. Ich springe auf, zwänge mich zwischen Leibern hindurch in ihre Richtung. An der Theke zieht sie ihren Mantel aus. Perlenkette, Goldkette mit Medaillon, dunkelrotes Kleid. »Patricia?«

»He, Len.« Sie lacht. »Du hast es geschafft.«

»Wie schön, dich zu sehen.« Ich umarme sie, rieche Parfum und Zigaretten.

»Das ist William.«

Ich reiche ihm die Hand, die er küsst, der Schlawiner. »Mein Mann.« Ihr Akzent ist aufgesetzt, am Rand zur Affektiertheit.

Ich ziehe die Augenbrauen hoch. »Was?«

»Tja, ich bin schwach geworden. Dem Charme dieses Herzensbrechers erlegen.« Sie dreht sich zu ihm hin. »Lennie und ich haben einander mal beschworen, bloß niemals zu heiraten. Das war in meiner wilden Phase, als ich nichts anderes wollte als schreiben.« Sie legt die Hand auf meinen Unterarm, fasst dann mein Handgelenk. »Ich schreibe aber schon«, sagt sie durch die Wolke meiner Enttäuschung hindurch, die sichtbar, aber nicht tastbar zwischen uns hängt. »Derzeit bin ich mit einem Manifest über die Stellung der Frau in der Ehe befasst.«

»Schon seit einem Jahr«, sagt William lachend. »Seit einem Jahr, und es kommt nichts dabei heraus. Vielleicht wenn das Kleine da ist. Dann hat sie nicht mehr so viele Hummeln im Hintern.«

Sie lacht auch. »Das Kleine kannst du vergessen.« Sie tippt ihm mit dem Finger auf die Nase. Für einen Augenblick sehe ich Paul in ihr – er ist im Sommer vor zwei Jahren nach London gegangen und hat seither nie wieder etwas von sich hören lassen.

»Wie geht es deinem Bruder?«

»Ganz gut. Der ist jetzt in Brighton, wieder am Meer. Sein erster Gedichtband ist voriges Jahr veröffentlicht worden.« Sie umfasst immer noch mein Handgelenk. Ich nicke, hoffend, dass sie nicht loslässt, ich habe von dem Gedichtband gelesen, er hat gute Rezensionen bekommen.

»Entschuldige, ich vergesse ganz zu fragen, wie es dir geht. Spielst du noch, Lennie?«

William sieht einen Bekannten und entschuldigt sich. Sie zieht mich an sich.

»Was ist passiert?«, frage ich.

»Puristin.« Sie lacht.

»Bist du wirklich schwanger?«

»Das hätte er gern.« Vielleicht ist die Enttäuschung, die zwischen uns hängt, nicht die meine, sondern die ihre. Vielleicht ist sie zu spüren, aber nicht zu sehen – Wind, keine Wolke.

»Geht es dir gut?«

Ihr Griff verstärkt sich, bevor sie loslässt. »Nicht so gut wie dir. Ich bin krank gewesen. Ich bin …«, sie zögert, William kehrt zurück, »… nicht so stark, wie ich es gerne wäre.«

»Kommst du mit, Liebling? Wir müssen gehen.« Er legt seine Hand auf ihren Rücken. »Wir haben Karten fürs Lichtspieltheater«, sagt er zu mir.

Schall – Schall kann man auch spüren, aber nicht sehen, es sei denn, dass er etwas bewegt. Ich beuge mich zu Patricia, küsse sie auf die Wange, halte den Kopf zu lange an ihren Kopf. Sie flüstert etwas, geht weg, bevor ich fragen kann, was sie meint – die Musik hier übertönt alles, und es wird viel zu laut geredet.

Er hält ihr den Mantel auf, sie schlüpft hinein, linker Arm, rechter Arm, ihr Gesicht dreht sich noch etwas weiter, ihr Blick verharrt bei mir, sie winkt, und weil das Winken überflüssig ist, lächle ich nur, und sie lächelt zurück.

Sternchen 5

Im Allgemeinen begriffen die Kohlmeisen schnell, was ich wollte. Wenn ich am Tisch ein Stück Brot aß, schauten immer ein paar von ihnen vorbei. Rührte ich mich nicht, dann setzten sie sich auf den Teller, um einen Bissen zu nehmen. Wenn ich dann streng »Nein!« sagte, hüpften sie hinunter. Bewegte ich dabei die Hand, flogen sie sogar vom Tisch weg. Wurde ich richtig böse, flogen sie aus dem Fenster. Sagte ich dann aber wieder lieb, dass sie kommen dürften, kehrten sie rasch zurück; sagte ich eine Zeitlang nichts, kamen sie auch, aber langsam. Auf »Nimm ruhig!« hin nahmen sie sofort einen Bissen. Bei Sternchen hatte ich oft den Eindruck, als wüsste sie schon, was ich wollte, bevor ich es mit der Stimme oder einer Bewegung zum Ausdruck brachte. Sie konnte meinen Gesichtsausdruck genauso gut lesen wie meine Gebärden und Lautäußerungen, ihr Gehirn registrierte meine Intentionen womöglich früher als mein eigenes. Zu anderen Kohlmeisen war Sternchen freundlich, und vor allem in ihren jungen Jahren war sie recht verspielt. Sie ließ sich aber nicht auf dem Kopf herumtanzen; wenn sie irgendwo ein Nest bauen wollte, sorgte sie dafür, dass ihr keiner in die Quere kam, und das galt auch für andere Projekte. Im September und Oktober packte die Kohlmeisen immer die Zerstörungswut: Sie zerfetzten Papier und pickten Löcher ins Holz. Das schien ihnen ganz einfach Spaß zu machen, außerdem hatten sie viel freie Zeit, nun da ihr Nachwuchs selbst für sich sorgen konnte und sie noch nicht mit den Vorbereitungen für den Winter zu beginnen brauchten. Im Spiel zeigte sich ihr individueller Charakter. Es gab Kohlmeisen, die aus reinem Spaß Papier zerfetzten, und es gab solche, die damit vor allem auf sich aufmerksam machen wollten. Sternchen war besonders fanatisch – ihre Löcher wurden tiefer als die der anderen Kohlmeisen, und sie zerfetzte Papier schneller als sonst wer. Ende November beendeten die Vögel diese Spielerei dann jeweils wieder, da die Nahrungssuche in der Natur nun mehr Zeit in Anspruch nahm und sie sich für den Winter rüsten mussten.

• 1918 •

»Kommst du mit?«

Thea will vor dem Holloway-Gefängnis das Blättchen der Suffragetten verteilen, weil die dort inhaftierten Frauen zwangsernährt werden. Sie hat mir erklärt, wie das vor sich geht, mit einem Trichter und einem Rohr, das ihnen in die Kehle geschoben wird, das muss grauenhaft sein – zwei Frauen sind schon an einer Lungenentzündung gestorben. Ich lege meine Geige beiseite und ziehe meinen Mantel an. Thea heftet ein Fähnchen dran.

Draußen hakt sie sich bei mir unter. »Peter hat mir einen Heiratsantrag gemacht. Was meinst du dazu?« Manchmal ist sie wie eine Katze, die schnurrt und sich anschmiegt.

»Liebst du ihn?«

»Ja, schon. Nicht so sehr wie Don, meine ich. Aber vielleicht ausreichend. Und Don will sich nicht binden.« Ein Lumpenhändler fährt dicht neben uns durch eine Pfütze, die Räder seines Wagens spritzen uns Wasser an die Beine. Er bedenkt uns mit Schimpfworten, hat wohl die Fähnchen an unserem Revers gesehen.

»Don ist genau wie du.«

»Ja, aber gerade deswegen funktioniert es nicht mit uns. Dir ist die Musik genug. Ich brauche jemanden, der wirklich für mich da ist. Um glücklich zu sein.«

Wir lösen unsere Vorgängerinnen auf dem Platz vor dem Gefängnis ab. »Wie war's?«, fragt Thea.

»Langweilig. Nur drei Männer sind vorbeigekommen, alle Angestellte vom Gefängnis. Hat eine von euch vielleicht eine Zigarette?«

Thea zieht eine Schachtel aus ihrer Manteltasche, das junge Mädchen nimmt sich eine Zigarette heraus. Sie raucht sie im Weggehen mit ihrer Kameradin zusammen, immer abwechselnd nehmen sie einen Zug.

Thea fragt, ob ich Ende der Woche einmal zu ihr zum Essen komme, wenn Peter auch da ist, damit ich ihn etwas besser kennenlerne und ihr vielleicht einen Rat geben kann. »Ich bin so impulsiv. Ich meine, ich glaube schon, dass ich ihn liebe, aber das denke ich jedes Mal.« Ein Flugzeug übertönt ihre Erzählung, wir blicken beide nach oben.

Zwei Soldaten nähern sich. Ich erkenne den Linken, er heißt, glaube ich, Leo – er ist einer von den Jungs, mit denen Kingsley früher in Aberdovey Tennis gespielt hat. Vielleicht weiß er etwas. Ich laufe zu ihm hin.

»Ja?«, sagt sein Kamerad eisig. Wir dürfen hier zwar protestieren, aber man sieht uns nicht gerne.

»Leo?«

Die Miene des anderen öffnet sich, als er mich erkennt. »Du bist doch Gwen, nicht?«

»Hast du etwas von Kingsley gehört? Wir haben schon seit mehreren Monaten keine Nachricht mehr von ihm, und die meisten Soldaten sind doch inzwischen aus Frankreich zurück, oder?«

Sein Gesicht bewölkt sich. »Man hat euch nicht unterrichtet?«

»Wovon?« Unter meinen Füßen tut sich wie in Zeitlupe der Boden auf.

»Dem Bombardement. In der Nacht, bevor sie die Heimreise antreten sollten. Das ganze Lager ist dem Erdboden gleichgemacht worden. Wir wissen nicht genau, wer alles dort war. Es kann sein, dass Kingsley zum ersten Trupp gehörte, dass er schon weg war, die Listen, auf denen das verzeichnet wurde, sind alle weg. Vielleicht ist er noch in Frankreich, vielleicht ist er auf dem Weg nach Hause. Ich bin auch dort gewesen, aber vor Kingsley – ich weiß also überhaupt nicht, ob er noch da war.«

Thea steht neben mir, schließt die Arme um meinen Oberkörper.

»Kingsley ist stark und weiß sich zu helfen, es kann sehr gut sein, dass er …« Er sieht mein Gesicht. »Es herrscht Chaos dort. Vielleicht liegt er in einem Lazarett. Oder ist auf eigene Faust losgezogen. Keiner weiß genau, wer wo ist, und es ist nicht so einfach, von dort wegzukommen. Es treffen immer noch Heimkehrer ein.«

Sichere Heimkehr, Hoffnung aufrechterhalten, Haltung bewahren, Kingsley. Mein Vater und Olive winkten uns auf dem Bahnhof in Wales nach, wir teilten uns im Zug einen Riegel Schokolade. Sein Gesicht, so vertraut – ein Fremder, ein Soldat. Ich las, er schaute aus dem Fenster. Frankreich, ein Bauernhof, die Hoffnung aufrechterhalten. Thea redet auf mich ein, gibt mir eine Zigarette, mir wird ganz leicht im Kopf.

»Es dauert manchmal Wochen, ein anderer Kamerad von mir ist erst vorgestern zurückgekommen. Es hängt auch von den Verwundungen ab.« Leo wendet sich an Thea. »Es ist überhaupt nicht gesagt, dass ihm etwas zugestoßen ist.«

»Du solltest dich kurz hinsetzen«, sagt Thea. Sie ragt über mir auf wie meine Mutter früher, bevor ich einschlief, wie in dem Moment, da mein Geist den Tag schon fast losgelassen hat, noch kurz die Fäden festhält und dann nachgibt.

*

Als zum dritten Mal geklopft wird, mache ich auf.

»Miss Howard. Es ist elf Uhr. Was Sie in Ihrer Freizeit machen, entzieht sich meiner Kontrolle, aber wir können das Frühstück nicht für Sie stehen lassen.« Die Furchen in Mrs Sewells Gesicht scheinen jede Woche tiefer zu werden.

Ich nicke. Heute Nachmittag beginnen wir mit den Proben für ein neues Stück. Ich habe noch gar nicht ausreichend geübt.

»Morgen steht das Frühstück wie üblich um halb acht

bereit. Wenn Sie heute noch etwas essen möchten, können Sie in der Küche darum bitten.«

Sie dreht sich um, schmal und knittrig wie Krepppapier, ihre Füße hinterlassen kaum Abdrücke im Teppich.

Ich setze mich auf die Fensterbank. Die Herbstsonne bringt die Wipfel der Kastanien hinter den Häusern auf der gegenüberliegenden Straßenseite zum Leuchten – gelb, ocker, rot, röter. Ein Stich in meinem Magen, meiner Magengrube – er wird das vielleicht nie mehr sehen. Thea hat gestern immer wieder gesagt, dass wir nichts wüssten, dass ich zuversichtlich sein solle. Heute Morgen hat sie es noch einmal wiederholt. Zuversicht, Hoffnung. Er hat sich keine Sorgen gemacht wegen des Kriegs, er war nicht der Typ, der sich Sorgen macht, ein guter Soldat, nicht aus Granit, aber auf jeden Fall aus robustem Holz. Keiner hat sich wirklich vorstellen können, wie schlimm es war, selbst dann nicht, als uns die ersten Erzählungen aus den Schützengräben erreichten oder als die ersten Soldaten zurückkehrten, als die Zeitungen darüber schrieben, jetzt, da es Fotos gibt.

Unten fährt ein Jeep vorüber, hupt laut, am Straßenrand toben ein paar Kinder. Ein Soldat schiebt sich an ihnen entlang, eine Krankenschwester am Arm, ihr Lachen schnürt mir die Luft ab.

Mein Kleid hängt über dem Fußende des Betts. Der Stoff ist im ersten Moment kalt, nimmt dann die Temperatur meiner Haut an.

Das Treppengeländer gibt etwas Halt. Draußen ist es kälter, als es schien, ich gehe noch einmal zurück, um einen wärmeren Mantel und meinen weichen Samthut zu holen, versuche es dann erneut. Als die Tür hinter mir zuschlägt, zucke ich erschrocken zusammen. Erst als ich im Probenraum angelangt bin, geht mir auf, dass ich meine Geige vergessen habe. Sargent lässt mich von Joan nach Hause bringen. »Wir brauchen dich diese Woche gar nicht. Ich erwarte dich Montag wieder. Sieh zu, dass du jeden Tag ein wenig spielst, das ist gut für dich. Kopf hoch.« Er schnippt Farbe in meine Wange.

*

»Gwen, wir müssen gehen. Wir kommen zu spät.« Thea steht im Türrahmen. »Na los, Schatz. Ich verstehe ja, dass dir nicht danach ist. Aber du darfst die Kinder nicht enttäuschen. Das kannst du ihnen nicht antun.«

Sie fasst meine Hand und zieht mich hoch. Ich nehme meinen Geigenkasten und folge ihr nach unten, zur Tür hinaus, die Straße hinunter, zum Haus von Don. Er hat eine kleine Schule für die Kinder aus dem Viertel gegründet. Sie bekommen zweimal die Woche Unterricht, Geige und Klavier. Thea hilft Don bei den Klavierstunden, mir bei den Geigenstunden. Für Cello sind die Kinder noch zu klein. Ein reicher Onkel von Don hat gebrauchte Geigen gekauft, einige Leute aus dem Orchester haben ausrangierte Instrumente gespendet.

Eines der jüngsten Kinder, Paulchen, wartet schon an

der Tür. »Thea.« Er schlingt die Arme um ihre Taille und presst seinen schmutzigen kleinen Leib an den ihren.

»Mein Goldstück. Wie gut, dass du schon da bist.« Sie fragt, ob seine Schwester auch da sei, er weiß es nicht, kratzt sich Grind von der Wange, das Schwarze unter seinen Nägeln bleibt in der Wunde zurück. Die Kameraden kommen schreiend die Gasse heruntergerannt, der Kleinste fällt, schaut kurz, als wollte er weinen, rennt dann aber schnell mit den anderen zu uns.

Insgesamt kommen zwölf Kinder. Wir lassen sie im Kreis Platz nehmen und stimmen, wir spielen ihnen immer erst ein Lied vor. »Fröhlich oder traurig?« – »Fröhlich«, ruft die eine Hälfte. – »Traurig«, ruft die andere. Es bezaubert sie, eine, zwei Minuten lang. Dann dürfen sie selbst spielen. Wir sind jetzt mitten in »Bruder Jakob«. Michael konzentriert sich so angestrengt, dass er die Zunge ein Stück herausstreckt. Paulchen ist abgelenkt und rennt ein bisschen herum, Thea setzt ihn mit seiner Geige wieder auf den Stuhl. Die Mädchen sind gut bei der Sache. Bart und Timmy machen dauernd Faxen. Einmal die Woche ist zu wenig, ansonsten fehlt ihnen jede Anregung. Diese Kinder kommen nicht aus den schlechtesten Familien – sie tragen Schuhe, ihre Zähne sind überwiegend weiß und nicht braun, sie sind nicht gar so dünn wie die Straßenkinder, die im Hinterhof von Mrs Sewell hausen. Aber sie haben alle zu viele Geschwister, und nur Paulchen und Timmy gehen regelmäßig in die Schule.

Timmy hat als Erster den Bogen raus. Bruder Jakob, Bruder Jakob, schläfst du noch? Die anderen Kinder klatschen, und er soll es noch einmal spielen, jetzt für die Gruppe. Seine Augen leuchten, er leckt sich über die Lippen und spielt noch einmal, fast ohne Fehler. Die anderen Kinder erheben sich, um ihm Beifall zu spenden, und er bewegt die schmalen Schultern rauf und runter und noch einmal rauf und runter, in stillem Stolz. Thea lobt ihn, und ich auch, und dann fahren wir mit dem Unterricht fort, schalten für die anderen Kinder wieder einen Gang zurück. Timmy macht jetzt ganz ernsthaft mit und albert nicht mehr mit Bart herum.

Auf der anderen Seite des Fensters geht Grau in Grau über: Stein, Straßenpflaster, Rauch. Ich sollte den Blick bei den Kindern lassen.

Nach dem Unterricht ziehe ich gleich meinen Mantel an.

»Bleibst du noch kurz auf einen Tee?« Thea steht in der kleinen Küche. »Don kommt gleich nach Hause.«

Ich schüttle den Kopf. »Tut mir leid.«

Sie umarmt mich und drückt mich fest an sich. »Gib auf dich acht, ja. Wir sehen uns später.«

Timmy kommt zu mir gerannt, als ich an der Tür bin, und schlingt die Ärmchen um mich. »Darf ich mit dir mit?« Ich gebe ihm einen Kuss auf den Kopf und sage, dass wir uns bald wiedersehen.

Ich gehe durch den Garten auf die Gasse hinaus und in eine weitere Gasse. Steine über Steine, meine

Schritte hallen lauter, als mir lieb ist, ich weiß, dass die Gasse immer gleich breit und heute nicht schmaler ist als sonst, aber es fühlt sich trotzdem so an. Ich höre, schon bevor ich die Geschäftsstraße erreiche, dass viel los ist – Menschen, Wagen, Busse, Kutschen, Radfahrer, ein heilloses Durcheinander. Ich beschleunige meine Schritte, schaue nur geradeaus, da ist schon genug zu sehen, mehr als genug. Zwei Männer mit Regenschirmen – erst als ich sie sehe, merke ich, dass es regnet –, eine Frau mit einem Kind an der Hand und einem zweiten im Schlepptau, ein kreuzendes Pferdefuhrwerk. Ein Schlag. Ich drehe mich um und sehe einen Taubenflügel flattern, laufe zurück – der andere Flügel ist lädiert, wie auch der Bauch, die Taube lebt noch, sieht mich mit einem Auge an, kann das Köpfchen nicht drehen, diese Taube wird mit Sicherheit sterben, da ist wirklich nichts zu machen –, ich schaue mich um, bei einem der Häuser liegt ein Stapel Steine, ich sehe nichts Geeigneteres, greife zu einem Stein, um mich herum gehen alle weiter, keiner hat die Taube bemerkt, Wagen fahren hin und her, Kutscher lenken ihre Pferde aber schon um sie herum, ich muss mich beeilen, das arme Tier, die Taube sieht mich wieder an, als ich zurückkehre, verzeih, sage ich, tut mir leid, und ich gehe in die Hocke und schlage, so heftig ich kann, mit dem Stein auf die Taube ein, zertrümmere mit einem Schlag ihren Schädel, und schlage noch einmal zu, obwohl die Taube schon tot ist, sie ist jetzt wirklich tot. Dann richte ich mich wieder auf und lege den Stein auf den Stapel an der Hausmauer zurück, Blut und Federn kleben an der Unterseite. Eine zweite Taube steht ein Stück weiter weg und schaut zu, ihr Partner wahrscheinlich, ich flüstere noch einmal eine Entschuldigung und gehe dann weiter. Die Leute tun immer noch so, als hätten sie nichts gesehen, wo es doch etwas zu sehen gab, und wahrscheinlich weine ich, aber es regnet, also sieht man es nicht, und keiner schaut genau genug hin.

*

Ich werde schon den vierten Morgen hintereinander früh um halb fünf wach. Ich lausche der Stadt, die jetzt noch nahezu still ist. Am Vormittag schwillt das Stimmengewirr an, ebbt nach einigen Stunden ab, wird, wenn der Nachmittag voranschreitet, lauter, um am späten Abend auszuklingen, die Nacht einzuflüstern. Wind setzt Fenster und Vorhänge, Zweige, Laub in Bewegung. Häuser halten Wind ab, lassen Gelächter durch. Schritte bringen die Straße zum Sprechen. Pferdehufe geben den Rhythmus vor. Motoren unterlegen die Geräusche der Räder auf dem Stein mit tiefen Bässen. Ich mache auch Geräusche. Nachts kann ich mich selbst hören: Atem, Herz, Gedanken. Ich vermisse das Meer, die Felder von früher, die Stille, in der Amseln hörbar werden. Früher: das, weswegen du jetzt hier bist. Nein: Das Früher ist ein Hügel in der Ferne, der nicht mehr näher, aber auch nicht weiter weg rückt. Das Jetzt ist ein Gesicht in der

Menge, das einen Ausdruck annimmt, das deinen Blick erwidert und vorbeigeht.

Olive schrieb, Kingsley habe vielleicht in Frankreich ein neues Leben angefangen, dort ein Mädchen kennengelernt. Das wäre ein starkes Stück – er hat keinen Grund, uns im Unklaren zu lassen, und Briefe brauchen zwar lange, kommen inzwischen aber wieder an. Von der Armee haben wir noch keine Antwort erhalten. Ich habe Kingsley eine Woche, bevor er nach Frankreich abreiste, zum letzten Mal gesehen, im Pub, Thea war auch dabei. Sie hatten gerade zu hören bekommen, dass sie weggehen würden, aber Kingsley war nicht anders als sonst. Gelassen. Margie sei auch in Frankreich, er werde sie besuchen, wenn Zeit dafür sei. Es wurde getrunken und groß dahergeredet: über die Pläne der Deutschen, über die Mädchen in Frankreich, was es dort Gutes zu trinken gebe, über die ausbleibenden Gefechte. Es wurden populäre Lieder gespielt, die alle außer mir mitsingen konnten, worüber Kingsley und seine Freunde laut lachen mussten, da ich schließlich die Musikerin war. Nach jenem Abend trafen noch zwei Briefe bei meinen Eltern ein.

Mir brennen die Augen. Besser, ich gehe spazieren. Ich ziehe mich leise an, öffne die Tür und husche über den Plüsch die Treppe hinunter – meine Füße kennen die Stufen, wissen, wie groß die Schritte sein müssen, die sie nehmen.

Ich laufe durch die Dunkelheit Richtung Themse. In

der Geschäftsstraße sehe ich einen Landstreicher, zwei Straßen weiter ein Grüppchen Waschfrauen. Sonst kein Mensch weit und breit. Entfernt höre ich eine Amsel. Ihr Ruf klingt anders als der von den Amseln früher bei uns. Drei gleitende Töne, ein kleiner Triller am Ende. Ich summe es nach. Nächstes Mal muss ich Stift und Papier mitnehmen. Eine zweite Amsel singt die Antwort. Ich suche mit dem Blick die Bäume ab. Die erste Amsel wiederholt ihr Lied. Ich kann hören, von wo es kommt, sehe den Vogel aber nicht. Jetzt sind beide still, und ich gehe weiter – morgen komme ich wieder, dann bringe ich mein Notizbuch mit.

*

»Die erste Symphonie von Brahms.« Sargent verteilt die Partien. »Gwen, im zweiten Teil bist du die erste Geige.«

Billy lächelt mir zu, rutscht zur Seite. Sie tätschelt kurz mein Bein, als ich mich setze.

Ich erröte. Ich habe schon einmal ein Solo gehabt, in einem Stück von Mozart, aber dann hat er meine Partie zwei Tage vor der Premiere Dorus gegeben, weil ich noch nicht so weit war.

»Wird schon werden«, flüstert Billy.

Wir müssen dreimal aufs Neue einsetzen, weil das Tempo nicht stimmt. Ich fühle, wie sich mein Herzschlag beschleunigt, als wir uns dem Solo nähern, spiele leiser als sonst, zu leise, sehe Billys Seitenblick, wurstele mich durch die Noten – was ich spiele, stimmt, aber es hat keinen Gehalt. Wir spielen das Stück noch einmal und noch cinmal, und dann schickt Sargent uns nach Hause. »Ich nehme an, dass alle wissen, welche Hausaufgaben sie haben. Gwen, bleibst du bitte noch kurz?«

Ich packe meine Geige ein, wage kaum, ihn anzusehen.

»Setz dich.« Er deutet mit einer schwungvollen Gebärde auf den Stuhl neben sich.

»Das war nichts, was?«

Er winkt ab. »Das kommt schon noch. Wenn du übst. Denkst du, das kriegst du hin?«

»Ich habe geübt.«

»Das weiß ich, aber ich meine, dass du härter arbeiten musst, richtig hart. Das wäre, denke ich, am besten. Aber es muss nicht sein. Ich kann das Solo auch Billy geben.«

Ich schüttle den Kopf. »Ich kann das schon.«

»Schön.« Er gibt mir einen aufmunternden Klaps. »Ich denke, deine Eltern kommen bestimmt gern zur Premiere.«

In dieser Nacht sind um den Vollmond herum farbige Ringe zu sehen. »Glorie« nennt man das, hat Kingsley mir mal erzählt.

*

Zwei Wochen später fahre ich auf ein langes Wochenende nach Wales. Olive hat mir geschrieben, dass Mutter nicht mehr aus dem Bett kommen mag und Vater nichts dagegen tut. Meine Schuhe sind an diesem Morgen bleischwer und meine Füße auch, obwohl ich weiß, dass die Rückkehr keine Rückkehr in die Vergangenheit ist.

»Das verlorene Schaf.« Mein Vater erwartet mich in seinem besten Anzug auf dem Bahnsteig. Die Falten um seinen Mund, als er mich anlacht, sind tiefer, aus seinen borstigen Augenbrauen ragen dicke graue Haare auf. Er küsst mich auf die Wange, nimmt meinen kleinen schwarzen Koffer. Unterwegs erzähle ich ihm vom Orchester, von meinem Solo, von der Elster, die ich im Frühjahr gefunden, ein paar Wochen in einem Karton gehalten und dann wieder freigelassen habe. Als ich ihn nach seinen Gedichten frage, sagt er, das sei noch nichts Rechtes, er habe noch nicht den richtigen Dreh gefunden. Wir gehen über einen Blätterteppich, zermatscht in der Mitte, an den Rändern vom Wind bewegt. Als wir die Häuser erreichen, verstummen wir.

Unser Haus ist kleiner als in meiner Erinnerung, Farbe blättert von den Fensterrahmen. An der Eingangstür hängt ein Kranz aus Zweigen, durch die ein rotes Band geflochten ist. Cookie öffnet die Tür, umarmt mich. »Liebes. Wie gut, dich zu sehen.« Sie hält mich von sich weg, um mich genauer zu studieren, zieht mich dann wieder an sich. »Eine richtige Dame bist du geworden. Was macht das Geigenspiel?«

»Schwesterchen.« Olive kommt die Treppe herunter. »Gut, dass du endlich da bist.« Sie trägt ein langes graues Kleid, um ihre Augen liegt ein hellblauer Schatten, ich kann nicht ausmachen, ob es Make-up ist oder die Farbe ihrer Haut. Sie küsst mich auf die Wange. Kein Parfüm, der Geruch von altem Papier.

Mein Vater reicht Cookie meinen Koffer. »In deinem alten Zimmer hat Dudley jetzt sein Studierzimmer. Cookie hat dir das Gästezimmer hergerichtet.«

»Der Tee wird in einer Stunde serviert. Vielleicht kannst du Mutter bitten, dann auch nach unten zu kommen«, sagt Olive.

Ich gehe hinter Cookie her nach oben, zögere auf den letzten Stufen. Die Tür zum Zimmer meiner Mutter ist einen Spaltbreit geöffnet. Cookie läuft weiter, ruft auf der zweiten Treppe, wie froh sie ist, dass ich wieder da bin. »Ich auch«, sage ich. Ich klopfe und öffne die Tür.

Das Zimmer liegt im Halbdunkel. Ich trete ans Fenster, ziehe die Vorhänge ein wenig zur Seite und öffne das Oberlicht – frische Luft wird ihr guttun. Meine Mutter sitzt aufgerichtet im Bett, Kissen im Rücken, sie trägt einen Morgenmantel über ihrem Nachthemd. »Gwennie. Komm her und gib deiner Mutter einen Kuss.«

Ich setze mich auf die Bettkante, lasse mich umarmen – Parfüm, Zigaretten, Schlafgeruch. Auf dem Nachttisch stehen eine Tasse Tee, ein Teller mit einem halben Sandwich, ein Aschenbecher. Daneben liegt ein kleiner Stapel Briefe.

»Es ist schrecklich. Als ich deinen Brief bekam, wusste ich eigentlich sofort, dass etwas im Argen liegt. Ich hatte vorher schon Herzbeschwerden, das weißt du, das habe ich dir geschrieben, und die wurden dann gleich wieder schlimmer.« Sie greift sich an die Brust. »Hier.« Sie erzählt von Dudley, dass sie nun eigentlich den zweiten Sohn verliere.

Mein Bein ist eingeschlafen, ich setze mich anders hin. »Kommst du nachher zum Tee runter?«

Sie lächelt. »Machst du bitte das Fenster zu, Liebes? Diese Zugluft ist Gift für mich.«

»Mama, ich habe dich etwas gefragt.«

Sie sieht mich starr an, zeichnet mit der rechten Hand einen Horizont in die Luft. »Denk bloß nicht, du kannst einfach hier hereinspazieren und mich herumkommandieren.«

»Ich habe dich nur etwas gefragt.«

»Ach, du hast nur etwas gefragt.«

Ich stehe auf, schließe das Fenster und gehe zur Tür. »Bis nachher.«

Ich betrete mein altes Zimmer im ersten Stock. Das Bücherregal ist leer, meine Vogelbücher sind nirgendwo zu sehen.

Wir warten eine Viertelstunde lang. »Fangen wir an«, sagt mein Vater schließlich. Er nimmt sich ein Sandwich, beißt hinein und schluckt den Bissen fast im gleichen Augenblick hinunter.

»Ich gehe mal nach oben.« Olive schiebt geräuschvoll ihren Stuhl zurück.

Dudley nimmt ein Scone vom Kuchenteller.

»Spielst du noch ab und zu?«, frage ich ihn. Er spielte früher Cello.

»Nein.« Er stopft sich das Scone in den Mund.

»Schade.«

Olive kehrt wieder, schüttelt den Kopf. Mein Vater zieht sich in sein Zimmer zurück. Als er außer Hörweite ist, beugt sich Olive zu mir. »Es gibt Gerüchte. Dass sie nicht tot sind, sondern in ein Lager gebracht wurden. Dass sie bald heimkehren werden. Sag aber nichts zu Papa und Mama, ich möchte ihnen keine falschen Hoffnungen machen.«

»Von wem hast du das gehört?«

»Margie hat mir geschrieben. Ein Freund von ihr war auch Soldat in der Region.«

»Kingsley würde uns doch schreiben, wenn er die Gelegenheit hätte, oder?«

»Vielleicht ist er verwundet.« Olive schluckt, ihr Mundwinkel zuckt kurz hoch. »Oder desorientiert.«

»Vielleicht hat er auch ganz einfach keine Lust dazu.« Dudley legt seine Gabel hin. »Das könnte ich mir gut vorstellen. Kommt ihm gerade recht. Schön ruhig.«

Wir sehen ihn beide an.

»Ich fände das auch nicht schlecht.« Er trinkt einen zu großen Schluck Milch, so dass sie ihm über das Kinn rinnt und auf seinen Kragen tropft. »Schön in der Sonne sitzen, ein Gläschen Wein, Käse.«

»Ich glaube nicht, dass er viel Zeit für Wein und Käse hat«, sage ich.

Dudley wischt sich mit dem Hemdsärmel die Milch vom Kinn und zuckt die Achseln. »Ich kann es mir aber gut vorstellen. Er hätte auch kein Geld mehr bekommen.«

Olive erschrickt.

»Wieso *auch*?« Ich runzle die Stirn.

»Haben sie dir das nicht erzählt?« Dudley lacht. »Wer weggeht, bekommt nichts mehr.«

Ich tupfe mir mit der Serviette den Mund ab und gehe nach oben. Ich klopfe dreimal an.

»Ja?« Mein Vater dreht sich nicht um.

»Kommst du mit auf Vogelexkursion? Wir könnten Richtung Wald gehen oder zum Strand, ein kleiner Spaziergang.«

»Bedaure, aber ich muss das hier fertigstellen.« Er nimmt seine Brille ab und putzt die Gläser mit einem Taschentuch.

»Lässt Charles sich noch manchmal blicken?«

»Charles?« Er setzt die Brille wieder auf und dreht sich zu mir um.

»Also weißt du, Papa. Die Krähe!«

»Ach ja, natürlich. Die habe ich schon geraume Zeit nicht mehr gesehen. Voriges Jahr schon noch, glaube ich. Sie kam eigentlich immer seltener, nachdem du nicht mehr da warst.« Er räuspert sich. »Wolltest du noch etwas sagen?«

Ich gehe den kleinen Pfad hinter dem Haus zum Wäldchen hinunter und über die Felder weiter zum

Strand. Charles ist nirgends zu sehen. Er müsste noch am Leben sein, so alt war er nicht; vielleicht hat er sich woanders niedergelassen. Vielleicht ist er mir böse und lässt sich deshalb nicht blicken. Er kann überall sein, es hat keinen Sinn, weiter nach ihm zu suchen. Am Strand zieht feiner Regen graue Streifen durch die Luft – grauer Strand, graues Meer, grauer Himmel. Meine Lippen sind salzig, ich summe Noten, um meine Stimme zu hören. Sie verwehen.

Meine Mutter kommt an diesem Wochenende nicht aus ihrem Zimmer.

»Auf Wiedersehen, Mama.« Ich beuge mich zu ihr hinunter und küsse sie auf die Wange.

»Du gehst wieder.« Sie dreht sich von mir weg.

»Der Zug fährt um zwei. Ich muss noch meine Sachen packen. Olive bringt mich zum Bahnhof.«

»Du hast deine Schuldigkeit getan. Dein altes Mütterchen besucht.«

»Ich wollte euch gern sehen.«

»Du bist vier Jahre nicht hier gewesen.«

»Ihr seid auch nicht nach London gekommen.« Ich atme tief ein und bemühe mich, meine Stimme freundlicher klingen zu lassen. »In ein paar Wochen ist die Premiere für das neue Stück, ich habe ein Solo. Vielleicht möchtet ihr dann kommen? Nicht weit vom Theater ist ein gutes Hotel. Sargent würde sich auch sehr freuen.«

Sie sieht mich kurz an, lächelt. »Machst du bitte

die Tür gut zu, wenn du gehst? Es zieht hier immer so schrecklich.«

Monate später lässt Olive mich in einem Brief wissen, dass sie etwas von Kingsley gehört hätten. Es tue ihm leid, dass er nicht schon früher von sich habe hören lassen, habe er geschrieben. Dass er ein Mädchen kennengelernt habe, einen Sohn mit ihr habe, der Jacques heiße, wie ihr Vater, und dass er bei diesem in der Fleischerei arbeite, in Nordfrankreich, wo er fürs Erste bleiben werde. Dass er wieder schreiben werde, dass er hoffe, uns bald zu sehen, dass er dafür aber erst Geld sparen müsse. Dass hoffentlich alles gut gehen werde, dass es schön sei, wo er wohne, mit großen Sonnenblumenfeldern und Hügeln und einer Sonne, die wärmer sei als bei uns und gelber.

Sternchen 6

Ein befreundeter Biologe, Garth Christian, der auch über das Verhalten von Vögeln schreibt, schickte mir einen Artikel über ein Experiment mit Dohlen, die zu zählen lernten. »Können deine Vögel das auch?«, hatte er obendrüber geschrieben. Das beschäftigte mich. Sternchen schlief nicht im Haus, stand aber jeden Morgen um sechs Uhr als Erste vor dem Fenster, um sich ihr Nüsschen abzuholen. An ihr beschloss ich es am darauffolgenden Morgen einfach auszuprobieren.

»Nein«, sagte ich zu ihr, »du musst erst dafür klopfen.« Ich schaute ihr in die Augen, sagte ganz deutlich: »Klopf, klopf«, und klopfte mit den Fingerknöcheln zweimal auf das Holz. Sternchen klopfte zweimal mit dem Schnabel auf den Fensterrahmen. Dann flog sie für ihr Nüsschen auf meine Hand. Ich wusste, dass Sternchen klug war, aber das hatte ich nicht erwartet – sie wusste genau, was ich wollte! Das erinnerte mich an Krummschwänzchen, eine andere besondere Kohlmeise vor ihr, die mir mal prompt ein Küsschen gab, als ich sie darum bat. Am nächsten Morgen forderte ich Sternchen erneut auf, erst zu klopfen, und wieder folgte sie

meiner Aufforderung. Wir wiederholten das Experiment an diesem Tag noch viermal, und jedes Mal klopfte sie, was ich ihr vorklopfte.

Am Tag danach gab es ein Problem. Sternchen kam hereingeflogen, klopfte dreimal aufs Holz und flog auf meine Hand, um sich ihr Nüsschen zu holen. Ich gab es ihr nicht, weil ich wollte, dass sie mir nachklopfte – es ging schließlich ums Zählen. Daraufhin flog sie beleidigt davon. Sie blieb dann für ihre Verhältnisse sehr lange weg, ganze vier Stunden, und als sie wiederkam, klopfte sie erneut dreimal an den Fensterrahmen. Ich gab ihr das Nüsschen, das sie sich abholen wollte, dann doch, weil sie ja dachte, sie habe das gut gemacht, und ich sie nicht schon wieder beleidigen wollte. Beim nächsten Mal wartete sie zum Glück wieder meine Anweisungen ab.

Der zweite Schritt bestand darin, sie die richtige Zahl nachklopfen zu lassen. Wenn ich zweimal klopfte, musste sie auch zweimal klopfen, und erst dann bekam sie ihre Nuss. Sie hatte das rasch erfasst. Die Zwei ging gut, die Drei auch, aber als ich die Vier klopfte, sah sie mich verzweifelt an, als könne sie nicht richtig hören. Ich klopfte mit den Fingerknöcheln auf das Holz, vielleicht war das Geräusch zu tief und zu dumpf. Ich versuchte es mit dem unangespitzten Ende eines Bleistifts, und das funktionierte besser. Auf die Weise übten wir in den folgenden Wochen die Vier, Fünf, Sechs und Sieben. Größere Zahlen klopfte Sternchen in Zweier-, Dreier- und Vierergruppen. Die Acht klopfte sie zum Beispiel als viermal zwei oder zweimal vier, ganz selten als drei-

drei-zwei. Sternchen arbeitete im Allgemeinen gut mit und forderte mich regelmäßig von sich aus auf zu klopfen, aber es gab auch Tage, an denen sie nicht zur Mitwirkung zu bewegen war. Wenn sie Lust zum Klopfen hatte, neigte sie am Fensterrand das Köpfchen zu den Füßen, wenn sie keine Lust hatte, reckte sie den Schnabel in die Höhe. Es machte ihr sichtlich Vergnügen, aber die Umstände mussten passen, und ich begriff nicht immer so ganz, wovon das abhing.

Im Februar wurde der Unterricht unterbrochen, weil nun wieder die Revierstreitigkeiten entbrannten. Glatzköpfchen war zu schwach zum Kämpfen, und so nahm Sternchen den Kampf sowohl gegen Mohrchen als auch gegen Klecks auf. Weibchen kämpfen nur selten mit Männchen, ich hatte das noch nie zuvor beobachtet und sah es auch danach nie wieder. Wenn ich Sternchen in dieser Zeit etwas vorklopfte, schaute sie mich nur schief an, und wenn ich ihr dann kein Nüsschen gab, hämmerte sie so heftig auf das Holz, dass ich es schließlich doch tat. Als sich die Revierstreitigkeiten kurz legten, haben wir noch ein paarmal geklopft, aber Sternchen war nicht mehr so recht bei der Sache.

• 1921 •

Wir sitzen mit den ersten Geigen zusammen im Halbkreis, achtundzwanzig Beine in dunklen Strümpfen oder Hosenbeinen. »Mehr Ausdruck«, herrscht Sargent Joan an, die nervös die Augen niederschlägt. »Und straff, eins, zwei, drei. Betonung auf eins.« Wir haben schon dreizehnmal von vorne angefangen, und immer wieder stimmt irgendetwas nicht. Es liegt an Sargent selbst, der jedes Mal das Tempo ändert – jetzt wieder schneller –, mir scheint, er hat das Stück noch nicht richtig im Kopf. »Alle«, sagt Sargent. Wir beginnen mit dem Auftakt. Ich schließe die Augen und lasse mich von dem Cellisten neben mir mitführen. Er ist immer eine Spur zu schnell, und wenn ich etwas langsamer spiele als er, haut es genau hin. »Nein, nein, aufhören.« Sargent schüttelt den Kopf. »Geht nach Hause. Wir machen morgen weiter. Joan, ich erwarte wirklich mehr Gehalt, mehr Tatkraft. Nicht lauter, sondern voller muss es sein. Wenn das so bleibt, glaube ich nicht, dass wir miteinander weitermachen sollten.«

Joan hat Tränen in den Augen. Sie reibt Dellen in ihre mageren Wangen.

»Nimm es dir nicht so zu Herzen«, sage ich, als Sargent weg ist. »Es ist seine eigene Unsicherheit, die er auf dein Spiel überträgt.« Nicht nur auf ihr Spiel, auch auf sie, als Echo. Ich lege meine Geige in den Kasten. Des Spielens werde ich nicht überdrüssig, nie, aber der Menschen.

Priscilla hat es eilig, steht plötzlich vor mir, als ich mich erhebe, strauchelt. »O Gott, tut mir leid«, sagt sie zu ihrem Cello.

Joan geht mit mir zusammen hinaus. »So ist das bei mir immer«, sagt sie. »Ich bin wie vom Donner gerührt, wenn mich jemand so behandelt. Heute noch. Obwohl ich Sargent schon so lange kenne.«

»Ich kann das gut verstehen.« Aufbrausend, wie er ist, hat Sargent erst vorige Woche einen Klarinettisten entlassen.

Es ist Oktober, Blätter wehen gegen die Fensterscheibe. Vor der Kunstakademie steht ein rothaariger junger Mann und raucht eine Zigarette. Mit Joan neben mir gehe ich an ihm vorüber. Er grüßt mich, ich grüße zurück.

»Warte mal.« Er tritt seine Zigarette aus. »Darf ich dich etwas fragen, oder hast du es eilig?« Ich bleibe stehen, mit schiefgelegtem Kopf wie eine Amsel. Joan sagt, sie müsse weg, wir sähen uns dann morgen.

Der junge Mann steht hier öfter, wir grüßen uns schon seit Wochen. Er sieht mich an, sagt aber nichts. »Dann geh ich mal«, sage ich und mache einen Schritt auf die zarten Birken zu, die etwas weiter weg stehen.

Er schüttelt den Kopf. »Wollen wir einen Spaziergang machen?« Ein gelbes Blatt weht ihm ins Gesicht. »Kaffee?« Er nimmt das Blatt von seiner Stirn, betrachtet es andächtig. Über uns bilden Wolken Ding für Ding die Welt ab.

In einem Café an der Themse zeigt er mir seine Zeichnungen. Vögel, Pferde, Hunde, Fabeltiere – Linien, die fließend in das Drumherum übergehen, die mich, als ich aufschaue, nicht nur ihn, sondern auch alles Sonstige mit anderen Augen sehen lassen.

»Das sind nur Skizzen«, sagt er.

Ich suche die kleine Dohle heraus, die er mir gezeigt hat, und erzähle von Nora, der Dohle, die ich großgezogen habe und die drei Jahre lang bei mir blieb. »Nach dem ersten Jahr hat sie ab und zu Streifzüge unternommen, aber sie ist immer in der Nähe geblieben. Voriges Jahr verschwand sie im Frühjahr plötzlich ganz, ich denke, sie hat eine nette Bekanntschaft gemacht und einen guten Nistplatz gefunden. Dohlen haben ihren eigenen Kopf.« Ich trinke einen Schluck Kaffee. »Ich fand sie, als sie erst wenige Wochen alt war, unweit vom Hyde Park. Altvögel waren keine da. Dohlen lernen vom Boden aus fliegen, man darf sie also nicht ohne weiteres mitnehmen, wenn man eine findet.« Es gibt Menschen, die noch nie einen Vogel in der Hand gehalten haben. Die Federn, die Verletzlichkeit, wie viel Leben in so etwas Kleinem stecken kann.

Draußen schwillt der Sturm an. Lange graue Bahnen ziehen sich über das Wasser, das genauso grau ist, Tropfen werden große Tropfen werden Fluss, was hochweht, wird wieder Regen.

»Ich dachte, ich würde hier von selbst glücklich werden. Fort von meinen Eltern, von den Erwartungen, allein mit der Geige.«

»Bist du denn nicht glücklich?«

»Wenn ich spiele, bin ich glücklich.« Das Orchester bedrückt mich manchmal. Joan und Billy fragen mich immer noch jedes Mal treu, ob ich zum Tanzen mitgehe, während ich in meiner freien Zeit lieber draußen unterwegs bin. Ich habe schon wieder einen Stapel Hefte mit Vogelgeschichten.

»Komm, gehen wir, es stürmt so schön.«

Er drückt die Tür gegen den Wind auf, reicht mir seinen Arm. Ich schließe die Augen und rieche den Fluss, den Herbst, die Zukunft. Er trägt seine Zeichnungen zum Schutz vor dem Regen unter dem Mantel. So laufen wir nach Vauxhall, dem nahenden Abend entgegen, während in den Häusern Lampen angemacht werden, während sich ein Rotkehlchen in dem Grün versteckt, das noch für eine kurze Weile da ist.

*

Am Wochenende habe ich immer sein Gesicht vor Augen, seine schleppende Stimme im Ohr – ich kann ihren Klang nicht mehr genau hören, weiß nur noch, wie er die Worte aussprach, sie ein klein wenig dehnte. Als ich einen Stapel Vogelbücher in die Bibliothek zurückbringe, bilde ich mir zweimal ein, ihn zu sehen. Die Umgebung ist zu einer Leinwand geworden, auf die er projiziert wird. Thomas. Thea pfiff, als ich von ihm erzählte, sagte, es sei auch wirklich höchste Zeit, dass ich mich mal ein bisschen verlöre.

Am Montag habe ich nach der Probe als Erste meine Geige eingepackt, bin als Erste an der Tür. Er ist nicht da. Ich warte. Vom Dach des Hauses gegenüber äugen Tauben auf die Straße herab. Als der letzte Bläser nach draußen kommt, tue ich so, als ob ich etwas vergessen hätte. Ich laufe gegen den Strom, es sind noch Leute im Probenraum, ich verziehe mich in die Toilette, schließe die Tür, warte, gehe dann langsam wieder zum Ausgang, unterhalte mich an der Tür kurz mit Sargent, der heute zufrieden war und meint, dass die Premiere am Freitag sicher gut werde – Thomas ist nicht da, ich kann nicht noch einmal umkehren, also gehe ich nach Hause und versuche mich zu entsinnen, ob er sonst montags immer da war.

Am Dienstag proben wir später. Bevor ich hineingehe und in der Pause schaue ich mich suchend nach ihm um, trödle anschließend beim Einpacken. Ich unterhalte mich mit Billy, denke mit Sargent über einen Tempowechsel nach, höre dem neuen Cellisten zu, der Joan etwas über das Vibrato erläutert – er strahlt, der hagere, schiefe Mann, der plötzlich gleich zwei Zuhörerinnen hat –, ich sehe Thomas' Gesicht immer noch vor mir, wünsche ihn mir herbei, er weiß, wann ich fertig bin. »Leute, das mit dem Cello ist ja alles sehr interessant, aber ich möchte jetzt abschließen.« Sargent hebt die Hände, um uns aus dem Raum zu bugsieren. »Hopp.« Ich wage kaum zu schauen, halte die Augen fest auf die Tür gerichtet, sehe niemanden vor dem Gebäude. Ich bleibe an der Tür stehen.

Zwei Spatzen fliegen hinter uns in die Hecke, ihre Flügel bewegen sich so schnell, dass ich sie nicht sehen kann. »Schau mal«, sage ich und zeige zur Hecke.

Billy sieht mich fragend an. »Kommst du noch mit, was trinken?«

»Ich bin verabredet.«

Sie entfernen sich die Straße hinunter, ihre Stimmen ersterben, werden übertönt von Pferdehufen, Wagenrädern, anderen Stimmen. So vielen anderen.

Ich warte, bis die Turmuhr fünfmal schlägt, hoffnungsvoll wie ein Hund, und gehe dann nach Hause. Ich erwarte halb, dass er hinter mir herkommt, lausche, ohne mich umzusehen, ich würde seine Stimme über den Wind hinweg hören, der Wind würde mir helfen.

Mittwoch, Donnerstag. Mein Körper war noch nie so unberührt.

Am Freitag haben wir Generalprobe. Der Himmel ist klar, die Sonne verleiht dem auf der Straße liegenden Laub ein noch tieferes Gelb, Ocker, ich bin erleichtert, nicht mehr so von ihm erfüllt. Die Probe läuft gut. Wir müssen um sieben im Konzertsaal sein, Sargent schlägt vor, gemeinsam essen zu gehen. Ich verlasse mit Priscilla an meiner Seite das Gebäude, schaue mich doch um. »Warte mal kurz.«

Ich renne auf die andere Straßenseite.

»He, Gwendolen. Ich habe etwas für dich. Es ist jetzt schönstes Spaziergangswetter, sollen wir in den Park gehen?«

Ich zeige zu den Orchestermitgliedern hinüber. »Wir gehen gemeinsam essen, heute Abend ist die Premiere.«

Er zieht ein Päckchen aus der Tasche, drückt es mir in die Hände. »Wo spielt ihr heute Abend?«

Ich gebe ihm die Adresse. »Ich muss jetzt wirklich gehen. Was ist da drin?«

»Überraschung.« Er berührt kurz meine Schulter, dreht sich um und geht.

»Er kommt heute Abend in die Premiere«, sage ich zu Joan, weil ich es irgendwem sagen muss.

»Schön«, sagt sie. »Hoffen wir, dass alles gut geht.« Joan muss sich oft übergeben, bevor wir anfangen – ihre Liebe zur Geige ist nicht viel größer als ihre Angst.

Ich sehe ihn nicht im Publikum, spiele aber, als sei er da. Das Musikstück als Landschaft: am Anfang Gras (und du musst begreifen, dass alle Halme unter deinen Füßen leben), dann Wasser – ein Fluss, der brackig wird, in ein Meer mündet, eigentlich ist immer Wasser da, mal ruhig, mal tosend –, dann eine Linie, ein Horizont oder eine Küste, ein Rahmen um die Bewegung herum, eine Einfassung für den Szenenwechsel, der unerwartet und erwartet ist; die Landschaft verändert sich, wird hügelig, steile Klippen, Felsen, Abgrund, in der Ferne eine Ebene, in der Ferne Berge, von denen aus du alles sehen kannst, oder fast alles, von wo aus du alles zu überblicken glaubst, die ganze Welt, und wenn du dann wieder hinuntersteigst, erweist sich, dass alles unendlich viel vertrackter und detaillierter und komplexer ist und dass im Kleinen auch das Große gegenwärtig ist: Du bist schon da, du bist überall gewesen und hast dich doch nie vom Fleck gerührt.

Spielen ist wie fliegen: die Höhe, die Schnelligkeit, die Leichtigkeit, das Vertrauen auf den Gedanken, dass, solange es währt, das Magische tragfähig ist, verlässlich. Spielen, allein schon das Wort. Wir spielen. Damit zeigen wir denen am Boden etwas, denen mit Ferngläsern und mit Ehrfurcht, da sie die Welt nie von oben sehen, es sei denn, sie werden von einem anderen getragen.

Im Anschluss bedankt sich Sargent bei mir, seine Miene ist warm, die Gesichtsmuskulatur entspannt – so sieht er gut aus, und ich verstehe, wieso sich die Frauen von ihm angezogen fühlen. »Endlich war es so, wie es zu sein hat. Ich fürchtete schon, wir würden Schiffbruch erleiden.« Das Oberhemd unter seinem Anzug ist nassgeschwitzt und klebt ihm auf der Haut.

»Du brauchst nicht so nervös zu sein.« Ich lege meine Geige in den Kasten.

Er schüttelt den Kopf. »Wenn es um nichts geht, tut sich auch nichts. Ich muss euch vermitteln, was auf dem Spiel steht.«

»Wenn du eine Saite zu straff spannst, reißt sie.«

»Diese Saiten können schon was vertragen. Kommst du noch mit?« Sein Atem streift warm meine Wange.

Ich lehne dankend ab, ich sehne mich nach einem Raum ohne Stimmen.

Es ist Vollmond, zum zweiten Mal in diesem Monat, *Blue Moon* also. Ich klemme den Geigenkasten fest unter den Arm und gehe durch Straßen, die leerer zu sein scheinen als in anderen Nächten, langsam, denn ich fühle mich im Gehen, in dem, was vorübergeht, zu Hause.

Erst am nächsten Morgen fällt mir das Päckchen wieder ein. Es enthält eine Zeichnung von einer Kohlmeise auf braunem Papier. Das Tierchen schaut mich an, wie Thomas mich anschaut. Ich hänge das Bild über mein Notenpult neben dem Fenster.

*

»Hier wohne ich.« Thomas wirft die rote Tür des Hausboots auf, bückt sich und geht mir voran hinein. »Magst du einen Tee?«

Vorn im Innenraum ist eine kleine Küche. Auf der Anrichte steht ein großes Gemälde – rote Sonne, Wasser, Spiegelungen, Farben. »Schön.«

»Ach, das. Ist noch nicht das Wahre. Die Farben sind ganz gut geworden, aber die Komposition ist unsauber.« Er sucht etwas in den Schränken, dreht sich dann um, als habe er es sich anders überlegt, und ergreift meine Hand. Das Boot wird von einer Welle hochgehoben. »Gut, dass es dich gibt.«

In den Wochen danach lerne ich den Fluss über die Bewegungen des Bootes kennen. Ich lerne die Schwäne mit den vier großen Kindern kennen, die etwas weiter weg wohnen und regelmäßig an dem runden Fenster über dem Bett vorbeigleiten, dem Bett, das unter dem Wasserspiegel liegt. Ich lerne das Licht kennen, dem das Wasser sein Glitzern verdankt, und den Nebel, der die Wellen in der Ferne verschwimmen lässt. Das Wasser, das die Bettwäsche morgens klamm macht und schuld daran ist, dass sich die Holzplanken verziehen. Ich lerne auch die Kohlmeisen kennen, die im Frühjahr im Zwischenraum über der Tür nisten, das sachte Schwappen des Wassers, Signale aus einer gedämpften Welt.

Ich bringe meine Geige mit und spiele für ihn; ich lese, wenn wir im Bett liegen, meine Vogelbeobachtungen vor. Am Kai stehen hohe Bäume, dazwischen Sträucher, und wenn ich morgens früh aufwache, setze ich mich oft aufs Deck, um zu lauschen und zu schauen. Es ist hier weniger laut als in der Stadt, ich kann mich denken hören.

Thomas fasst mich an, immer wieder, und wenn ich durch die Stadt gehe, wenn ich Geige spiele, wenn ich mit anderen rede, geschieht es, dass sich mein Körper plötzlich an Dinge erinnert, die mich erröten lassen. Der Körper hat ein eigenes Gedächtnis, eigene Vorstellungen davon, was wichtig ist.

»Kompliment«, sagt Sargent nach dem ersten Konzert, bei dem Thomas im Zuschauerraum sitzt. »Du bist in letzter Zeit richtig gut.«

Thomas wartet vor der Tür auf mich. Er raucht eine Zigarette, blickt die Straße hinunter, trommelt mit den Fingern der anderen Hand gegen sein Hosenbein. Ich betrachte ihn kurz durch die Scheibe, öffne dann die Tür. Er lacht, lässt seine Zigarette fallen, nimmt mein Gesicht zwischen seine Hände. »Schön«, sagt er, und ich zweifle mit einem Mal, ob das auch sein Ernst ist, ob es ihm überhaupt ernst ist, ob es mir selbst ernst ist. Ich danke ihm und sehe mich dastehen, nicht mehr ganz jung und schon gar nicht vielversprechend, und erst als er mich küsst, ist der Bann gebrochen, und ich sehe ihn wieder.

*

Im November kommt Olive nach London. Sie bleibt über Nacht, Mrs Sewell hat das Gästezimmer für sie hergerichtet. Ich sehe sie auf der Waterloo Station inmitten der Menschen stehen, wie ein Haubentaucher nervös nach links und rechts schauend. »Olive.« Ich recke den Arm in die Höhe, sie sucht, sieht mich. »Komm.« Sie riecht noch genauso wie beim letzten Mal, als wir uns sahen. Ich nehme ihr den Koffer ab. »Es ist eine Viertelstunde zu Fuß. Bist du müde? Möchtest du lieber mit dem Bus fahren?«

»Laufen ist gut. Ich habe ja gerade die ganze Zeit gesessen.« Sie mustert mich von der Seite. »Wie gut du aussiehst. Geht es dir so gut?«

Ich fühle mich ertappt, murmle, dass eigentlich alles bestens sei.

Sie merkt nichts oder lässt sich nicht anmerken, dass sie etwas merkt. Ich erzähle von der Stadt, den Straßen, den Häusern, dem Trubel, vom Orchester und den neuen Stücken, die wir spielen. Sie ist kleiner, als ich sie in Erinnerung hatte, zerbrechlicher, ihre Stimme scheint leiser geworden zu sein. »Wie geht es Papa und Mama?«

»Ganz gut. Papa hat endlich seinen Gedichtband über den Krieg fertig. Jetzt mischt er sich wieder in alles ein. Mama ist wie immer.« Sie wirft mir einen Seitenblick zu. »Es macht ihr zu schaffen, dass du so selten schreibst.«

»Sie ist diejenige, die dauernd mit Vorwürfen kommt.«

»Du hättest niemals weggehen dürfen.«

Ich schüttle den Kopf. Der Ärger, den ich jahrelang nicht mehr verspürt hatte, ist sofort mit voller Wucht zurück. Ich hole tief Luft. Olive kann auch nichts dafür.

»Und du?«

Sie zuckt die Achseln, wendet das Gesicht ab.

»Olive. Bist du verliebt?«

»Vielleicht.« Wir überqueren die Straße, sie folgt mir, als sei ich die Stadtführerin.

»Wie heißt er?«

»Timothy.« Sie holt tief Luft. »Er ist fünfzig. Und verheiratet.«

»Ach. Wie schade.«

»Seine Frau ist krank, geistig, liegt auf der psychiatrischen Abteilung. Ich habe ihn im Krankenhaus kennengelernt, als ich mit Dud zu seiner Therapie dort war.«

»Liebt er dich auch?«

»Das ist einerlei, Gwen. Ich hätte es nicht erzählen sollen.«

Abends kommt sie zur Premiere der Neunten Symphonie von Beethoven, und anschließend gehen wir mit den anderen in den Pub.

»Wie schön, dass du endlich gekommen bist.« Sargent ist Olive zu nahe gerückt, sie macht kleine Schrittchen von ihm weg, bis sie an der Wand steht. »Die beiden Howard-Schwestern, endlich wieder vereint.« Er küsst ein weiteres Mal ihre Hand. »Wie geht es deinen Eltern?«

»Sehr gut. Newman hat seinen Gedichtband fertig.«

»Der wird das Warten bestimmt gelohnt haben.« Er trinkt sein Glas Whisky mit einem Schluck aus. »Selten einen so originellen Dichter gelesen. Er erntet nicht den Ruhm, der ihm gebührt, aber nachfolgende Generationen werden anders urteilen.«

Olive trinkt Sherry, gierig, wie meine Mutter. Jemand tippt mir auf die Schulter.

»Len.« Ein Kuss.

»Thomas. Das ist meine Schwester, Olive.« Seine Hand auf meinem Arm.

»Angenehm.« Er gibt ihr einen Handkuss. »Das ist Stella.«

Ein blondes, höchstens zwanzigjähriges Mädchen in schwarzem Samtkleid tritt hinter ihm hervor. Ihre Augen sind dunkel umrandet, sie lächelt wie eine Schauspielerin.

»Und wer ist Stella?«, frage ich.

»Wir haben uns gerade kennengelernt.« Er grinst entschuldigend. »Sie studiert an der Kunstakademie. Bildhauerei.«

Ich suche in seinem Gesicht nach einer Erklärung, und als ich die nicht finde, nach einem Grund.

»Möchte noch jemand etwas trinken?« Kurzes Lachen, fröhlich, offen, kein Grund zur Beunruhigung.

Als er an der Theke steht, beugt sich Olive zu mir. »Ist er das?«, flüstert sie.

Ich nicke.

»Wer ist das Mädchen?«

»Weiß ich nicht.« Ein Mädchen, eines der Mädchen, von denen ich wusste, dass es sie gab, oder es dachte, und Denken ist etwas anderes als Sehen.

Sie zieht ein abfälliges Gesicht. Ich nehme mein Glas vom Tisch und trinke einen großen Schluck, der Champagner schmeckt säuerlich. Aber keiner sagt etwas, also liegt es wohl an mir.

Sargent streckt die Hand aus, Olive geht mit ihm

auf die Tanzfläche. Sie bewegt den Körper eine Spur zu schnell. Sargent wiederum hinkt etwas hinterher und versucht, sie in seinen Rhythmus zu bringen. Eine ruckelige Angelegenheit.

Auf dem Nachhauseweg ist Olive ausgelassen, offener, als ich sie kenne. Sie hakt sich bei mir unter. »Meine armen Füße. Sind ja hübsch, die Schuhe, aber gehen kann man nicht darin.« Sie hat meine neuen Stöckelschuhe an – ich kann nicht spielen, wenn meine Füße nicht flach auf dem Boden stehen. »Ein hübscher Bursche, dieser Thomas. Liebst du ihn?«

»Ja.« Es ist zu dunkel, um ihr Gesicht zu erkennen; das Mondlicht streift ihr Ohr. Sie fragt nicht weiter. »Hier ist es anders«, sage ich. Wir gehen an der Themse entlang, werden nach links abbiegen, bevor wir zu seinem Boot gelangen würden. »Thea, diese Cellistin, hatte schon fünf Freunde. Nur Priscilla ist verheiratet. Aber sie hat was mit einem Trompeter gehabt, bevor ich kam.« Patricia ist verheiratet. Vielleicht hat sie inzwischen Kinder.

»Aber will er nicht heiraten, oder willst du nicht?«

»Wir beide nicht, denke ich.« Wir schauen gründlich, ob auch nichts kommt, bevor wir die Straße überqueren, obwohl es Abend ist und weit und breit kein Verkehr. Wie Kinder, die vorsichtig sind in der großen, rücksichtslosen Stadt.

»Egal wie, ich gratuliere dir.« Sie lacht. »Er ist hübscher als dieser Paul, weißt du noch?«

Ich sage nicht, dass sie beschwipst ist, kichere ein bisschen mit. Die Straße ist uneben, und ich nehme sie fest an den Arm, sonst fällt sie noch um mit diesen hohen Absätzen. Olive erzählt von Timothy, dass dessen Frau vielleicht bald sterben werde, was zwar schlimm wäre, worauf sie aber dennoch hoffe – ihre Stimme ist tröstlich wie Meeresrauschen. Ich versuche ihr zuzuhören, doch meine Gedanken geistern in dem Raum zwischen dem, was ist, und dem, was wohl werden wird, herum.

*

»Wie verhält es sich nun genau mit diesem Mädchen?«

»Du bist doch wohl nicht eifersüchtig! Ich dachte, wir hätten vereinbart, dass wir nicht eifersüchtig sein würden.« Er stellt die ausgespülten Pinsel heftiger als nötig ins Glas zurück.

»Ich frage einfach.« Jemanden zuzulassen bedeute loslassen, sich selbst loslassen, nicht, dass man sich anlehne, hoffe. Jemanden zu wollen heiße immer auch, ihn loslassen zu können, denn es gebe stets einen Bereich, den man nicht für sich beanspruchen könne, den der andere ohne einen ausfülle. Das bedeute auch, jemanden verlieren zu können und das in Kauf zu nehmen, weil da etwas sei, das wichtiger sei als alles andere. Das denke er jedenfalls, hatte er gesagt.

»Wir sind uns begegnet und haben ein Glas zusammen getrunken und später getanzt. Du warst diejenige, die sagte, wir sollten nichts überstürzen.«

»Ich wollte es einfach nur wissen.« Ich lächle, um zu verstehen zu geben, dass es nicht böse gemeint ist. Aber das Lächeln gelingt mir nicht fröhlich oder freundlich genug.

»Len, du weißt, wie ich bin.«

Ich weiß es nicht genau, aber es tut mir gut, dass er das sagt. Als ob er keine Geheimnisse vor mir hat. Aufrichtigkeit ist wichtig. Und ich will nicht heiraten, ich will Geige spielen und reisen (ich will mich bewegen – er versteht, was sich bewegen heißt, und vielleicht hat Bewegung diesen Preis). Ich weiß nicht, warum es mir die Kehle zuschnürt, warum schlucken nicht hilft.

Er macht einen Schritt auf mich zu, schließt die nassen Finger um meine. »Komm, wir gehen in die Kunsthalle.«

Mein Mantel ist rau und vertraut, genau wie mein schwarzer Hut. Wir laufen am Wasser entlang zur Bushaltestelle. Im Schilf lauert ein Reiher, grau wie das Wasser. In der Eiche an der Ecke hocken zwei Krähen. Thomas redet und lacht und weist mich auf die Farben hin, die die Dinge haben, die Wörter, die Menschen benutzen, den halb zertretenen Blumenstrauß im Rinnstein, den Schatten, den der Verkehrspolizist auf die Straße wirft, seinen langgezogenen Körper.

Seinen langgezogenen Körper. Ich höre seine Stimme im Kopf ganz natürlich, ihren Klang, das Timbre, die Intonation. Sein Körper ist immer noch jedes Mal neu. Er ergriff heute Morgen die Initiative, wusste genau, wie und wo (meine Schulter, unschuldig, mein Arm, meine Hand, wieder meine Schulter, mein Hals, ein Kuss, Haut, Reibung, Lippen, Öffnung). So treffsicher, dass ich mich manchmal frage, ob er *mich* berührt oder einfach eine Frau.

In der Kunsthalle spaziert er herum wie ein langsamer Schlittschuhläufer, die Hände auf dem Rücken; halb Kind, halb Philosoph. Er lässt mich die Bilder neu sehen. Farbe, Stimmung, Farbe, Farbe, Farbe. Bei Turner fasst er meine Hand. Wir stehen still da und schauen, und ich sehe, was ihn ergreift, er hatte recht – ich weiß, wie er ist.

Sternchen 7

Sternchen widmete der Aufzucht ihrer Jungen viel Zeit, sie fütterte sie länger als die meisten Meisen und brachte ihnen verschiedene Fertigkeiten bei. Eines, was sie ihren Jungen jedes Jahr mit auf den Weg gab, war, dass sie vor mir keine Angst zu haben brauchten. Die Jungen gaben das dann wieder an ihre Jungen weiter, und so war ich nicht nur mit Individuen befreundet, sondern mit ganzen Familien.

Eines der Männchen aus dem ersten Gelege von Sternchen und Glatzköpfchen war ein außergewöhnlich hübscher Vogel. Jeder, der ihn sah, sagte: »Der ist aber schön!« So nannte ich ihn also den Schönen. Der Schöne folgte seiner Mutter als Erster aus dem Nest zum Futtertisch und kam auch von sich aus noch lange, nachdem er ausgeflogen war. Er überlegte sich immer genau, für welches Nüsschen er sich entscheiden sollte. Die meisten Kohlmeisen nehmen sich morgens immer mehrere Brocken vom Teller und entscheiden dann erst, was sie davon verspeisen; der Schöne aber dachte vorher nach und wählte nie etwas aus, was er nicht auch aufaß. Er blieb im Garten, bis er vier Monate alt war, dann zog er mit drei anderen Jungvögeln weiter. Ich sah sie lange Zeit nicht wieder und befürchtete schon, dass ihnen etwas zugestoßen war, doch nach drei Monaten sah ich ihn plötzlich auf dem Fenstersims hocken, die anderen drei im Schlepptau.

Im darauffolgenden Frühjahr nistete er mit Mimi, einem etwas kümmerlichen, kleinen Weibchen, in meinem Garten. Sein Territorium grenzte an das seiner Mutter. Mimi und der Schöne hatten ein großes Gelege und rackerten sich ab, damit alle Nestlinge genug zu essen bekamen. Das letzte Junge, das ausflog, ein Weibchen, hatte ein lahmes Bein. Ich nannte es die Lahme. Der Schöne brachte sie zu mir, als sie zehn Tage alt war, und sie vertraute mir sofort, weil er es tat. Die Lahme war etwas langsamer als die Übrigen, und ich fütterte sie, bis sie geschickt genug war, sich selbst Nahrung zu suchen. Nach einigen Monaten konnte sie ihr Bein besser bewegen, und nach einem Jahr war kaum noch zu sehen, dass sie anfangs solche Probleme damit gehabt hatte. Sie brauchte meine Hilfe nicht mehr und war genauso unabhängig wie die anderen Kohlmeisen.

• 1937 •

Die Sonne brennt schon, als ich an einem Dienstagmorgen im Mai zur Kanzlei von Notar Taylor gehe. Im hohen Gebüsch an der Straßenecke haben Amseln ein Nest gebaut, sie fliegen emsig mit Futter herbei. Es ist kein geeigneter Nistplatz, viel zu offen, ein leichtes Ziel für Elstern und Katzen. Ich knöpfe meine Jacke auf – mein dunkelblaues Wollkostüm wird mir schon zu warm. Ich habe meine Geige dabei, weil ich nach dem Termin beim Notar gleich zur Probe weitermuss. Der Griff des Geigenkastens rutscht mir bei jedem Schritt durch die feuchte Hand, nach vorn, nach hinten. Ich greife fester zu, kaue auf meiner Zunge, um besser schlucken zu können.

Fünf Minuten vor der Zeit lasse ich den Steinklopfer auf die Tür fallen. Ich folge dem Dienstmädchen durch einen großen Marmorflur in ein Büro. Meine Mutter wäre begeistert von diesem Haus. »Mr Taylor kommt gleich zu Ihnen.« Ich stelle die Geige neben meinen Stuhl, der Kasten fällt um. Ich hätte um ein Glas Wasser bitten sollen.

»Miss Howard.« Ein gedrungener Mann mit Schnurrbart und runder, kleiner Brille kommt mit ausgestreckter Hand auf mich zu. »Schön, dass Sie da sind.« Er setzt sich an den Schreibtisch, schlägt eine Mappe mit Papieren auf. »Zuallererst natürlich mein Beileid zu Ihrem Verlust. Ich kannte Ihren Vater gut, wir hatten gemeinsame Freunde. Ein liebenswürdiger Mann und ein großer Dichter.«

»Das war er gewiss.« Ich versuche zu schlucken.

»Möchten Sie ein Glas Wasser?« Er erhebt sich und ruft das Dienstmädchen, das mir ein Glas Wasser bringt. »Ich kann mir vorstellen, was für ein Schock das für Sie gewesen sein muss, auch wenn er krank war.«

Ich nicke. Ich wusste nicht, dass er krank war; ich war seit Jahren nicht zu Hause gewesen. Ich schickte meinen Eltern Ansichtskarten aus dem Urlaub oder zu Weihnachten, und gelegentlich schrieb ich Olive einen Brief. Ich weiß nicht, warum Olive mir erst nach der Beerdigung, vorigen November, geschrieben hat – sie habe zu viel um die Ohren gehabt, behauptete sie, und Mutter habe nicht gewollt, dass ich kam. Ich habe ihnen einen Vogel aus Stein für sein Grab geschickt.

»Mr Howard hat sein Vermögen und seinen Besitz seinen vier Kindern vermacht.« Mir klopft das Herz bis zum Hals. Mein Anteil ist viel größer als erwartet – ich könnte ein kleines Haus davon kaufen. Meine Mutter wird wütend sein.

Ich unterzeichne, dass ich die Erbschaft annehme, und

stehe nach zehn Minuten wieder draußen, wo das Licht so grell ist, dass ich für einen Moment nichts sehe.

*

»Joan, noch einmal.«

»Wieso bitte soll ich noch mal anfangen?« Der Muskel neben ihrem Mund zuckt stärker als sonst. Ihr Gesicht ist nur ruhig, wenn sie spielt.

»Du bist diejenige, die das Tempo vorgeben und anführen muss. Lenken muss. Stattdessen folgst du mal den Geigen und mal dem Bass.«

Sie nickt, ohne von ihrer Geige aufzuschauen.

»Noch einmal.« Joan setzt ein, wir folgen drei Takte später. Durch das hohe Fenster hinter ihr sehe ich eine Krähe fliegen.

»Lass es. Das ist großer Mist. Wir beginnen mit dem zweiten Satz.«

Ich zucke zusammen, als er plötzlich vor mir steht. »Gwendolen. Wo bist du mit deinen Gedanken?«

Vor ein paar Tagen sah ich, wie eine Krähe im Flug ein Stöckchen fallen ließ, eine andere Krähe es auffing, um es nun ihrerseits aus der Höhe fallen zu lassen, woraufhin die erste herabstieß und gerade rechtzeitig kam, um es aufzufangen. Es war, als spielten sie. Ich kenne noch gar keine Untersuchung zum Spiel von Vögeln.

»Gwen!«

Ich muss mich anstrengen, um bei der Sache zu bleiben. Ich denke an die Krähe, an Tannenwipfel.

»Besser. Ich möchte jetzt mit dem Stück von Elgar weitermachen, den ›Enigma Variationen‹. Nur die Geigen heute Nachmittag, die Übrigen können nach Hause gehen, zehn Minuten Pause. ›Nimrod‹, falls jemand es schon mal aufschlagen will.«

Er kommt zu mir. »Ich verstehe ja, dass du viel zu verdauen hast. Der Tod deines Vaters, die Reaktion deiner Familie.«

»Mauersegler.«

»Was?« Er zwirbelt seine Schnurrbartspitzen, richtet den Blick zur Tür.

»Das Stück von Elgar erinnert mich an Mauersegler. Die landen nur, um zu brüten. Sie schlafen in der Luft, fressen in der Luft.«

Er entfernt sich im Rhythmus des Stücks, verlangsamt die Drehung an der Tür genau so, dass es passt.

Joan setzt sich neben mich. Die Möwe fliegt wieder vorüber. Ich sehe sie hier sonst selten, vielleicht ist an der Küste im Moment wenig Nahrung zu finden. »Bist du auch der Meinung, dass mein Tempo nicht stimmt? Ich glaube eher, sein Tempo ist falsch.«

Ich wende mich ihr zu. »Vielleicht solltest du das mit Sargent besprechen und nicht mit mir.«

»Er kann so aus der Haut fahren.« Wieder diese nervösen Zuckungen.

Ich bemühe mich, nicht irritiert zu klingen. »Das ist nun mal euer Problem. Er wird böse und du unsicher, und dann schaukelt es sich immer weiter hoch.«

»Aber bist du der Meinung, dass ich es richtig spiele, oder nicht?«

Ich lockere meine Schultern. »Ich glaube, die Wahrheit liegt irgendwo in der Mitte.«

Priscilla gesellt sich zu uns. »Ob das Wetter so bleibt, was meint ihr? Ken und ich wollen am Wochenende eine Bootsfahrt machen.«

Joan meint, es solle kälter werden. Ich trete ans Fenster – immer die gleichen Gespräche. Priscilla ist nett, mit ihren roten Wangen – Apfelbäckchen, würde Olive sagen – und ihrem flachsblonden Haar, und außerdem ist sie lustig, und eigentlich mag ich Joan auch gern, keine Ahnung, wieso ich dann so irritiert bin. Draußen gehen zwei Polizisten entlang. Unruhig tippe ich mit den Fingern auf mein Bein, »Nimrod«.

Nach der Probe will ich nicht gleich nach Hause. Die Stadt ist heute zu laut. Im Battersea Park hängt das späte Frühjahr schwer in den Ulmen: Gesang, Blüten, kugelrunde junge Amseln und Spatzen, da und dort leere Eierschalen. Junge Leute kommen an mir vorüber – lachend, flirtend, zankend –, jetzt ist die beste Zeit zum Träumen. Später wird es stickig, schiebt uns die dicke, schmutzige Luft immer weiter aus der Stadt hinaus. Ein älteres Paar sitzt auf einer Bank, die Mäntel trotz der Wärme zugeknöpft, sie hält seine Hand.

Im Skulpturengarten läuft eine Gruppe Studenten umher. Sie bleiben bei einer liegenden Frau in Stein stehen, einige zeichnen sie auf ihrem Skizzenblock ab. Ich gehe weiter, an den Bienen im Blumengarten vorüber und dem Teich und der Bronze von dem alten Hund, bis ich bei der Eiche bin, in der die Kohlmeisen nisten. Gegenüber steht eine Bank, weit genug vom Nest entfernt, um sie nicht zu stören. Es dauert eine Weile, ehe die Altvögel kommen – ich kann das Nest selbst nicht sehen, es ist weit oben in einer Höhlung. Ich nehme meinen Notizblock aus dem Geigenkasten. Ich arbeite an einem Artikel über den Gesang von Kohlmeisen, wozu ich in den vergangenen Jahren etliche Untersuchungen gelesen habe. Es wird intensiv erforscht, wie der Vogelgesang strukturiert ist, doch über seine Bedeutung wurde noch kaum etwas geschrieben. Daher gehe ich, wenn ich ein paar Stunden freihabe, an diese Stelle im Park, um den Gesang und die Rufe einer bestimmten Gruppe von Vögeln zu notieren und deren Interaktionen und Beziehungen aufzuzeichnen. Bis zum Ende des Frühjahrs hoffe ich, genügend Informationen zusammengetragen zu haben, um einen wirklich guten Artikel daraus machen zu können.

Eine der jungen Kohlmeisen fliegt aus einem etwas weiter entfernten Lavendelbusch auf, landet vor meinen Füßen und hüpft zu mir her. »Hallo, Kleine«, begrüße ich sie. Sie legt das Köpfchen schief, macht noch einen Hüpfer auf mich zu und fliegt dann doch schnell weg.

*

»Lennie?« Thomas liegt auf dem Rücken und raucht.

»Hmm.« Ein Boot fährt vorüber, ich sehe den alten Mann, der am Ruder steht, aus nächster Nähe, er sieht uns aber nicht.

»Willst du mich heiraten?«

Ich gehe vom Fenster zum Bett. Wind bewegt das Wasser, die Dünung setzt sich durch das Boot fort. Ich nehme neben Thomas Platz, lege die Hand auf sein Handgelenk. »Nein.«

»Bist du dir sicher?« Er richtet sich auf. »Ich könnte ein Haus kaufen, ein richtiges Haus, wir wären glücklich.«

»Hast du mit deiner Mutter gesprochen?« Ich schließe die Hand um sein Handgelenk, öffne sie wieder.

»Das tut nichts zur Sache. Wir sind schon so lange zusammen.«

Ich ziehe die Brauen hoch.

»Wir kennen uns schon so lange.« Er nimmt meine Hand. »Ich liebe dich.«

»Ich dich doch auch. Ich möchte nur nicht heiraten. Und dich schon gar nicht.« Ich streichle seine roten Locken.

»Du bist unausstehlich.«

»Du auch. Warum willst du das denn jetzt plötzlich wieder?«

Er seufzt. »Sie will, dass ich heirate, eine Familie gründe. Sonst …«

»Sonst geht dir dein Geld flöten.« Es klingt nicht beleidigt; mir war das längst klar.

Er widerspricht mir nicht.

»Ich mache da nicht mit, bedaure. Wenn du unbedingt heiraten möchtest, lass dich nicht davon abhalten, aber dann musst du eine deiner anderen Freundinnen fragen.«

»Du bist die Einzige. Die Einzige, die ich liebe. Wir kennen uns schon so lange.« Bettelnder Blick von einem, der zu alt ist, um noch den kleinen Jungen zu spielen.

»Im Ernst, Thomas. Du weißt so gut wie ich, dass wir nicht zusammen in einem Haus leben sollten.«

»Hast du eine bessere Idee?«

Ich habe ihm von meiner Erbschaft erzählt. »Hat sie eine Frist genannt?«, frage ich.

»Ein Jahr, dann stellt sie ihre Unterhaltszahlungen ein.«

Ich lache. »Du musst unter die Haube, Junge.« Er lässt meine Hand los, wendet sich von mir ab. »Verzeih.«

»Nein, ich hätte von Anfang an viel deutlicher sein müssen. Dass du es bist, und nicht diese anderen.«

Er gibt sich Mühe, mehr als beim letzten Mal. Ich nehme auch eine Zigarette, zünde sie an und inhaliere tief. Er wird sich eine andere suchen, ein hübsches Mädchen, jung, formbar. Er wird sie heiraten, Kinder bekommen und sich weiter mit mir treffen, bis das nicht mehr geht oder bis ich es nicht mehr will.

Wir rauchen stumm, ich ziehe mich stumm an.

Er folgt mir zur Tür. »Dachtest du, ich würde jetzt doch ja sagen?«

»Ich weiß es nicht.« Die Antwort, die Menschen geben, wenn sie etwas für sich behalten. Er öffnet mir die Tür. Ich sehe in seinen Augen die Widerspiegelung des Wegs hinter mir.

Auf dem Pfad entlang der Themse laufen Frauen in kurzärmeligen Kleidern, Männer ohne Jackett. Es verspricht wieder ein warmer Tag zu werden, Blüten biegen sich zur Sonne hin. In der Grünanlage vor dem Bahnhof spielen Jungen in kurzen Hosen mit Steinchen, die Knie braun von der Erde, Sand an den Händen. Kinder, Kulisse, ich gehe hier, und ich könnte genauso gut anderswo gehen. Menschen sehen mich an und vergessen, dass sie mich je gesehen haben.

Am Eingang zum Bahnhof drängen sich die Leute – ist es acht Uhr? Neun Uhr? Der Tag hat schon begonnen, es ist längst hell. Ich kann einen Zug nehmen, ich habe jetzt genügend Geld, in ein Hotel an der Küste fahren, für eine Nacht oder zwei, die Geige im Kasten an der Tür.

Freitag muss ich eine Premiere spielen. Ich muss noch ein paar Stunden üben. Ich beschleunige meine Schritte. In einem Haus singt jemand. Ein Bus fährt an mir vorüber, ich überhole ihn, als er an einer Haltestelle stehen bleibt. Das Wasser im Fluss neben mir strömt zum Boot zurück. Die Platanen neben dem Pfad standen schon dort, als wir hier gemeinsam gingen. All diese Schritte, die im Asphalt gefangen sind. Der Park, der Friedhof –

erst bei der Schule höre ich wieder Menschen und nicht nur das Gurren von Tauben.

Ich klopfe an. Jenny öffnet, guten Tag, Miss, Knicks, kleine Verbeugung. Ich nehme zwei Stufen auf einmal die Treppe hinauf. Neben dem Fenster hängt immer noch die Kohlmeise, die er für mich auf braunes Papier gezeichnet hat. Ich nehme meine Geige und spiele für die Kohlmeise, die Musik wandert durch das offene Fenster nach draußen, wird von Stadtgeräuschen übertönt.

*

Dorchen öffnet die Tür. Ich gehe vor ihr in die Hocke. »Hallo, Süße, ist deine Mutter zu Hause?« Sie antwortet nicht, schaut mich nur starr an, ihr blasses Gesichtchen ist tiefernst.

Thea ruft aus dem Wohnzimmer. »Len? Komm rein. Ich stille gerade Lila.« Joey taucht auch im Flur auf, ich zwänge mich an den beiden vorbei, mit eingezogenem Kopf, um nicht gegen die zum Trocknen aufgehängte Wäsche zu laufen.

»Entschuldige, dass hier so ein Durcheinander ist. Wir haben einfach nicht genug Platz.« Sie schmunzelt, als sie mich hereinkommen sieht. »Schau mal, sie ist eingeschlafen.«

Ich streichle Lilas Wange, sie ist noch gar nicht richtig und doch längst Mensch.

»Wenn du etwas trinken möchtest, musst du es dir selbst holen.«

»Später. Möchtest du etwas?«

Sie schüttelt den Kopf, wiegt Lila sanft in ihren Armen.

»Wann kommt denn Don zurück?« Don ist jetzt Solist im London Symphony Orchestra, wo auch Thea gespielt hat, sie sind auf Europa-Tournee.

»Heute Abend.« Sie erzählt von Lila, die schon manchmal durchschläft. Die Stimmen der Kinder mischen sich unter die ihre, unter das entfernte Stampfen der Maschinen in der Fabrik auf der gegenüberliegenden Straßenseite. Die Stadt scheint immer lauter zu werden.

»Thomas hat mir einen Heiratsantrag gemacht.«

»Schon wieder?« Thea schüttelt kurz den Kopf, als sie mich ansieht.

»Ich glaube, es ist ihm ernst.«

»Wird wohl so sein.« Sie seufzt.

»Aber er ist nicht treu. Er ist nicht der Typ zum Heiraten. Ich bin auch nicht der Typ zum Heiraten.«

»Du könntest es machen. Und dann einfach fortsetzen, was ihr jetzt habt.« Ihre Miene drückt Optimismus aus, ihre Stimme klingt zögerlich.

»Als ich gestern am Wasser entlang nach Hause ging, sah ich vor mir, wie es sein würde. Ich hätte umkehren können. Er arbeitete an einem Bild von der Themse, seinem Ausblick dort, dem vierten.«

»Meins.« Dorchen kommt mit Joey im Schlepptau ins Zimmer gerannt. Er versucht, ihr eine Holzlokomotive aus der Hand zu reißen – als ihm das nicht gelingt, zieht er an ihrer Schürze, woraufhin Dorchen in Plärren ausbricht. Thea geht dazwischen, setzt Dorchen mit der Lokomotive in die Ecke und gibt Joey einen Brotkanten.

»Wie läuft es im Orchester?«

»Immer dasselbe. Wir spielen zurzeit Tschaikowsky.«

»Ist es wieder so weit? Und was machen deine Forschungen?«

»Ich lese gerade ein Buch über die Konditionierung von Tauben. Sehr unschöne Untersuchungsmethoden.« Ich erzähle, wie man Tauben mittels Futtergaben und Stromschlägen bestimmte Handlungen beigebracht hat. »Weißt du, meiner Meinung nach ist es nicht nur moralisch, sondern auch wissenschaftlich falsch, Vögel im Labor zu erforschen. Da verhalten sie sich anders. Die Vögel bei uns zu Hause waren viel klüger, als es diese Art von Untersuchungen nahelegen.«

»Joey, lass deine Schwester in Ruhe.«

Ich erhebe mich. »Möchtest du auch einen Tee?« In der Küche stelle ich Wasser auf und fange an, das Geschirr zu spülen. Durch die achteckigen Fenster fällt gerade genug Licht auf die Spüle.

»Nicht abwaschen, Len«, ruft Thea aus dem Wohnzimmer. Ich tue so, als hörte ich sie nicht.

Als ich ins Zimmer zurückkehre, ist es ruhig. Joey spielt in einer Ecke mit der Holzlokomotive, Dorchen zieht eine Puppe an. Thea legt Lila in die Wiege. Ich gebe ihr eine Tasse Tee, mit Milch und Zucker, lauwarm und nicht so stark, so wie sie ihn gern trinkt.

»Du hast doch nicht abgewaschen, oder?«

»Ist das jetzt so, wie du es erwartet hattest?« Ich lege den Kopf schief, um ihren Blick einzufangen.

Sie lacht. »Nein. Und es ist auch nicht so, wie ich es wollte. Aber es ist gut. Wenn Don zurück ist, habe ich wieder etwas mehr Luft.«

»Vermisst du das Spielen nicht?«

Sie schüttelt den Kopf. »Dafür habe ich keine Zeit.« Lila beginnt zu weinen. »Möchtest du sie mal kurz halten?« Thea wiegt sie ein bisschen, bis sie still ist, und legt sie mir dann in die Arme. »Steht dir aber gut. Ich muss dir was erzählen. Wir gehen wahrscheinlich nach Kanada. Don will zurück. Er kann dort auch eine feste Stelle bekommen.«

»O nein. Wär das denn was für dich?«

»Es ist sehr schön dort.« Sie blickt verträumt. »Wild. Mit Urwäldern und Raubtieren. Im Winter schneit es immer.«

Ich sage nicht, dass sie das auch in Schottland haben könnte. Lila schaut mich an, und ich singe ihr leise etwas vor, über ein kleines, dickes Spätzchen, das zum ersten Mal das Nest verlässt, bis sie einschläft, nach zwei Sekunden wieder aufwacht und zu weinen beginnt.

*

»Billy!« Sargent lässt das Orchester mit einer schnellen Handbewegung abbrechen. Wir haben morgen Premiere, er ist unzufrieden.

»Ach, Mensch«, sage ich. »Lass uns doch wenigstens einmal durchspielen. Du weißt selbst nicht, was du willst. Mal liegt es an Joan, mal an Billy, mal an jemand anders, aber du gibst das Tempo nicht richtig an.«

Alle sehen verdutzt zu mir herüber. Es gilt das ungeschriebene Gesetz, dass wir Sargents Launen hinnehmen, und außerdem ist er der Chef. Es soll einmal einen Fagottisten gegeben haben, einen gewissen Sascha, der ihm widersprochen hat und dann nirgendwo mehr unterkam. Das war vor meiner Zeit, und die Geschichte wird natürlich aufgebauscht.

Die Stille vertieft sich, bis sich jemand räuspert – Priscilla oder ein anderer von den Cellisten.

»So, so. Und du weißt es besser? Vielleicht solltest du dich dann hier hinstellen. Leg deine Geige mal hin.«

»Ich weiß es nicht besser. Ich sehe nur, dass immer wieder dasselbe passiert.« Ich spreche laut und deutlich. »Du fängst immer ein klein wenig zu langsam an. Im Auftakt und den ersten Zählzeiten. Dann holst du auf, und das ist der Punkt, wo wir den Faden verlieren. Also entweder musst du schneller anfangen, oder du musst nach dem ersten Takt bei uns bleiben.«

»Sonst noch Wünsche?« Sein Gesicht läuft allmählich rot an. Die Knöchel seiner um den Taktstock gekrampften Finger treten weiß hervor.

»Ich habe keine Veranlassung, Streit mit dir anzufangen. Aber ich bin nicht die Einzige, die so denkt.«

»Ach, wirklich? Nicht die Einzige!« Er klopft mit dem

Taktstock in seine geöffnete linke Hand, starr, abgehackt, aber im richtigen Tempo.

Ich schaue kurz hinter mich – keiner pflichtet mir bei, keiner stellt einen Blickkontakt zu mir her, alle warten, bis das hier vorbei ist. Auch gut. Sollen sie doch zusehen, wo sie bleiben. »Na komm, spielen wir weiter?«

Sargent schlägt den Auftakt, schneller als zuvor, wir spielen das ganze Stück eine Spur zu schnell, aber immerhin bis zum Ende, eine Spur zu laut übrigens auch, da muss offenbar etwas abreagiert werden.

»Gwen«, sagt Sargent, als ich meine Geige in den Kasten lege. »Hast du eine Minute?«

Joan läuft mit abgewandtem Gesicht vorüber. Von ihr habe ich also auch nichts zu erwarten.

»Entschuldige, dass ich das so vor versammelter Mannschaft gesagt habe.« Ich sehe ihn an, seine Gesichtsfarbe hat sich wieder normalisiert.

»Sie reden also darüber?«

»Alle reden über alles, und manchmal eben auch über dich.«

Er ballt kurz die Fäuste. »Dieser Klatsch hier ist krankhaft.«

»Ist das alles, was du dazu zu sagen hast?«

»Ach, hör doch auf, Gwen, allem Anschein nach war das viel Lärm um nichts. Komm, wir gehen in den Pub. Und üb du mal ein bisschen mit dem Taktstock, wenn du alles so gut weißt.«

*

Am Sonntag gehe ich denselben Weg in umgekehrter Richtung, an der Themse entlang, die Wellen über die Geräusche legt, aufschluckt, wiedergibt, nicht als Echo, sondern als Windhauch. Anfangs ging ich schnell, am Bahnhof wurde ich dann von Geschäftsleuten überholt, am Wasser von Tagesausflüglern, wo der Pfad schmaler wurde, von Kindern, die mit Eimerchen ans Ufer liefen, und wo die roten Eschen beginnen, kann ich nun nicht mehr weiter. Ich setze mich auf einen Baumstrunk, noch drei Schritte, und ich könnte das Boot sehen.

Eine Elster landet dicht vor mir, pickt etwas vom Boden und fliegt auf. Vor ein paar Wochen habe ich einen Leserbrief zu einer Untersuchung über Sprache bei Elstern geschrieben – die Elstern wurden völlig von ihren Artgenossen isoliert und wie Maschinen behandelt, was sich dann auch im Ergebnis der Untersuchung niederschlug, während Elstern in Wirklichkeit sehr soziale Tiere sind, denen man alles Mögliche beibringen kann. Mein Leserbrief wurde abgedruckt, und der Redakteur erkundigte sich in seinem Antwortschreiben, ob ich selbst Untersuchungen anstellte.

Ein älterer Mann mit Stock tippt sich grüßend an seine Schirmmütze. Ich bin ihm schon einmal begegnet, er wohnt hier in der Gegend. Ich hebe die Hand zum Gruß.

Zwei Krähen landen nicht weit von meinen Füßen entfernt, sie haben etwas zu besprechen und behalten das nicht für sich.

Ich stehe auf, klopfe die Erde von meinem Rock, atme ein. Eine Frauenstimme ruft etwas, lacht. Die Frau ist blond, jung, größer als ich, schlank. Thomas hält sie am Arm, lacht auch, sein Gesicht hell. Er sieht mich erst, als sie ganz nah sind.

»Len. Ich dachte …«, er schüttelt den Kopf, »… ich dachte, dass du, dass wir …«

Die junge Frau sieht ihn an. »Ist etwas? Soll ich gehen?«

Er sieht mich an.

»Nein«, sage ich. »Es ist nichts.«

Er schweigt, als ich mich entferne, auch dann noch, als ich mich am Ende des Pfades umschaue – sie redet, hebt die Hand. Die Ferne. Ich nicke, ich weiß nicht, ob ich mir selbst oder den Menschen zunicke, die mir entgegenkommen, und setze meinen Weg fort.

Zu Hause greife ich zu meiner Geige in der Hoffnung, dass mich das Spielen aufheitern wird. Ich stimme, spiele ein paar Tonleitern, aber ich bleibe eine Frau in einem Zimmer, die ein Stück Holz in den Händen hält. Das passiert öfter, und das einzige Mittel dagegen ist, einfach weiterzuspielen, und genau das tue ich also. Der Widerwille bleibt, wächst wie ein Baum in verschiedene Richtungen, Zweige aus meinen Ohren und meinem Mund.

Ich gehe an den Schreibtisch und schlage meine Notizen auf. Die Kohlmeisen haben unterschiedliche Warnrufe, ich habe bis jetzt drei identifiziert – einen für Menschen, einen für große Vögel aus der Luft, einen für Tiere am Boden. Es gibt bestimmt noch weitere, das Problem ist nur, dass die Rufe individuell riesengroße Variationen aufweisen. Darüber hinaus folgen die Töne so dicht aufeinander, dass mir immer so ist, als entgehe meinen Menschenohren etwas. Ich müsste mich intensiver einarbeiten, aber ich weiß nicht, wie ich das mit dem Geigenspiel vereinbaren soll.

Jenny läutet unten an der Treppe, es ist wieder Zeit für den Tee. Ich schlage mein Heft zu. Wenn ich nicht von hier weggehe, wird das alles bleiben, was ich vom Leben erwarten kann.

*

Theas Onkel hat in der Nähe von Brighton eine Blockhütte. Dort kann ich für wenig Geld ein paar Wochen bleiben und in aller Ruhe an meinem Artikel arbeiten. Sargent hat nichts dagegen einzuwenden, und um Geld brauche ich mir endlich keine Sorgen mehr zu machen. Mr Williams sagte, es sei dort wirklich sehr ländlich, die Hütte liege unweit vom Meer inmitten von Heide und Hügelland, zum nächstgelegenen Bahnhof sei es eine halbe Stunde zu Fuß.

Ich habe Thomas seit der Begegnung an der Themse nicht mehr gesehen. Aber es ist in den letzten Jahren öfter mal vorgekommen, dass wir für längere Zeit keinen Kontakt hatten. Trotzdem möchte ich ihn wissen lassen, dass ich wegfahre, und ich möchte wissen, woran ich bei ihm bin.

Der Nebel macht mich unschlüssig. Er hüllt die Stadt jetzt schon den dritten Tag ein, sie ist nicht verschwunden, aber größtenteils unsichtbar. Ich biege zu früh nach links ab, kehre um, es ist die nächste Straße, ich verstehe nicht, wie ich falsch gehen konnte. Die Themse denkt nicht, fließt einfach vor sich hin – ich sehe nur den Wasserrand, grau und still, im Wasser weiches Weiß, Bodenwolken.

Die Steine des Pfades sind feucht und glatt, auf der Laufplanke zum Boot bin ich vorsichtig. Ich klopfe zweimal.

»Len. Schön, dich zu sehen.« Thomas' Stimme haftet noch der Schlaf an. »Magst du einen Kaffee?«

»Gern. Ich bleibe nicht lange.«

Das schmutzige Geschirr stapelt sich in der kleinen Küche. Ich setze mich an den niedrigen Holztisch. »Ich werde für eine Weile wegfahren.«

»Das freut mich für dich, wohin?«

Ich spüre es, als er mich ansieht. Ich schlucke. »Einfach nur für eine Weile woandershin.«

»Ja, das hast du dir auch verdient. Du arbeitest immer so hart. Weißt du schon, wann du wiederkommst?« Er stellt mir den Kaffee hin.

Ich schüttle den Kopf.

»Magst du meine neue Serie sehen?«

Ich folge ihm zur Stirnseite des Bootes. Auf dem ersten Bild fliegen zwei Krähen über den Häusern Londons. »Sie tanzen«, sage ich. Im Schwarz ihrer Flügel sind alle Farben zu erkennen.

Er nickt begeistert. »Und das hier.« Eine junge Krähe hockt auf dem untersten Ast einer Ulme und blickt konzentriert auf den Boden unter sich, bereit zur Jagd. Ihre Konzentration ist spürbar. Es gibt noch weitere: eine alte Krähe mit geschlossenen Augen im Regen, eine Gruppe, die am Himmel einen Eindringling verjagt.

»Sie sind wundervoll.« Zwei Krähen auf einem Nest, sie blicken beide auf etwas Entferntes.

»Bleib.«

Ich wende mich ihm zu. »Ich mag nicht mehr. Es ist hier so laut und schmutzig. Vergangene Woche ist Mrs Willows von gegenüber gestorben, Lungenentzündung. Und das Orchester bedrückt mich – immer dieser Klatsch und Tratsch, die neuen Liebschaften, der Hickhack mit Sargent.«

»Len, du musst spielen. Such dir ein neues Orchester.«

»Ich möchte Vögel erforschen. Professionell, meine ich.«

»Ich bezweifle, dass du dafür ein Publikum findest. Nicht, dass ich es für uninteressant halte. Ich meine nur, dass die Zeit vielleicht noch nicht reif dafür ist. Du hast auch gar keine Ausbildung in der Richtung gemacht.« Er verstummt, als er meinen Blick sieht, fasst mich am Arm, ich gebe ihm nicht nach. Er tritt auf mich zu, ich weiche zurück.

»Tut mir leid, aber ich mag keinen Kaffee mehr. Ich wollte mich nur kurz verabschieden.«

Er sieht mich an, unverwandt, während ich meinen Mantel anziehe, die Tür öffne, im Grau verschwinde.

Sternchen 8

Ende Februar wurde deutlich, dass Glatzköpfchens Gesundheit zu schwach war, um ein Gelege durchzubringen. Er kam ständig zu mir, um sich Nüsse zu holen, machte dann die Augen zu und blieb auf meinem Schoß sitzen, bis ich mich erhob. Sternchen versuchte ihn tagelang zur Mithilfe beim Nestbau zu bewegen, indem sie Sturzflüge auf ihn vollführte, wie sie sie im Jahr davor von ihm gesehen hatte – Kohlmeisen imitieren oft das Verhalten anderer, um sie zu irgendetwas zu bewegen. Es half aber alles nichts, und so verlegte Sternchen ihr Augenmerk auf Peterchen. Sie flog ein paar Tage lang zwischen Glatzköpfchen und Peterchen hin und her, bis Glatzköpfchen sie einmal anfuhr. Da entschied sich Sternchen endgültig für Peterchen, und Glatzköpfchen suchte sich einen neuen Schlafplatz, in einem Nistkasten auf der anderen Seite des Gartens.

Genau wie Glatzköpfchen wollte auch Peterchen im Nistkasten schlafen. Wieder hatte Sternchen etwas dagegen. Peterchen war ein kreativerer Sänger als Glatzköpfchen, er schlug jedes Mal andere Töne an, um sein Missfallen zu artikulieren. Am ersten Abend wurde er stundenlang weggejagt, bevor Sternchen ihn hereinließ; sein Vokabular hatte sich bis dahin merklich erweitert. Es schien, als machte es Sternchen Freude, seiner neu erfundenen Sprache zu lauschen; wenn er sang, streckte sie oft das Köpfchen heraus. Auch Peterchen schien Gefallen daran zu finden: Nach diesem ersten Abend wusste er, dass sie schließlich nachgeben würde.

Glatzköpfchen blieb viel bei mir im Haus. Im März bewies er noch einen guten Appetit, und Monokel verleitete ihn dazu, zusammen zu nisten. Er machte einen halbherzigen Versuch, das Nest einzurichten, hatte aber nicht mehr die Kraft, es zu verteidigen und die Jungen aufzuziehen. Monokel versorgte die Nestlinge also allein, auch wenn Glatzköpfchen hin und wieder nach ihnen sah. Das Geschwür auf seiner Stirn, das er vor Jahren schon einmal gehabt hatte, war zurückgekommen, und er hatte häufig einen leeren Blick in den Augen. Mir war klar, dass er nicht mehr lange leben würde.

Sternchen gab sich wie immer große Mühe mit dem Nest. Sie hatte entdeckt, dass die Fäden aus dem Perserteppich im Wohnzimmer perfekt dafür geeignet waren, und flog fleißig hin und her. Ich rollte den Teppich zusammen und stellte ihn in den Flur, aber das hatte sie schnell herausgefunden, und so legte ich den Teppich wieder zurück; es war besser, wenn sie ihn gleichmäßig rupfte, als wenn sie nur an den Rändern für Kahlschlag sorgte.

Anfang April versuchte Sternchen, ein anderes Kohlmeisenpaar, Flocke und Kreuzchen, aus ihrem Teil des Gartens zu verjagen. Flocke und Kreuzchen waren schon etwas älter, in vorherigen Jahren hatten sie ihr Nest weiter vorn am Gartenweg gehabt, doch der Nistplatz war von anderen eingenommen worden. Der Garten war groß genug, ich verstand nicht recht, wieso Sternchen die beiden nicht dulden wollte. Sie war jedoch unbeirrbar, und als sie Flocke, die nicht wich, auch dann noch jagte, als diese bereits Eier gelegt hatte, beschloss ich einzuschreiten – Flocke hatte genau so viel Recht auf den Garten wie Sternchen. Ich scheuchte Sternchen nun jedes Mal weg, wenn sie in die Nähe von Flockes Nest kam. Sternchen ließ sich dennoch nicht abhalten. Sie wich mir aus, verjagte Flocke aber umso energischer, wenn ich nicht da war. Es gelang ihr, Flocke so zu entmutigen, dass diese ihr Nest im Stich ließ und sich einen neuen Platz im angrenzenden Garten suchte. Es war sehr eigenartig, Sternchen so fanatisch zu sehen; sonst hatte sie den Garten immer gut mit anderen teilen können.

Ende Mai schlüpften ihre Jungen, und da begriff ich, warum sie Flocke verjagt hatte: Es war ein langer, nasser Winter gewesen, und nun gab es bei weitem nicht genug Nahrung für zwei Nester. Ich schämte mich und verstand endlich, dass die Kohlmeisen besser als ich wissen, was gut für sie ist.

• 1937 •

Ich wische den Staub vom Tisch und packe meinen Koffer aus. Wenn sie mich hier sehen könnten, Billy und Joan und Thea, in dieser Holzhütte mit Kochstelle, Bett und Schrank, in den ich meine Handtücher und meine Kleidung lege. Dann ziehe ich mein Kostüm aus und meinen Badeanzug an, von Dunkelblau zu Hellblau, und gehe den schmalen Pfad durch den hinteren Garten zum Fluss hinunter. Klatschmohn, Kornblumen, Raps. Das Wasser ist klar und kalt. Ich wate sofort bis in die Flussmitte und lasse mich hinab. Mir stockt kurz der Atem, aber dann schwimme ich, mein Haar Seetang, meine Hände wasserbraun. Ich tauche und berühre den Grund, weicher Sand steigt auf und macht trübe Unterwasserwolken. Ich komme hoch und lasse mich auf dem Rücken treiben. Die Sonne malt Muster auf meine Augenlider, Bienenkörbe, ich kneife sie zusammen – die Formen schrumpfen und dehnen sich aus, werden zu Kreisen und Flecken, die davonschwimmen. Ein Geräusch lässt mich aufschrecken, die Augen öffnen, mich auf den Bauch drehen: eine Ente. Sie akzeptiert meine Anwesenheit wie selbstverständlich, obwohl selten ein Mensch hierherkommt. Vielleicht gerade deswegen. Ich huste, sie erschrickt. »Pardon.«

Eine Weide ist meine Wendemarke. Ich schwimme zurück, mit langsamen Zügen. Hier ist Zeit nicht viel mehr als das sich verändernde Licht.

Ich breite zwei Handtücher auf dem Bett aus und lege mich rücklings darauf. Der Rhythmus des Zuges hallt noch in meinem Körper nach, die Stimmen der Leute auf dem Bahnhof in London, im vollen Abteil geistern mir durch den Kopf – Menschen sind sich gar nicht im Klaren, wie viel sie reden, wie laut sie sind. Gestern Abend spielte ich noch vor dem Bürgermeister, heute Morgen war der Abschied von den Kindern. Ach Gott, Brett mit dieser Rose und seinem schmutzigen Schnäuzchen. Elf Jahre alt, und sein Leben steht schon fest: Fabrik, Frau, Kinder – acht, neun, zehn Kinder. Leah, Janet, Josie, die schon drei Tage die Woche in der Wäscherei arbeitet. Die Kinder haben jetzt niemanden mehr, der ihnen Unterricht gibt; Billy wollte es übernehmen, aber sie hat erst im September Zeit. Ich huste wieder, vielleicht erkälte ich mich so – aber es sind an die dreißig Grad, und das auf meiner Haut verdunstende Wasser ist eine Erfrischung. Ich sollte mich auch nicht zu wichtig nehmen, mehr als die Musik, ein Stündchen die Woche, kann ich ihnen nicht geben.

Ich richte mich auf, hinter dem Bett hängt ein großes Spinngewebe. Der Sommer hat gerade erst begonnen, und es gibt schon so viele Spinnen, ich weiß nicht, wofür das ein Anzeichen ist. Wieder dieses Husten. Ich muss einen Schluck Wasser trinken. Ich wate durch die Hitze in die kleine Küche. Ein Teller, kein Glas, ich trinke aus dem Wasserhahn.

Ich öffne den Geigenkasten, stimme auf dem Bett sitzend. Was ich spiele, stört die Stille, macht mich zu groß, zu anwesend, zu traurig. Ich lege die Geige zurück. Vielleicht später.

Das späte Nachmittagslicht, das hier wegen der Nähe zum Meer heller zu sein scheint, lässt sich nur langsam vertreiben. Als es endlich dunkel wird, singen die Amseln immer noch. Meine Nachbarn. Zu müde zum Schlafen, bleibe ich auf der Veranda sitzen. Die Weiden verschwimmen im Dunkel, tauchen dann wieder auf, eine nach der anderen, Wächter.

*

»Billy!«

»Gwen!« Sie nimmt mich in die Arme und küsst mich auf die Wange. »Was ist das denn? Du hast ja schon geschrieben, dass es eine Hütte ist, aber so primitiv? Wie hältst du das aus?«

»Ich kann hier spielen und schwimmen, und die Luft ist sauber.« Die Wärme hat sich in meinem Körper eingenistet und mich träge gemacht, lethargisch und abwartend.

»Es ist hier wie ausgestorben. Ich bin eine halbe

Stunde gelaufen und niemandem außer ein paar Kühen begegnet. Musst du auch immer so weit laufen, wenn du Besorgungen machen willst?« Sie seufzt theatralisch, wischt sich die Stirn ab und dann die Hand an ihrem Hosenrock.

»Ich habe mir das Fahrrad von Mr Williams geborgt.«

Sie schüttelt den Kopf. »Es passt aber zu dir, so abgelegen.«

»Wollen wir nachher schwimmen gehen? Hast du deinen Badeanzug mit? Wir können auch einen Spaziergang machen. Man ist hier gleich im Hügelland, da habe ich gestern noch Goldammern und Mönchsgrasmücken und Zilpzalpe gehört und gesehen.«

Sie setzt sich und zieht ihre Schuhe aus. »Ich bin fürs Erste genug gelaufen. Hast du einen Schnaps?« Sie massiert ihre Kopfhaut.

»Es ist ein Uhr mittags!«

»Wir haben Urlaub.« Sie streckt die Beine zur Tür.

»Ich mach uns erst mal eine Tasse Tee.«

Aus der Küche frage ich, wie es mit dem Orchester läuft, mit ihrem Verlobten. Ich schaue durchs Fenster auf den Garten, die Hügel.

Die Amsel, die ich Olli getauft habe, weil sie mich an meine Schwester erinnert, hockt auf dem Fenstersims. Ich lege ihr eine Rosine hin. Billy steht im Türrahmen und verzieht angeekelt das Gesicht. »Was machst du denn da?«

»Sie sind hier ganz zahm. Wir hatten früher auch

immer Vögel in Haus und Garten.« Olli nimmt die Rosine auf und fliegt damit in die Weide, geschwind durch die herabhängenden Zweige.

»Schleppen die keine Krankheiten ein? All die Bakterien. Läuse. Ich habe neulich gelesen, dass alle Vögel Läuse haben. Milben dürften sie auch haben. Pfui Teufel. Ach, warte mal, ich hab noch was für dich.«

Sie zieht ein Päckchen aus ihrer Tasche, darin sind eine Frauenzeitschrift, ein Riegel Schokolade, eine Flasche Madeira und ein Paar Strümpfe. »Von Joan und mir.«

Ich danke ihr, blättere in der Frauenzeitschrift.

»Iiih!« Sie springt auf, weicht einen Schritt zurück, steif, den Oberkörper leicht nach hinten gebogen, die Mundwinkel nach unten gezogen.

Eine Spinne läuft über die Tischkante. Ich lasse sie auf meine Hand laufen und draußen von der Hand ins Gras. Billy setzt sich wieder, aufrechter als nötig.

»Merkst du schon eine Besserung? Kannst du durchatmen? Hilft die Luft hier?«

»Ein bisschen.« Es ist nicht die Luft, sondern der Raum, nicht der Raum, sondern die Zeit, nicht die Zeit, sondern das Licht.

Billy erzählt, dass Sargent jetzt immer mit Deborah, der neuen Bratschistin, zu sehen ist.

»Typisch. Gehen wir gleich schwimmen?«

»Und Joan hat meiner Meinung nach was mit Barry.«

»Wer ist Barry?«

»Barry van Heest. Der Trompeter.«

Ich erinnere mich vage an ihn, sein Timbre, nicht sein Gesicht, er spielte eine Zeitlang bei uns im Orchester, als ich noch neu war. Ein guter Musiker, jemand, der nicht auffällt, weil er einfach nur tut, was er zu tun hat.

»Hörst du das?« Ich zeige nach draußen.

Sie schüttelt den Kopf.

»Diese Kohlmeise. Die kommt immer wieder her. Ich erkenne sie an dem Motiv.« Ich singe es nach. »Es ist komplexer, als es scheint, mit all den Halbtönen und dem kleinen Triller zum Schluss.«

Sie runzelt die Stirn, nickt.

»Sie singen hier anders als in London.« Ich hole mein Heft mit der Vogelmusik, zeige ihr die Phrasen, die ich notiert habe.

»Aha!?«

»Keiner weiß, was sie genau sagen. Es gibt viele Untersuchungen zum Vogelgesang, aber die befassen sich vor allem mit der Struktur, nicht mit der Bedeutung.«

»Ich dachte immer, sie singen, um ein Weibchen zu erobern und um ihr Territorium abzustecken. Wie die meisten Männer.« Sie lacht.

»Ich denke, sie sagen mehr.«

Billy greift zu der Flasche Madeira. »Urlaub!«

Ich stelle den Tisch nach draußen, und während sie von ihrem Verlobten erzählt, blicke ich auf die Blumen, die sich leise bewegen. Die Distanz zwischen uns vervielfacht sich, bis Billy meilenweit weg ist. In der Ferne ruft eine Gans.

An einem Morgen folge ich dem kleinen Bach, der an der Hütte entlang nach Süden verläuft. Er führt zu einem See, der durch eine mit Muschelschalen übersäte Düne vom Meer getrennt ist. Das Wasser nimmt die Farbe des Himmels an, spiegelt den Tag wider. Vorige Woche traf ich hier auf eine Gruppe Ackergäule mit dicken Fellbüscheln an den Fesseln. Vom Zaumzeug befreit, rannten sie umher und wälzten sich auf dem Rücken, bis der erste in den See hineintrabte. Ein zweites Pferd schaute und galoppierte hinter ihm her. Der Rest folgte, wie Fohlen. Wenn ich jetzt Ackergäule sehe, die still und stark den Pflug ziehen, werde ich immer an ihr geheimes Leben denken, die Spielfreude hinter der ernsten Haltung.

Ich setze mich an den Wasserrand, auf Gras, das so hell ist, dass es grau aussieht. Sandregenpfeifer rennen am gegenüberliegenden Ufer entlang. Bald muss ich wieder nach London zurück. Ich weiß nicht mal mehr, wo ich die Geige hingestellt habe. Im Strauch neben mir bewegt sich etwas, ich verhalte mich so still wie möglich. Eine Haselmaus oder irgendeine andere Schlafmaus – weg, bevor ich sie richtig sehen kann. Eine Hummel landet auf meinem Schienbein, ihre dicken Krallen kribbeln.

Aus dem Gebüsch kommen jetzt zahllose kleine Vögel, zuerst Spatzen, dann Goldammern, ein Rotkehlchen, eine Bachstelze, ein Zaunkönig – sie schauen mich an wie Dorfbewohner, die herbeilaufen, um einen neuen Gast zu begrüßen, und dann wieder ihren Beschäftigungen nachgehen. Dieses schillernde Land gehört nicht uns. Weil ich mich still verhalte, bewegen sich die Vögel so, wie sie es sonst auch tun würden. Ich habe in der kurzen Zeit hier schon mehr über ihr Verhalten gelernt als in all den Jahren in London. Der Mensch sieht die anderen Lebewesen nicht richtig, weil er sich selbst für so wichtig hält – würde man ihr Verhalten genau beschreiben, rückte man sie in ein anderes Licht.

Waldschnepfen landen im Gras. Wolken wandern weiß über das Wasser. Mein Widerstreben wächst mit jedem Schritt von hier fort.

*

Das Treppenhaus ist voller Rauch. Ich lasse meine Füße den Weg auf der schmalen Treppe suchen, rutsche dann ein Stück, versuche, nicht zu atmen, es ist eine Frage von Sekunden, nicht von Minuten, die letzten Stufen, die Eingangstür, kein Schlüssel, ich hämmere und klopfe und rufe, huste, auf der anderen Seite der Tür schreit jemand, Hämmern, Schreien. Ich atme flach, ein, aus, ein, aus, kann nicht mehr einatmen.

Holz, ein Schlag, eine Männerstimme, eine Öffnung, Luft.

Ich weiß nicht, ob ich Geräusche von mir gegeben habe, aber die Frau gegenüber – dunkelblaue Strümpfe, rundes Hütchen in derselben Farbe – schaut missbilligend von ihrem Buch auf. Ich sehe weit weniger gepflegt aus als auf dem Hinweg. Es kümmert mich auch viel weniger. Ich schenke der Frau ein Lächeln, ihr Mund verzieht sich, und sie tut so, als lese sie. Ihr Mann studiert die Landschaft und summt vor sich hin. Am Auf und Ab seines weißen Schnurrbarts lässt sich der Rhythmus des Zuges ablesen.

Ich nehme mein kleines schwarzes Notizbuch aus der Tasche und gähne. Die Trauung ist um zehn Uhr, und ich brauche noch mindestens eine Stunde, bis ich in der Kirche bin. Um die Schläfrigkeit abzuschütteln, zeichne ich die Frau und den Mann. Als wir uns Blackfriars nähern, stecke ich das Notizbuch weg.

Die Stadt begrüßt mich mit Regen. Nach drei Straßen weiß ich, dass ich die falschen Schuhe angezogen habe. Ich bleibe an der nächsten Bushaltestelle stehen. Mein Regenschirm stößt gegen den eines Mannes, der es eilig hat. Die Straßen glänzen, lassen eine umgekehrte Stadt sehen, immer wieder durchbrochen vom Verkehr. Irgendwo stampfen Maschinen, ein Spielmannszug, der nie näher kommt. Ich spiele im Kopf eine Geigenlinie, um das Geräusch zu übertönen, die ganze Busfahrt über, eingezwängt zwischen nassen Mänteln und Stimmen und Haar – es riecht nach Mensch, nach Menschenleib.

Joan steht auf dem Gehweg vor der Kirche. Sie raucht und sieht mich erst, als ich ganz nah bin. Sie umarmt mich, hält den Arm mit der Zigarette nach hinten. »Gwennie. Wie gut, dass du da bist.« Ihre Augen haben einen düsteren Ausdruck.

»Ist Barry nicht da?«

Sie schüttelt den Kopf, nimmt einen letzten Zug von ihrer Zigarette. »Er ist in Frankreich, mit seiner Truppe, sie machen sich auf alles gefasst. Ich gehe mit dir rein.« Sie tritt die Zigarette aus, hakt sich bei mir unter, für einen Moment sind wir dicke Freundinnen.

Die Treppe ist aus Marmor, glatt vom Regen. Joan rutscht aus, kann sich an meinem Arm aufrecht halten, lächelt an der Tür, als sei nichts passiert.

»Wie geht es dir in dieser Hütte? Macht dich die Stille nicht verrückt? Mich würde das verrückt machen. Bill sagte, sie würde das niemals aushalten.«

»Ich liebe Ruhe.« Der Steinboden ist von Tausenden und Abertausenden Füßen gewetzt, Geschichte und Gegenwart in einem, stiller Träger all der Jahre.

»Ich auch. Aber so abgelegen?« Sie schaut in einen kleinen Taschenspiegel, kämmt mit der Hand ihr graues Haar in Form.

Sargent kommt herein, am Arm ein junges Mädchen, langbeinig, ein Reh, eine Gazelle, das wird Deborah sein. Er winkt, macht keinerlei Anstalten, zu mir herüberzukommen. Hinter ihm geht Kontrabassist Joey, rotwangig wie eh und je, auf den Fagottist Emile einredet, die Stimme zu dünn für seinen Leibesumfang. Man begrüßt sich, blickt über die Schulter des Gesprächspartners, um sich zu vergewissern, ob noch andere Bekannte kommen, wichtigere.

Wir setzen uns in die dritte Reihe, an den Gang. Ich grüße nach links und rechts, streife die Schuhe ab, damit ich meine Füße massieren kann, unter der Bank, unter dem alten Holz, der Lade mit der Bibel. Ich zupfe durch den Strumpf die Blase an der Ferse auf, es brennt. Joan unterhält sich mit einem Mann neben ihr, einem Onkel von Billy.

Ich huste, es prickelt in meinen Fingerkuppen. Ich versuche zuerst, nicht auf meine Atmung zu achten, dann tue ich gerade das. Die Orgel setzt ein. Man redet noch kurz weiter, dann verstummen alle, drehen sich um. Billy wird von ihrem Vater nach vorn geleitet. Sie trägt ein weißes Kleid, schlicht und elegant, mit Spitze besetzt, und einen weißen Hut mit Schleier. Ich denke an das Wasser, den Regen auf dem Dach der Hütte, meinen Artikel, und ich denke an Olli, die Amsel, die heute Morgen einfach hereinkam und sich auf den Tisch setzte.

*

Ich kann erst wieder normal atmen, als ich im Zug zurück sitze. Ich verstehe jetzt, warum mein Vater nach Wales wollte, obwohl er sich überhaupt nicht für das Landleben eignete. Es ist ruhig im Abteil. Ich ziehe meine Schuhe aus und hole mein Notizbuch hervor, um zu schreiben. Draußen ist die Sonne ein roter Ball.

»Len?«

Ein kleiner Pfeil von meinen Augen zu meinem Mund, in mein Herz, meine Magengrube, meinen Unterleib. »Thomas.«

Er beugt sich zu mir, küsst mich auf die Wange, nimmt

mir gegenüber Platz. »Himmel, was für ein Zufall! Ich habe gerade heute noch an dich gedacht. Wo fährst du hin?«

»Nach Sussex.« Ich erzähle ihm von der Hütte, nenne sie Sommerhaus, beschreibe den Fluss mit den Enten, die Amsel in der Küche, das Gras, das Licht, die langen Tage. Das alte Begehren erwähne ich nicht, das wider Willen in mir erwacht ist.

»Du bist also wirklich ausgestiegen.« Er sieht irgendwie anders aus, nicht mehr so dünn, und seine Locken sind etwas länger. »Kannst du denn ohne das Spielen leben? Wie kommst du überhaupt über die Runden?«

»Was macht deine Frau?« Ich sehe ihn nicht an, als ich das frage. Ich kam zufällig dahinter, sah eine Anzeige in der Zeitung.

»Ach, Donna. Ja, gut, schwanger. Wer hätte das gedacht, was? Hast du den Himmel gesehen?« Er fängt meinen Blick mit dem seinen. »Wie geht es dir?«

»Das geht dich nichts an.« Ich schaue nach draußen, auf die Welt, die dort wartet.

»Zu spät, nicht? Die Geschichte meines Lebens.«

Ich sehe ihn an. »Ach, was beklagst du dich, deine Frau ist schwanger.« Halb böse, halb im Scherz.

Er lacht. »Du hast recht. Tut mir leid. Überhaupt. Das mit dem Heiraten. Vielleicht hattest du recht. Hast du recht.«

»Ich war gerade auf Billys Hochzeit.«

»Mit diesem Yank? Wie war's?«

»Wie es sich gehört. In einer Kirche, alle hatten sich herausgeputzt. Joan musste heulen. Sargent war mit seiner neuen Freundin da. Es war vor allem befremdlich.« Wir haben Haywards Heath hinter uns gelassen, draußen jetzt Bäume statt Gebäuden.

»Das sind solche Sachen immer.«

»Bist du glücklich?« Worte wie viel zu plumpe Schiffe, die schon weit draußen vor der Küste auf Grund laufen.

»Zufrieden.« Er sieht mich nicht an.

Wir reden, bis er in Burgess Hill aussteigt, um einen Freund zu besuchen. Ich sehe ihn in das kleine weiße Bahnhofsgebäude hineinlaufen. Vor kurzem hätte das jetzt alles wieder aufgerissen. Aber der Zug fährt einfach weiter, an hellbraunen Kühen und Schafweiden, an Hecken und kahlen, knorrigen Bäumen vorüber, Wivelsfield, ein See. Das Rot am Himmel ist in Lila, in Purpur, in Dunkelblau übergegangen, mit einem Erdschattenbogen vor dem Rosa, wird dann zu einem Zelt mit Sternen wie kleinen Öffnungen, die Licht hereinlassen.

*

Ich stimme meine Geige. Wir spielen die Zweite Symphonie von Rachmaninov, Sargent hat das Stück umgearbeitet, weil es so lang ist. Ich kolophoniere den Bogen. Sie haben sich gefreut, mich zu sehen, als wäre ich nicht einen Sommer, sondern ein Jahr lang weg gewesen. Als wäre ich noch dieselbe. »Sargent?«

Er schaut irritiert auf, den Finger in der Partitur.

»Ich würde gern kurz mit dir sprechen.«

»Geht das auch später? Im Anschluss?«

Er sieht nicht, dass ich nicke, hat den Kopf schon wieder abgewandt.

Priscilla öffnet das Fenster, ihre Bewegungen sind die einer alten Frau. Der Geruch des Umkleideraums mischt sich mit dem vom Nachsommer, das Klirren von Saiten mit entfernten Stimmen und Stadtlärm. Ich gähne, mache mich auf die Suche nach Kaffee. Im Gang habe ich Ausblick aufs Foyer: Damen in Abendtoilette, Herren im Frack, Serviererinnen, Rauch. Ich empfinde nichts – weder Vorfreude noch die nervöse Aufgeregtheit, die an Angst grenzt.

Ich spiele genauso gut wie sonst, es fühlt sich an wie Verrat.

Ich gehe mit Sargent zusammen nach draußen. »Ich höre auf.« Blätter von einer Esche wirbeln in einer kleinen Windhose auf der Straße herum.

»Ja, du hattest schon so etwas angedeutet. Tja, hü oder hott. Du bleibst doch aber noch bis zum Ende dieser Reihe?«

Ich sehe ihn von der Seite an, finde in seiner Miene ausschließlich Verärgerung, nicht unsere gemeinsame Geschichte. »Wenn du möchtest.«

»Ich möchte gar nichts. Du hast einen Vertrag unterschrieben.« Er beschleunigt seine Schritte, lässt zwei andere zwischen uns, bis er neben Deborah läuft. Ich weiß nicht, was ich erwartet hatte.

Ich laufe ein paar Schritte, bis ich wieder zu ihm aufgeschlossen habe. »Der Vertrag läuft erst nächstes Jahr ab.«

»Dann haben wir alle Zeit, einen guten Ersatz für dich zu suchen.«

»Ich möchte früher weg.«

Er antwortet mir nicht, fragt Deborah, ob sie noch in den Pub will.

»Sargent, ich bin dir sehr dankbar für alles. Aber es ist jetzt genug. Du hast nichts davon, wenn ich nicht mehr gut spiele.«

»Darüber reden wir noch.« Er nimmt Deborahs Arm und geleitet sie über die Straße.

Joan schließt zu mir auf. »Was war das denn?«

»Ich höre auf.«

Sie erschrickt. »Ganz?«

Wir überqueren die Straße, huschen noch schnell vor einem Bus hinüber, der die Luft in meinem Rücken verwirbelt. Ich werde immer mehr Körper, immer weniger Geist.

Joan fragt und fragt, zufrieden darüber, dass mehr Platz sein wird, wenn ich nicht mehr da bin: weniger Konkurrenz, ich bin eines der am längsten spielenden Orchestermitglieder, eines der besten.

Der Wind bewegt unsere Mäntel, erfrischt mein Gesicht. Ich erzähle ihr, dass ich vorhabe, Vögel zu erforschen, erkläre, wie ich meine Untersuchungen durchführen will.

»Aha«, sagt sie und runzelt leicht die Stirn, lacht dann, um zum Ausdruck zu bringen, dass sie es gut meint.

Im Laufe der Nacht legt sich der Wind, als würde irgendetwas nachgeben, etwas, das die Welt früher akzeptiert hat als ich.

Sternchen 9

Ende Juni versuchte ich, Sternchen wieder anzulocken. Alle Jungen waren ausgeflogen, und der Sommer hatte richtig angefangen, die Vögel hatten wieder Zeit für andere Dinge. Sternchen ignorierte mich und wollte keine Nüsse von mir annehmen – ich hatte sie sichtlich beleidigt, weil ich sie verscheucht hatte, als sie so garstig zu Flocke war. Erst im Laufe des August wurde sie entgegenkommender, und nachdem sie sich ein paarmal Nüsse geholt hatte, versuchte ich, sie erneut für das Zählen zu interessieren. Eines Morgens klopfte ich dreimal auf die Markise vor dem Fenster. Sie erschrak, weil ich sie mit genau solchem Radau von Flocke weggejagt hatte, und flog sofort davon, wobei sie laut auf mich schimpfte. Ich beschloss, das Klopfen sein zu lassen, und lockte Sternchen nur noch mit Nüssen, die sie nach einer Weile wieder von mir annahm – meine Freundschaft zu ihr bedeutete mir mehr als das Experiment; vielleicht konnten wir es ja im nächsten Jahr wieder aufnehmen.

Im September pochte sie an einem frischen Morgen von sich aus viermal gegen den Fensterrahmen, woraufhin sie eine Nuss von mir bekam. Als ich dann versuchte, ihr eine

Zahl vorzugeben, reagierte sie nicht. Am nächsten Morgen klopfte ich ihr fünfmal vor. Darauf stieß sie im Sturzflug drohend auf das Fenstersims herab und schimpfte mich von dort anhaltend aus.

• 1938 •

Das Vogelhaus«, sage ich zu Theo McIver. »So würde ich es nennen.«

»Vögel gibt es hier zur Genüge«, sagt er. Theo hat mir gerade das Haus gezeigt. Wir stehen jetzt im vorderen Zimmer, das ich als Wohnzimmer einrichten könnte, es ist nicht zu groß und nicht zu klein – genügend Raum für einen Tisch mit vier Stühlen, ein Sofa vor dem offenen Kamin und ein Klavier. Die Bücherregale könnten an der Wand zur Küche stehen. Eine Schiebetür führt ins hintere Zimmer, das Schlafzimmer, von dem man auf die Obstbäume hinausschaut. Das Badezimmer muss neu gefliest werden, die Badewanne, die darin steht – auf Löwenfüßen –, ist in einwandfreiem Zustand. Draußen vor der Küche ist ein kleiner gepflasterter Platz. Der Garten rund um das Haus ist groß genug. Die Hecke müsste gestutzt werden und der Rasen gemäht, die Bäume sehen alle gut aus. Ich könnte noch einen Gemüsegarten anlegen, aber ich bin mir nicht sicher, ob der sich im Zusammenhang mit den Vögeln empfiehlt. »Mein alter Herr hat hier in den letzten zwanzig Jahren einiges vernachlässigt, aber das schlägt sich auch im Preis nieder. Es wird zwar was kosten, alles instand setzen zu lassen, aber Sie machen trotzdem noch ein Schnäppchen.« Er fährt sich mit der Hand durch die blonden Locken und grinst.

»Nachbarn?«

»Da wohnt Mrs Doris, eine alte Witwe.« Er zeigt zu dem kleinen Häuschen linker Hand. »Auf der anderen Seite der Straße wohnen die Hendersons, in dem schmalen Haus am Waldrand. Prima Leute. Und weit genug weg, dass man sich nicht in die Quere kommt. Hier stand ursprünglich ein Bauernhof, der Grund und Boden erstreckte sich ganz bis zu der Hecke da hinten, aber das Stück hat mein Vater nach dem Tod meiner Mutter verkauft.«

Über den Hügeln hängen dicke dunkle Wolken. »Würden Sie es machen?«

»Nein, ich bin lieber unter Menschen.«

»Ins Dorf sind es zehn Minuten zu Fuß.«

»Eben.« Er blickt triumphierend.

»So verkauft man kein Haus.«

Er lacht. »Dieses Haus braucht mich nicht, um verkauft zu werden. Hier würde jeder gern wohnen, und die Grundstückspreise steigen von Jahr zu Jahr. Gestern war ein Mann hier, der ein Ferienhaus suchte. Er ist ernsthaft interessiert. Aber ich möchte lieber, dass es richtig bewohnt wird.«

Wir gehen zusammen die Lewes Road hinunter zur South Street. Kurz bevor wir die Kreuzung erreicht haben, an der sein Lebensmittelgeschäft ist, bricht der

Schauer los. Er öffnet die Ladentür, die Glocke bimmelt. »Darf ich Ihnen noch eine Tasse Tee anbieten?«

»Gern.« Ich wische mir die Tropfen von der Stirn und folge ihm durch den kleinen Laden in den Raum hinter dem Ladentisch.

»Mary, das ist Gwendolen. Sie hat Interesse an Papas Haus. Gwendolen, Mary, meine Frau.«

Eine junge Frau, die ebensolche Locken hat wie Theo, schüttelt mir sanft die Hand. »Was für ein Wetter! Ich dachte schon, hoffentlich sind sie rechtzeitig zurück.« Sie erhebt sich, und ich sehe ihren Bauch.

»Das Erste?«

Theo nickt, stolz. »Schön, hm? Sind Sie nicht verheiratet?« Er sieht mich interessiert an, erschrickt dann über seine eigene Frage. »Oh, Verzeihung, das geht mich ja gar nichts an.«

»Sie dürfen ruhig fragen. Es hat sich nicht ergeben. Es ist anders gekommen.«

»Sie sind noch jung.«

Ich verwerfe die Bemerkung mit einer Handbewegung. Wir wissen beide, dass ich nicht mehr jung bin.

Mary stellt mir eine Tasse starken Tee hin und ein Kännchen Milch. Sie dreht das Radio leiser.

Ich nehme ein Stück Würfelzucker von der Untertasse. »Wie läuft das Geschäft hier?«

»So lala. Die Leute haben wenig Geld, die Wirtschaftskrise. Deshalb müssen wir das Haus auch möglichst bald verkaufen.« Theo bittet mich, diese Woche noch Bescheid zu geben, damit er weiß, ob er dem anderen Kaufinteressenten den Zuschlag geben soll. Ich verspreche, mich umgehend zu melden. Beide winken mir nach, wie Kinder Arm in Arm.

Am nächsten Vormittag gehe ich zur Bank. Ich warte hinter einem Mann in schmutziger Hose, bis ich an der Reihe bin. Er schüttet einen Beutel Münzen auf dem Schaltertisch aus, spricht in einem mir unbekannten Dialekt. Als er geht, zwinkert er mir zu.

»Was kann ich für Sie tun?« Der Mann am Schalter hat eine Hakennase und fettige Haare.

»Ich würde gern Geld von meinem Sparkonto abheben.« Ich lege das Sparbuch auf den Schaltertisch.

Er nimmt es, schaut kurz hinein und legt es wieder zurück. »Dann benötige ich eine Unterschrift von Mr Howard.«

»Es gibt keinen Mr Howard.« Ich lächle.

Er dreht das Sparbuch zu mir hin. »Das Konto läuft auf den Namen von Newman Howard. Also benötige ich dessen Unterschrift.«

»Mein Vater ist voriges Jahr gestorben.«

»Dann müssen Sie das belegen können. Fordern Sie eine Sterbeurkunde an, füllen Sie diese Formulare aus und legen Sie uns beides vor. Es dauert in der Regel etwa sechs Wochen.«

»So viel Zeit habe ich nicht.« Ich klopfe mit den Fingern auf den Schaltertisch.

Er zieht die Schultern hoch.

»Bitte.« Der Mann bleibt taub. Ich balle die Fäuste, öffne sie wieder. »Kann ich Ihren Vorgesetzten sprechen?«

»Der ist nicht da.«

»Dann warte ich.« Ich setze mich auf einen harten Holzstuhl am Fenster. Der Mann geht nach hinten und kehrt dann zurück, um den älteren Mann zu bedienen, der als Nächster dran ist.

Ich denke an das Haus, das genau richtig wäre, und dann an meinen Vater.

Nach einer halben Stunde werde ich von einem kleinen Mann geholt. Er führt mich in sein Büro, das blau ist von Zigarrenqualm. Auf dem Schreibtisch liegen Stapel von Papieren. Ich erkläre ihm, worum es geht.

»Warum wollen Sie das Haus so gern kaufen?« Er zündet sich eine Zigarre an.

Ich erzähle von den Vogelforschungen. »Das Haus ist perfekt dafür geeignet, ich habe dort schon so viele Vögel gesehen. Ein guter Ort, ich könnte gleich anfangen.«

»In jungen Jahren habe ich auch gern Vögel beobachtet. Aber meine Frau ist nicht dafür zu haben. Sie will immer nur ins Theater. Tja, man muss kompromissbereit sein, Sie werden selbst wissen, wie wichtig das ist.«

»Können Sie mir helfen?«

»Ich verspreche nichts. Aber wenn Sie mir morgen die Unterlagen bringen, werde ich sehen, was ich tun kann.«

»Das wäre phantastisch.« Ich danke ihm überschwänglich.

Als ich die Bank verlasse, lächle ich dem Mann am Schalter zu, doch der tut so, als würde er mich nicht sehen.

*

Theo trägt mit einem Freund zusammen das Sofa herein. Sie lassen sich darauf fallen. »Puh«, sagt Theo. »Jetzt könnte ich einen Becher Tee vertragen.«

»Ich schau mal, was sich machen lässt.«

In einem der Kartons suche ich nach Tee und Zucker, dann nach Tassen. Das Haus ist sauberer, als ich es in Erinnerung hatte. Aber es riecht muffig, staubig, und es ist etwas stickig.

»Ich habe aber keine Milch«, rufe ich ins Zimmer hinüber. Es tut gut, mal wieder von meiner Stimme Gebrauch zu machen.

»Kein Problem«, rufen sie im Chor zurück.

Ich stelle Wasser auf, packe schon mal einen Karton aus, merke, dass ich dabei vor mich hin summe.

Als sie weg sind, rieche ich den Holzboden erst richtig – Staub bleibt an meinem Finger kleben, als ich darüberwische. Ich packe meinen Koffer mit der Kleidung aus und dann die Kartons mit den Küchenutensilien. Auf den Tisch von Theos Vater lege ich mein Zeichenpapier, meine Bücher. Ich stelle den Notenständer in die Ecke am Fenster, wo Licht auf ihn fällt. Von dem

Fenster aus kann ich den hinteren Garten überblicken: den kleinen Apfelbaum, die Mispel, den großen Apfelbaum, die Hecke.

Ich nehme mein Notizbuch mit nach draußen, um das Grundstück zu kartieren. Ich skizziere zuerst den hinteren Garten, dann die Ostseite mit dem efeubewachsenen Birnbaum, dem Haselnussstrauch und der Eiche. Auf der Westseite stehen Apfelbäume, Johannisbeersträucher, ein Holunder, eine Traubenkirsche. Vor dem Haus, zur Straßenseite, ist eine kleine Terrasse, davor eine offene Fläche mit zwei Blumenbeeten, einem Weißdorn, einer Pergola. Dort kann ich am besten den Futtertisch aufstellen und die Vogeltränke. Vorn am Gartenzaun – der mit Efeu überwuchert ist – steht noch ein Apfelbaum, daneben ein Pflaumenbaum und ein kleiner Birnbaum. Es wird auf alle Fälle genügend Obst für die verschiedenen Vögel geben. Das Grundstück ist rundherum von Hecken umgeben. Es ist Ende Februar, das Experiment kann beginnen.

Der Wind ist noch frisch. Ich gehe hinein, um meinen Mantel anzuziehen, nehme einen Stuhl mit nach draußen. Ich stelle ihn auf die kleine Terrasse vor dem Haus – er wackelt leicht, als ich mich setze, die Stuhlbeine rutschen von den gerundeten Steinen ab. In der Hecke links sitzt eine Kohlmeise, und kurz darauf sehe ich noch eine, oder wieder dieselbe, ich bin mir nicht sicher – beide haben ein breites schwarzes Längsband auf Brust und Bauch, es sind also Männchen. Im Apfelbaum auf der

Ostseite sind Elstern zu sehen, im Pflaumenbaum vorn sitzt eine Ringeltaube. Es raschelt in der Hecke, in einem Spinngewebe unter dem Fenstersims glitzert ein Regenbogen.

»Gwen?« Theo steht am Zaun. Er grinst, hält eine Tasche hoch. »Mary hat mir ein paar Lebensmittel für Sie mitgegeben. Weil wir über Mittag zu haben. Tee ohne Milch geht natürlich nicht.«

»Wie nett.« Ich gehe zur Pforte, schlage wohlweislich einen Bogen um die Pfütze auf dem Weg und nehme die Tasche an.

Er schaut auf mein Notizbuch. »Was machen Sie?«

Ich zeige ihm meine Zeichnung. »Ich werde die Vögel in der Gegend hier erforschen.« Er blickt auf die Kreise, die Bäume darstellen sollen. »Mein Vater war ein Vogelnarr, wir hatten jedes Frühjahr ein paar kleine Meisen und Amseln im Haus, die aus dem Nest gefallen oder von Katzen gefangen worden waren.«

Er pfeift. »Schönes Vorhaben. Vögel gibt es hier ja genug, und sie sind auch nicht ängstlich. Bei meinem Vater kam eine Kohlmeise einfach zur Küche hereingeflogen. Wie wollen Sie sie denn erforschen?«

»Das weiß ich noch nicht so genau. Ich möchte auf jeden Fall ihr Vertrauen gewinnen. In letzter Zeit werden viele Untersuchungen zur Intelligenz von Vögeln im Labor angestellt, aber Vögel verhalten sich in Gefangenschaft ganz anders. Nervöser.« Eine Taube landet im Apfelbaum. »Ich möchte wissen, wie sie sich in Freiheit verhalten. Und ihren Gesang aufzeichnen.« Ich hoffe, dass mir das gelingen wird – mein Gehör ist besser als früher, aber sie sind so schnell. Ich habe auch keine Ahnung, ob die Zahl der Vögel, die hierherkommen, für wirklich ernst zu nehmende Untersuchungen ausreichen wird.

»Vertrauen geht bei den meisten Tieren durch den Magen.« Er reibt sich über den Bauch, vielleicht um anzudeuten, dass er sich auch dazu zählt, vielleicht auch nur zur Verbildlichung.

Ich bitte ihn, Mary Grüße auszurichten. In der Küche schaue ich mir den Inhalt der Tasche an: Milch, Brot, Käse, Äpfel, Kartoffeln, Butter. Auf einem Teller zerkrümele ich eine Brotrinde, daneben lege ich ein paar Stückchen Butter. Ich stelle den Teller auf das breite Fenstersims an der Vorderseite des Hauses und setze mich drinnen vor die Scheibe. Im Nu kommt eine Kohlmeise herbeigeflogen, und dann noch eine, es waren also doch zwei. Dann kommen die Elstern, die die Kohlmeisen mit lautem Geschrei verjagen. Ich wedele mit der Hand, aber das verschreckt alle Vögel miteinander. Da muss ich mir noch was einfallen lassen. Und ich brauche Nistkästen. Vielleicht kann ich sie selber zusammenzimmern oder ausrangierte Verpackungen dafür umfunktionieren. Eine der Kohlmeisen kehrt zurück. Sie sucht den Teller nach Krümeln ab, bleibt, als sie fertig ist, auf dem Fenstersims sitzen und schaut mich an, aus kecken Äuglein. »Hallo«, sage ich.

*

Schwarzes Köpfchen und Maske über den Augen, noch schwärzer funkelnde Knopfäuglein. Weiße Wangen, darunter eine schwarze Binde, ein Schlips, der sich als Längsstreifen über die Mitte von Brust und Bauch fortsetzt. Gelbe Unterseite, dunkelgraue Beinchen, blauschwarze Flügel, grün-gelblicher Mantel, je nachdem, wie das Licht darauf fällt – das kann Thomas so schön malen. Blau-weiß-schwarzer Schwanz. Im Flug sieht man das Blau der Schultern mit dem weißen Streifen darunter, während die Flügel zu den Spitzen hin hellgrau sind. Im Schwanz werden weiße Randfedern sichtbar und unter dem grün-gelblichen Mantel blitzt das Gelb vom Bauch hervor.

Ich sitze mit meinem Notizblock im Schatten der Eiche. Die Kohlmeise in der Hecke singt immer wieder die gleiche Phrase. Der Briefträger stößt die Pforte auf. »Guten Morgen, Mrs Howard«, ruft er zur Überbrückung der Distanz mit lauter Stimme. »Ich habe ein Päckchen für Sie.«

Die Kohlmeise ist längst auf und davon.

»Könnten Sie die Päckchen in Zukunft bitte einfach in den Briefkasten an der Zufahrt legen?«

Er macht ein beleidigtes Gesicht. »Mr McIver war immer froh darüber. Wenn ich es in den Kasten lege, kann es gestohlen oder von irgendwelchen Lausebengeln demoliert werden. Ich halte das nicht für ratsam, aber gut, wenn Sie meinen Extraservice nicht wünschen, der Kunde ist König.«

»Nichts für ungut, aber es geht mir um die Vögel.

Ich versuche, ihr Vertrauen zu gewinnen.« Ich zeige ihm meine Zeichnungen und Notizen, versuche zu erklären, welche Idee ich verfolge. Er scheint nicht viel damit anfangen zu können, weiß aber offenbar zu würdigen, dass ich mir die Mühe mache, ihm etwas zu erläutern.

»In den Briefkasten also. Möchten Sie gar keinen Hinweis, dass ich da war? Ich kann auch ganz dezent auf mich aufmerksam machen.« Er wedelt ein bisschen mit der Hand.

»Nein, nicht nötig. Vielen Dank für Ihr Verständnis. Ich werde auch noch einen Zettel am Briefkasten und oben an der Straße anbringen.«

Als er gegangen ist, fertige ich Hinweisschilder an, Farbe auf Holz, zwei für die Gartentore, eines für den Briefkasten und eines für oben an der Straße. Das muss reichen. Ich befestige sie, als die Farbe getrocknet ist, mit Eisendraht, zuletzt das oben an der Straße.

»So, Sie mögen also keinen Besuch mehr!« Theo reicht mir eine Papiertüte. »Mary hat Brot gebacken, und es ist viel zu viel für uns allein.« Er schnauft ein wenig vom Anstieg hier herauf.

»Ich habe schon gern Besuch, aber die Vögel sind nicht so erpicht darauf.«

»Sie stehen ja schon ganz schön unter dem Pantoffel.«

»Bei Ihnen mache ich natürlich eine Ausnahme. Sie sind jederzeit willkommen. Vielleicht könnten Sie aber ein bisschen leiser sein. Leiser gehen. Nicht rufen. Dann gewöhnen sich die Vögel vielleicht an Sie.«

Er lacht. »Ach je, ich darf natürlich auch nicht lachen.« Er lacht noch lauter, während er davongeht, und ich lasse mich unwillkürlich anstecken.

Ich lege das Brot auf die Arbeitsplatte in der Küche und fülle Wasser in den Kessel. Draußen ertönt ein durchdringendes Piepsen. Eine der Blaumeisen sitzt vor dem Fenster und schaut zu mir herein. Sie piepst so laut, dass ich es durch die Scheibe hören kann. Ich gehe nach draußen, wo sie mich an der Tür erwartet. Sie fliegt zur Hecke bei der alten Eiche und wieder zu mir zurück, erneut zur Eiche und wieder zu mir. Ich beschleunige meine Schritte. An der Eiche sehe ich ihren Partner. Er scheint auch ganz aufgelöst zu sein, fliegt hektisch über die Hecke hin und zurück. Das Weibchen taucht auf den Boden hinab. Ich gehe in die Hocke, sehe Nistmaterial mit zwölf Eiern verstreut unter dem Nistkasten liegen. Der Kasten ist noch intakt, ich nehme daher an, dass eine Katze das Ganze herausgekrallt hat – ich muss also dafür sorgen, dass die Nistkästen mehr als zwölf Zentimeter tief sind. Ich öffne den Kasten und lege das Nistmaterial zurück – erst die Verpackungsreste, dann das Moos, dann das Rosshaar. Behutsam bette ich alle Eier darauf, nah an der Rückwand, damit sie sicher sind. Das Weibchen fliegt sofort in den Kasten, als ich fertig bin, und schiebt die Eier in die Mitte. Das Männchen fliegt weg und kommt gleich darauf mit einem Ohrwurm im Schnabel zurück. Ich bleibe kurz stehen, um ihnen zuzusehen. Die Vögel ignorieren mich jetzt. Ich bin elektrisiert: Die kleine Meise hat mich um Hilfe gebeten. Ich kann fast nicht glauben, dass das wirklich geschehen ist.

*

Gemähtes Gras, tiefstehende Sonne, Spätsommer; nach einigen sehr warmen Wochen, in denen sich kein Lüftchen geregt hat, ist Wind aufgekommen, es riecht nach Herbst. Ich mache eine Liste von den Nestern im Garten und setze hinzu, von wem sie im zurückliegenden Jahr benutzt wurden – die Amseln im Efeu, die Spatzen in der Hecke (zwei Paare), die Kohlmeisen überall in den Bäumen. Ich gehe alles ab, um zu überprüfen, ob ich auch nichts übersehen habe. Ich habe den ständigen Bewohnern Namen gegeben – ich vertue mich zwar noch regelmäßig, aber wenn die Vögel lange genug sitzen bleiben, erkenne ich, wer wer ist. Sie sind alle ein wenig anders gefärbt und gezeichnet, und jeder hat seine eigene Art, sich zu bewegen, zu reagieren. Manche sind geräuschvoll und brüsk, andere machen sich kaum bemerkbar. Ich beginne auch, sie an ihrem Gesang zu erkennen, sowohl vom Lied her als auch von der Stimme. In London habe ich sie immer nur als Angehörige einer Art gesehen – wobei es im Park eine alte Kohlmeise gab, die ich erkannte, und in dem Baum vor Thomas' Boot ein Paar wohnte, das uns vertraut war – und hatte keine Ahnung, dass sich die Individuen so stark voneinander unterscheiden. Sehen braucht Zeit. In London war ich viel zu sehr abgelenkt.

Theo hat einen Holztisch für mich gezimmert, auf dem ich den Vögeln jeden Morgen gegen halb sieben, wenn der Tag noch taunass ist, einen Teller mit Futter hinstelle. Billy, ein Kohlmeisenmännchen, das schon etwas älter zu sein scheint, kommt immer als Erster. Er ist ziemlich unverfroren, frisst mir schon fast aus der Hand – er fliegt nah an meine Hand heran, pickt sich etwas heraus und stößt sich dann von ihr ab, um weiterzufliegen. Seine Gefährtin, die ich Grünchen genannt habe, weil ihr Federmantel auf dem Rücken viel grüner schimmert als bei den anderen, ist wesentlich scheuer. Sie kommt zwar auch, aber nur, wenn Billy dabei ist, und sowie ich mich bewege, fliegt sie davon. Vögel haben mehrere Luftsäcke im Körper, und ihre Knochen sind hohl. Sie sind luftig und leicht und schnell.

Ich laufe die Hecke von außen ab, um dort nach Nestern zu suchen. Im Gras sitzen vier graubraune Kaninchen – bis sie mich sehen. Joan heiratet jetzt auch. Es ist gerade so, als hätten sie das alle jahrelang abwenden können und fühlten sich nun plötzlich gezwungen, die letzte Chance zu ergreifen, die sich ihnen bietet. Das Grün der Hecke, einige wenige braune Blätter, das Grün der Felder. Dieses Land ist unendlich, es geht einfach in weiteres Land über, in weitere Hügel und später ins Meer, immer ins Meer. Ich gehe an der Hecke entlang die Straße hinauf bis zu ihrem Ende am Zaun der Hendersons und dann auf der Längsseite meines Grundstücks abwärts. Auf dem Friedhof hinter dem Haus stolpere ich über eine Baumwurzel und stürze. Mein Notizbuch landet in einer Pfütze, ich fische es rasch wieder heraus, doch alle meine Aufzeichnungen sind verlaufen. Ich bleibe kurz sitzen. Vielleicht ist es eine unsinnige Idee, die Vögel auf diese Weise erforschen zu wollen. Die Wissenschaftler haben jahrelang studiert, viel mehr gelesen als ich – womöglich mache ich mich lächerlich. Sie werden mich des Anthropomorphismus bezichtigen, der Übertragung menschlicher Verhaltensweisen auf die Vögel, wenn ich über die Blaumeise schreibe, dass sie mich um Hilfe bat. Aber ich bin überzeugt, dass es genau so war.

Ich stehe auf und klopfe die Erde von meinem dunkelroten Rock. Aus der Hecke am Haus kommt ein graues Eichhörnchen mit einem silbernen Schweif, der beinahe durchsichtig ist. Es schaut mich kurz an, beugt sich dann zum Boden hinunter und rennt, als ich den Arm bewege, flugs zu den dunklen Zweigen zurück. Wenn ich es nicht versuche, werde ich es nie erfahren.

*

Am kürzesten Tag des Jahres finde ich spätnachmittags zwei Weihnachtskarten im roten Briefkasten, eine von meiner Schwester mit Grüßen auch von Mutter und Dudley und eine von Thea aus Kanada. Ich lege sie auf den Tisch. Ich selbst habe vergessen, Karten zu verschicken, ich habe viel zu viel zu tun. Die Kohlmeisen haben es sich inzwischen angewöhnt, zu mir ins Haus zu kommen, was praktische Anpassungen erforderlich machte. Ich muss jeden Tag saubermachen und habe alle wertvolleren Habseligkeiten weggeräumt. Über das Sofa habe ich Decken gebreitet, die ich einmal die Woche wasche. Vielleicht sollte ich das Sofa auch ausrangieren – ich könnte stattdessen eine Holzbank mit einzelnen Kissen hinstellen. Auch die Kälte beginnt mir zu missfallen – tagsüber stehen das Fenster in der Küche und das Oberlicht im Wohnzimmer offen, damit die Vögel herein- und hinauskönnen. Als ich heute Mittag auf dem Stuhl am Fenster saß, um zu studieren, welche natürliche Nahrung die Vögel im Winter bevorzugen, habe ich es selbst in zwei Pullovern übereinander und mit einer Decke über den Beinen nicht länger als zwei Stunden ausgehalten. Im Herbst hat es wochenlang hereingeregnet; ein Stück Plastik soll das Fensterbrett davor bewahren, völlig morsch zu werden.

Die Vögel haben sich nicht nur auf das Haus, sondern auch auf mich eingestellt. Anfangs flogen sie sofort wieder hinaus, wenn ich mich bewegte, jetzt achten sie genau auf meine Körpersprache. Wenn ich mich ruhig bewege, bleiben sie sitzen – so haben sie mich gelehrt, meine Bewegungen anzupassen. Sie erschrecken nach wie vor bei abrupten Bewegungen und natürlich bei unerwarteten Geräuschen wie dem Läuten des Telefons oder dem Klingeln an der Tür. Ein festes Grüppchen von etwa acht Kohlmeisen kommt immer wieder. Sie sind lieb. Die Spatzen dagegen sind kleine Giftspritzen, die andere Vögel ruppig verjagen, wo sie nur können. Die Blaumeisen sind etwas schüchterner als die Kohlmeisen und halten sich bedeckter. Manchmal kommen Amseln, aber die gehen hauptsächlich ihre eigenen Wege. Rotkehlchen trauen sich bis jetzt nicht über das Fenstersims hinaus. Vorige Woche kam ein großes Kohlmeisenmännchen in den Garten, dem ein Zeh fehlt, als sei es irgendwo eingeklemmt gewesen und habe ihn sich abgerissen. Das scheint den Vogel aber nicht weiter zu stören. Heute Morgen setzte er sich kurz auf meine Hand, während ich schrieb. Aber seine Krallen kitzelten, so dass ich die Hand nicht lange stillhalten konnte, und bei der ersten Bewegung flog er weg.

Ich setze mich ans Klavier und spiele ein paar Noten. Gestern hörte ich eine der Amseln ein Motiv von Bach nachsingen. Die Hintertür weht auf und mit einem Schlag wieder zu. Die auf dem Tisch obenauf liegenden Papiere fliegen vom Stapel, es sind die Vogelnoten. Als ich die Tür abschließen will, sehe ich eine Gestalt auf dem Feldweg.

»Hallo?« Niemand antwortet. Es wird wohl einer von den Friedhofsgeistern gewesen sein.

Der Wind nimmt zu: Bäume, die vorher seufzten, ächzen jetzt schwer. Ich weiß nicht, wo die Tiere sind, wie sie mit diesem Wetter umgehen. Ich weiß so wenig. Gestern ließ sich Grünchen den ganzen Tag lang nicht blicken, ich fürchtete schon, dass ihr etwas zugestoßen sei;

heute war sie einfach wieder da. Manchmal habe ich das Gefühl, dass ich nie Zugang zu ihnen bekommen werde. Dass ich für immer eine Außenstehende bleiben werde.

Das Haus lässt den Wind herein; überall sind Ritzen und Spalten, unter der Tür, zwischen den Wänden, in den Fensterrahmen. Wir atmen gemeinsam. Die Tür war einmal ein Baum. Ich trommle mit den Fingern auf den Tisch, beschließe, mir noch einen Tee zu machen. Ich kann bei diesem Wetter ohnehin vorerst nicht schlafen.

Der Rosenstrauch wird hin und her geworfen und fast ganz zu Boden gedrückt. Zweige peitschen. Der Futtertisch weht um, der Stuhl. Der Wind übertönt den Schlag.

Blitz, Stille. Donnerschlag.

Ich schiebe den grünen Sessel ans Fenster. Der Regen ist jetzt ein konstanter grauer Strom und nimmt mir die Sicht, ich erkenne nur Bewegung. Bewegung als Entsprechung für Zeit, Grau, das dem Abend eine Form verleiht. Das Wort »Abend« klingt, als sei der Abend ein Ding, wo doch jeder Abend anders ist. Nie zuvor war es so wie jetzt.

Der Apfelbaum macht eine tiefe Verbeugung, knackt. Ich kann nicht sehen, ob ein Ast abgebrochen ist.

Vor dem Fenster bildet der Regen einen Vorhang. Ich könnte durch ihn hindurchtreten, in den Garten hinein, in die Dunkelheit, der Zukunft entgegen: Sich von etwas umfassen lassen, das größer ist als man selbst, der Traum aller Gläubigen.

Am nächsten Morgen inspiziere ich die Schäden. Die Eiche auf der Ostseite des Hauses hat einen großen Ast verloren, ebenso wie der Apfelbaum vorn am Zaun. Ansonsten sind nur kleinere Zweige abgebrochen. Die Vögel sind ruhig, aber es sind nicht so viele da wie sonst, ich weiß nicht, ob sie vor dem Sturm geflohen sind, ich weiß nicht, wohin sie fliehen könnten. Ich fülle den Futtertisch für die, die da sind, zweimal auf – sie können bestimmt eine zusätzliche Energiezufuhr gebrauchen. Zwei unbekannte Besucher zeigen sich: ein Rotkehlchen und eine Drossel. Vielleicht hat der Sturm sie hergeweht. Die Drossel bleibt auf Distanz, das Rotkehlchen folgt den anderen Rotkehlchen zum Futtertisch. So ist es oft, die Vögel schätzen anhand des Verhaltens ihrer Artgenossen ein, ob sie sicher sind und näher kommen können. Ich bewege die Hand, das Rotkehlchen macht einen kleinen Hüpfer zur Seite, kehrt aber umgehend zurück, es scheint ein schon älterer Vogel zu sein. Der Himmel ist blau, die Beklemmung der Nacht ist Erleichterung gewichen. Ich gehe hinein, es wird Zeit, den Teig zu kneten, sonst ist das Brot nicht bis zum Mittag fertig.

Sternchen 10

Im Oktober nahm Sternchen in der Haltung am Fenster Platz, die anzeigte, dass sie gern zählen wollte. Ich hatte gerade Garth am Telefon. »Warte mal eben.« Ich klopfte fünfmal an den Fensterrahmen und hielt den Hörer Richtung Sims. Sternchen klopfte fünfmal. Mein Freund konnte es genau hören und war hellauf begeistert. In den Wochen darauf übten Sternchen und ich weiter. Das Experiment war ein voller Erfolg. Sternchen schaute beim Klopfen nie auf mich, so dass ich mir sicher bin, dass sie auf die Anweisung durch meine Stimme reagierte, denn ich achtete darauf, keine Hinweise durch körperliche Gesten zu geben.

Im November versuchte ich, auch andere Kohlmeisen für das Zählen zu interessieren. Der Schöne, Sohn von Sternchen und Glatzköpfchen, klopfte gern auf Lampenschirmen herum, und so klopfte ich an einem ruhigen Nachmittag ein paarmal mit dem Bleistift auf den Lampenschirm. Er begriff nicht, flog weg, wenn ich klopfte, und kam, wenn ich aufgehört hatte, schnell zu mir her, um sich sein Nüsschen zu holen. Danach versuchte ich es mit Monokel. Sie klopfte zwar, aber nie die Zahl, die ich vorgab. Sie klopfte meistens eine Vier und forderte dann stolz ihre Nuss ein. Nach Glatzköpfchens Tod hatten Monokel und Sternchen ihre Streitigkeiten eingestellt. Allerdings wurde Sternchen eifersüchtig, wenn ich mich mit einem anderen Vogel befasste. Sie setzte sich dann in unsere Nähe und klopfte schnell so viele Male, wie es richtig war.

In der Zeitschrift Nature *las ich von einer Untersuchung mit Tauben, die auf stimmliche Anweisungen reagierten. Ich beschloss, das mit Sternchen auszuprobieren. »Vier«, sagte ich eines Morgens und klopfte viermal. Sie klopfte viermal – ich gab ihr eine Nuss. »Vier«, sagte ich dann nur. Sie sah mich an. »Vier.« Sie zögerte, beugte sich dann vor und klopfte schnell viermal. Wir wiederholten das später an diesem Tag noch einmal – zuerst klopfte ich mit Ansage vor, dann nannte ich nur die Zahl –, sie schien gut zu begreifen, was ich beabsichtigte. In den folgenden Wochen lernte sie auf diese Weise die Fünf, die Sechs, die Sieben und die Acht. Die Neun gelang nicht, weil ich sie nicht schnell genug vorklopfen konnte. Für Vögel läuft die Zeit viel schneller als für unsereins, und Sternchen langweilte mein langsames Klopfen. Sie fing immer schon bei acht an, mir nachzuklopfen, und so kamen wir nie weiter. Darüber verging der Winter.*

• 1943 •

Die Kanadier tauchen im Zwielicht eines nahenden Winters aus dem Nebel auf wie in einem Traum aus einer früheren Zeit. Sie sind zu sechst, dick vermummte Männer, die Helme überflüssige Zierde. Der vorderste marschiert quer durch die Hecke.

»He, halt, Augenblick mal.« Ich renne in Pantoffeln nach draußen. »Das geht so nicht.«

Ein hochgewachsener Mann tritt vor. »Wir machen hier eine Übung, wie wir durch die Gärten in die Stadt gelangen. Wir können keine Rücksicht auf die Bewohner nehmen.«

Die Kohlmeisen sind aus der Hecke geflogen und setzen sich auf mich.

Der Mann starrt mich mit offenem Mund an, bis ich einen Schritt auf ihn zu mache. »Das ist lustig. Ich bin schon seit Jahren in England, aber so etwas habe ich noch nie gesehen. Ich habe überhaupt noch nirgendwo Gartenvögel gesehen, die sich so verhalten.«

Ich erzähle ihm von den Vögeln, die hier leben. Dass ich sie erforschte, ihre Sprache, ihre Verhaltensweisen, ihre Charaktereigenschaften. Dass Vögel empfindlicher auf Störungen reagierten als Menschen und dass es Jahre gedauert habe, bevor sie mir gegenüber so zutraulich geworden seien. Vertrauen sei Voraussetzung für eine Freundschaft, für jede enge Beziehung, aber es wachse auch, wenn es nicht enttäuscht werde.

»Das ist also nichts typisch Englisches? Sie sind hierher zu den Vögeln gezogen?« Er nimmt seinen Helm ab.

»Die Kohlmeisen sind zu mir ins Haus gezogen.«

Pünktchen kommt herbeigeflogen, zögert, landet dann aber doch auf meinem Kopf.

»Schön. Ich habe noch nie solche zahmen Vögel gesehen.« Er beugt sich zu mir, um sie besser sehen zu können. Pünktchen ergreift die Flucht. »Da werden wir dann wohl umdisponieren müssen. Das erschwert die Sache zwar, aber was soll's. Männer.« Die Männer reagieren weniger hellhörig als die Kohlmeisen. Er weist sie an, um den Garten herumzugehen. Der Mann in der Hecke hat sich verheddert, der Anführer ermahnt ihn mit einem Blick zur Vorsicht.

Die Vögel fliegen auf, sowie sich die Männer in Bewegung setzen – in die Kastanie, in die Hecke, über das Feld. Weltsicht vom Baum, von der Hecke aus. Ich höre die Männer noch eine Zeitlang reden, lachen, den Anführer mit seiner schweren Stimme etwas verdeutlichen.

Am nächsten Mittag sehe ich, dass mein Warnschild oben an der Zufahrt verschwunden ist. Mir war morgens schon so gewesen, als hätte ich Soldaten gehört – ein Souvenir, Beweis für eine starke Geschichte. Jetzt ist kein Schild mehr dort, vielleicht sogar besser so. Es zieht Leute auch an, und was die Vögel brauchen, ist Ruhe.

*

Schwarze Gänse in V-Formation an einem weißen Himmel. Stacheldraht, leichter Nebel. Ich klopfe, drücke die Tür auf der Rückseite des Bauernhofs mit meinem Körper auf, erläutere die Umstände, frage, so höflich ich kann.

Die Frau am Tisch schüttelt den Kopf. »Bedaure.« Sie lässt eine Kartoffel in den Topf mit Wasser fallen, nimmt die nächste aus dem Sack vor ihr.

Ich bedanke mich und gehe hinaus. Es gibt inzwischen nirgends mehr Butter. Nicht in Keymer, nicht in Westmeston, und nun also auch in Clayton nicht mehr. Ich bin bei fast allen Bauernhöfen im Umkreis gewesen, aber alles wird von den Soldaten konfisziert, und die Mengen werden kontrolliert. Ich selbst komme mit der Ration aus, die man mir zugesteht, aber für die Vögel reicht es nicht. Es heißt, dass uns ein kalter Winter bevorsteht, und ich habe im vergangenen Jahr schon allzu viele Meisen verloren.

Ich folge der Brighton Road nach Süden, Richtung Clayton Hill. Eigentlich möchte ich noch einen letzten Bauernhof aufsuchen, aber mir brennen die Füße. Wenn ich über Keymer zurückliefe, würde ich es überdies niemals schaffen, vor zehn zu Hause zu sein. Die langgestreckten, leeren Äcker schimmern bläulich, die Hecken, die sie voneinander trennen, sind kahl. Schafe drehen mir den Rücken zu. Man hatte Regen vorhergesagt, oder vielmehr Theo hatte das. Er hockt den ganzen Tag am Radio. Gestern sagte er, er erwäge, sich freiwillig zum Kriegsdienst zu melden.

Ein Jeep nähert sich von hinten, ich halte mich dicht an der Hecke. Als der Jeep an mir vorüberfährt, sehe ich, dass vier Soldaten darin sitzen. Der Fahrer bremst ab und setzt zurück, das Motorengeräusch ist höher und lauter als eben.

Als er auf meiner Höhe ist, wird die Scheibe heruntergedreht. Ich gehe weiter. Der Jeep fährt im Schritttempo neben mir her. »Können wir dich irgendwohin mitnehmen?«

»Nein. Und ich würde auch nicht mehr reinpassen.«

Die Männer auf dem Rücksitz johlen. Nein, keine Männer, Jungen sind es, mit Pickeln und Hautunreinheiten, frisch von der Schulbank.

»Sie rutschen schon für dich zusammen. Ach, komm. Dann machen wir dir auch ein leckeres Spiegelei auf dem Lagerfeuer.« Zwinkern, Lachen, der eine stößt den anderen an.

»Tut mir leid, Jungs.«

Der Mann am Steuer zuckt die Achseln. »Wie du willst.« Seine Stimme ist rau und rauchig, überbrummt den Motor des Jeeps.

Sie winken alle vier, Kinder auf Klassenfahrt. Ich winke zurück und muss unwillkürlich grinsen. Auf der anderen Seite der Straße sehe ich einen großen Vogel. Ich halte die Luft an – ein Habicht.

Der Pfad die Anhöhe hinauf ist matschig, in der Mitte fließt ein kleines Rinnsal über die Kieselsteine. Ich ziehe das Rinnsal den Matschklumpen vor und hoffe, dass meine Sohlen dick genug sind. Ein braunes Pferd schaut mich über den Zaun hinweg an. Ich sage ihm guten Tag, höre links von mir einen Specht – es ist ein Buntspecht. Im Weißdorn raschelt ein Rotkehlchen. Eine Bachstelze fliegt auf, als ich vorüberkomme. Ein paar Meter weiter oben beginnt der Wald – ich höre eine Eule, vorige Woche habe ich im Garten eine Schleiereule gesehen. Es war kein warmes Jahr, es wird nicht viele Mäuse für sie geben.

Die Dämmerung nistet sich zwischen den Bäumen ein. Blau wird zu Graublau, zehn Minuten, Dunkelgraublau, zwanzig, ich gehe die Anhöhe hinunter, Grauschwarz. Ich sehe meine Stiefel nur, weil sie in Bewegung sind, bewege mich nur, weil da ein Rhythmus ist, folge dem Rhythmus meiner Füße, bewege mich automatisch.

Auf der Zufahrt angelangt, suche ich nach dem Briefkastenschlüssel, das Fähnchen ist aufgerichtet. Der Schlüssel liegt unter meinem Portemonnaie ganz unten im Jutebeutel, zu guter Letzt ertaste ich ihn. Das Briefkastenschloss ist verrostet. Es dauert eine Weile, bis ich es aufbekomme. Zwei Briefe.

»Gwen?«

Neben der Eiche steht ein großer Mann mit Bart. Ich habe ihn mehr als zwanzig Jahre nicht gesehen, aber ich erkenne Paul sofort.

*

Ich laufe ihm voran zum Haus hinauf. Mein Herz klopft so laut – wenn er näher wäre, könnte er es hören. Er bleibt hinter mir, setzt bedacht einen Fuß vor den anderen. »Geht es?«

Er räuspert sich. »Ja, ja. Es ist kalt.« Entfernt hört man Füchse bellen.

Ich schließe die Tür auf – der Schlüssel zittert in meiner Hand –, mache drinnen das Licht an. »Setz dich.« Ich zeige auf den großen Sessel am Kamin. »Ich mache Tee, möchtest du auch etwas essen?« Er bibbert. Ich nehme ihm den Mantel ab, der schwer und starr ist vor Schmutz. Als er mit einer Decke über den Knien im Sessel sitzt, zünde ich das Kaminfeuer an.

Er lächelt vage und schaut in die Flammen. Ich richte ihm das Bett im Gästezimmer, ich darf nicht vergessen, ihm eine Wärmflasche zu geben. Amadeus schaut vorbei, fliegt auf meine Schulter, dann mit zum Wäscheschrank.

»Was du von mir denken musst«, sagt Paul. Ich gebe ihm eine Tasse Tee mit viel Zucker und einem Stückchen Kuchen auf der Untertasse. »Dass ich urplötzlich vor deiner Tür stehe.« Seine Augen sind stumpf.

»Milch ist leider keine mehr da. Ich tausche meine Milch gegen Butter ein, für die Meisen und die Rotkehlchen und den einen oder anderen Sperling, der hereinschneit. Von Milch haben sie nichts.«

»Ich bin zu Fuß gekommen.« Er tunkt den Kuchen in den Tee. »Bist du immer noch mit den Vögeln zugange?« Er isst den Kuchen mit drei Bissen auf.

»Du wirst dich benehmen müssen, sie mögen keine Fremden.«

»Und deine Geige? Komm, spiel mal was für einen müden Wanderer.« Seine Schuhe sind durchnässt.

»Zieh deine Schuhe aus. Ich hole dir ein Paar Socken.« Socken, Brot – mit Butter, ausnahmsweise –, noch eine Tasse Tee. Seine Füße sind voller Blasen und Wunden; Krater und Höcker, rot und weiß, eine winterliche Miniatur-Kriegslandschaft. Er streift die Socken über, zieht die Decke bis unter seine Achseln hoch.

»Wie groß du geworden bist, Gwennie.«

Ich lache. »Du auch.«

Er schließt die Augen, als ich meine Geige stimme. Etwas Leichtes – ich spiele Satie für ihn, lasse es wie Abendstimmung klingen, *blue*, aber hell, nicht zu traurig.

Unterdessen windet sich Nebel um das Haus, immer fester, bis man draußen die Hand nicht mehr vor Augen sehen könnte, der Arm einfach am Ellenbogen enden würde, bis die Bäume leise verschwinden, Baum für Baum für Baum. Die Kohlmeisen haben schon ihre

Schlafplätze aufgesucht, ungestört von dem Mann in der Decke, der nur noch atmet, nicht mehr denkt, der, während ich spiele, in den Schlaf hinüber- und wieder herübergleitet – hin, her, hin, her –, bis der Tag Nacht wird. Bis es draußen vollkommen still ist und die Luft tiefgrau und schwer.

Am nächsten Morgen ist er schon auf, als ich aus dem Bett komme. Ich höre Schritte Richtung Küche, höre, wie das Fenster geöffnet wird – es wird wohl jemand auf der Fensterbank sitzen. Er geht ins Wohnzimmer, macht das Feuer an. Das geht nicht, dann haben wir später nicht mehr genug Holz. Ich stehe auf. »Paul, ich lasse das Feuer tagsüber aus. Sonst kommen wir nicht durch den Winter.«

»Ich werde Holz für dich hacken.« Seine Stimme ist tiefer als früher, wärmer. Vielleicht hat mein Gedächtnis den Ton verstellt. Ich habe seine Stimme geliebt.

Er setzt sich in den Lehnstuhl. Birke und Borke schauen von der Lampe auf ihn herunter. »Wie zahm sie sind.«

»Geworden. Sie wissen, dass sie von mir nichts zu befürchten haben.« Ich erzähle ihm von meiner Forschungsarbeit, dass ich gelegentlich Artikel über Vögel schreibe, für zwei Zeitschriften über das Landleben, *Out of Doors and Countrygoer* und *The Countryman*. Ich würde gern für bessere Blätter schreiben, aber von denen werden meine Untersuchungen nicht ernst genommen. »Und du?«

Er erzählt, dass er zum Militär gegangen ist – kein Geld, Probleme mit seiner Freundin, Soldat zu werden schien die ideale Lösung zu sein. Die Luftwaffe habe Piloten gebraucht. Dreimal sei er einen Einsatz auf dem Festland geflogen, Niederlande. Dann habe er an einem finsteren Dienstagabend ein Mädchen kennengelernt, große dunkle Augen, grünes Kleid, sanftes Lächeln. Er habe sie zum Hof ihrer Eltern begleitet, ganz selbstverständlich, fast wie von selbst, und sei dort am nächsten Morgen im Heuschober aufgewacht. Allein und zu spät für seinen Flug. Ein Freund, Simon, habe von dem Mädchen gewusst und sei für ihn eingesprungen. Das Flugzeug ist über dem Kanal abgeschossen worden. Paul verstummt. Birke taucht von der Lampe auf den Tisch herunter, sucht in der dicken Wolltischdecke nach Krümeln. »Ich konnte nichts mehr machen. Als ich in der Kaserne ankam, wurde ich sofort zum Verhör geführt. Offenbar hatte jemand behauptet, ich hätte den Deutschen Informationen weitergegeben. Ich habe das natürlich heftig bestritten. Aber sie wollten Beweise. Wo doch jeder weiß, dass sich Unschuld nicht beweisen lässt. Ich erzählte von dem Mädchen, das sie daraufhin befragt haben, aber sie hat alles abgestritten, aus Angst vor ihrem Vater. Glaube ich. Vielleicht war es auch eine Falle.«

»Wieso denkst du das?«

»Es passte zu gut zusammen. Genau dieser Abend, ich hatte nie zuvor einen Flug verpasst.« Er klopft mit dem Zeigefinger auf die Armlehne.

Birke findet etwas in der Tischdecke, nimmt es mit zum Fenster hinaus.

»Vor zwei Wochen kam es beim Freigang zu einem Tumult, und ich konnte ausbrechen. Ich habe mich in einer unbewohnten Sommerhütte im Wald versteckt, und als nichts mehr zu essen da war, habe ich mich auf den Weg gemacht. Ich dachte an deinen Vater, der war immer gut zu mir.«

Für Newman ist Paul mehr Sohn gewesen als Kingsley oder Duds.

»Ich fand heraus, dass deine Schwester für Dudley und deine Mutter sorgt. Sie wohnen doch in Budleigh Salterton, nicht?«

Ich nicke. »Newman ist 1936 an einer Lungenentzündung gestorben.« Ich habe schon lange nicht mehr an meinen Vater gedacht. Ich kneife mir in den Oberschenkel.

»Und dein ältester Bruder?«

»Kingsley ist nach dem Krieg in Frankreich geblieben. Wir dachten, er sei gefallen, erst 1919 schrieb er, dass er ein Mädchen kennengelernt habe, sie hatte auch schon ein Kind von ihm.«

»Auch Soldat.«

Meine Mutter hat ihn einmal besucht. Aber viel hat sie nicht darüber verlauten lassen, nur dass er eine liebe Frau habe und zwei liebe Kinder. Lieb: ein Wort, das man über die Dinge breiten kann, um sie zu beschönigen. Birke kommt wieder hereingeflogen, befasst sich jetzt mit dem Teppich. Sie pickt darin herum, als handle es sich um Rasen.

»Ich fand heraus, dass du allein in Ditchling wohnst. Näher als Devon, und es hatte den Vorteil, dass nur eine Person von meinem Hiersein wissen würde.«

»Es ging dir also gar nicht um mich.« Es ist ein Scherz, kein Vorwurf.

»Ich war noch nicht fertig.« Es klingt, als sei er gekränkt. »Und den Vorteil, dass du diese Person sein würdest. Ich weiß, dass du mich gut leiden konntest, früher – du warst nur viel zu jung. Ich hätte nichts mit Margaret anfangen dürfen, ich weiß, ich habe dir damit das Herz gebrochen.«

»Überschätz dich nicht.« Jener Tag am Wasser – die Hitze, das Boot, das nasse Unterkleid. »Margie ist auch seit Jahren in Frankreich, mit ihrem Mann.«

»Und du, nicht verheiratet?«

Ich schüttle den Kopf. Thomas schrieb mir voriges Jahr, dass ich ihm fehlte. Der Brief liegt in der obersten Schublade meines Schreibtischs. Borke fliegt nach draußen, Birke folgt ihr, versucht, sie vor dem Oberlicht zu überholen, dreht aber im letzten Moment scharf bei, um nicht gegen die Scheibe zu prallen. Auf dem Tisch liegen ein paar Federchen. Ich nehme sie auf und lege sie in die Lade zu den anderen Federn, es wäre Verschwendung, sie wegzuwerfen.

»Was hast du jetzt vor?«

»Ich hatte gehofft, für ein Weilchen hierbleiben zu

können. Um wieder zu Atem zu kommen.« Er sieht mich fragend an, ich warte. »Danach will ich weiter in den Norden. Ein Freund von mir ist in Schottland, bei seinen Eltern.«

Er hat keinen Plan. »Wie lange ist ein Weilchen?«

»Eine Woche?« Er sucht in meinem Gesicht nach einem Hinweis. »Ein paar Tage?«

»Eine Woche ist in Ordnung. Ich fürchte, dass ich für einen längeren Aufenthalt nicht genug zu essen habe.«

Er nickt, klein. »Ich werde selbst für meine Verpflegung sorgen.«

»Fürs Erste sorgst du für gar nichts. Bleib einfach ein wenig sitzen. Wie geht es Patricia?«

»Sie wohnt in London, ist geschieden und arbeitet jetzt für einen kleinen Verlag.« Er erzählt, dass sie mit einer Frau zusammenlebt, dass sie weniger unglücklich ist. »Ich werde ihr Grüße von dir ausrichten.«

Ich pfeife vor mich hin, als ich den Futtertisch herrichte, und merke es selbst nur deswegen, weil sich die Vögel von mir fernhalten. »Pardon«, sage ich fröhlich zu Hanni, die daraufhin auf meiner Schulter landet und von dort aus auf meine geöffnete Hand hüpft, um sich ein Nüsschen zu holen.

An diesem Nachmittag laufe ich nach dem Hausputz über die Felder hinter dem Haus zum Bauernhof der Alfords. Meine Stiefel hinterlassen tiefe Spuren im nassen Gras, nehmen Matsch auf, verlieren ihn danach wieder.

Es ist ein ständiges Einsinken und Herausziehen. Die Alfords haben Milchkühe, und wenn Mrs Alford nicht da ist, bekomme ich vielleicht etwas Käse oder Butter. Die Kohlmeisen folgen mir, fliegen um meinen Kopf herum. Der kleine Michael sitzt im Sandkasten vor dem Haus.

»Ist dein Vater zu Hause?«

Er nickt und rennt hinein. Die Vögel fliegen in die Hecke.

»Gwen.« Die Furchen im Gesicht von Michael senior scheinen tiefer zu sein als sonst.

»Wie geht's?«, frage ich. Am Himmel über der Weide schwirren Stare – auseinander, zueinander, im Kreis herum.

Alford erzählt, dass seine Frau krank sei, schon die ganze Woche. Morgen komme der Arzt.

»Ist genug zu essen da?«

»Das schon.« Er geht mit mir zum Stall. »Setz dich.« Das Atmen der Kühe wirkt entspannend, ihre Wärme ist wie eine Umarmung. »Nur verdienen wir nichts. Und mit Lebensmittelmarken kann ich den Arzt nicht bezahlen.«

Der kleine Michael kommt mit einem selbstgemalten Bild in den Stall. »Das ist eine Kohlmeise.«

»Toll.« Aus einem Kreis ragen ein kleines Dreieck – das soll wohl der Schnabel sein – und zwei dünne Halme, die Beinchen.

Als ich die Zeichnung zurückgeben will, sagt er, dass ich sie behalten dürfe.

»An Vögeln kann er sich nicht sattsehen«, sagt sein Vater. »Er ist auch ganz vernarrt in die Schwalben.« Sie nisten jeden Sommer hier im Kuhstall. Aber Alford will sich von seinen Milchkühen trennen, da fragt es sich, wie lange noch.

Er holt ein Stück Butter für mich, schlägt es in braunes Papier ein. »Mehr habe ich nicht.«

Ich danke ihm überschwänglich und stecke die Butter in meine Tasche, zu Michaels Zeichnung. Der Kleine begleitet mich nach draußen. Als ich die Arme ausstrecke, kommen die Kohlmeisen aus der Hecke geflogen und setzen sich auf meine Arme und meinen Kopf. Michael macht es mir nach und schaut ganz betroffen, als sie sich nicht auch auf ihm niederlassen. Dann tut er, als sei er ein Vogel, und fliegt vor mir her zur Schafweide und über den Zaun, rennt mit weit ausgebreiteten Armen bis zum Friedhof vor mir her. Dort fliegt er ein paarmal im Kreis herum. »Jetzt flieg aber schnell wieder nach Hause«, sage ich.

*

Abend, sein Atem an meiner Wange, dann ganz kurz seine Lippen. Ich lasse ihn, wende ihm das Gesicht nicht zu.

»Gwen.« Er fasst meinen Arm.

Ich weiche zurück, streife ihn ab.

»Komm.« Er nimmt meine Hand, will mich zum Bett ziehen.

Ich schüttle den Kopf, lächle leise. Dann drücke ich kurz seine Hand, löse mich von ihm und gehe ins Schlafzimmer.

Die Vögel schlafen schon. Die Bettwäsche ist klamm, die Wärme des Kaminfeuers reicht nicht aus, um es auch hier behaglich zu machen. Ich höre Paul ins Gästezimmer gehen. Draußen weht es, Zweige peitschen. Die Tür des Gästezimmers öffnet sich wieder, er geht auf die Toilette. Ich ziehe die Wolldecke, die zusammengefaltet am Fußende liegt, über mich. Pauls Schritte im Flur, er bleibt stehen, die Tür ist nicht zu hören. Es beginnt zu regnen, Tropfen pochen leise ans Fenster, dann lauter. Nun höre ich doch die Tür, langsame Schritte, das knarrende Bett.

Der Schatten des Baums vor dem Fenster wandert über den Vorhang und setzt sich über die Zimmerdecke, das Bett hinweg fort. Über mich, die ich unter der Bettdecke liege. Ich kneife hinein. Schatten geistern weiter umher. Ich weiß nicht, wie lange es dauert, bis ich einschlafe.

Püppchen weckt mich damit, dass sie mir ein Haar auszupft. Ich scheuche sie weg und schwinge die Beine aus dem Bett. Es ist heller als in den vergangenen Tagen, die Regenfront ist abgezogen. Hinter dünnen grauen Wolken scheint die Sonne. Wir haben fast Dezember. Vielleicht gibt es den Freund im Norden gar nicht. Ich fülle den Futtertisch für die Vögel, wittere Winter in der Morgenluft. Alle sind da: Birke, Borke, Krummschwänzchen und die übrigen Kohlmeisen, die Amseln.

Paul trägt die Sachen, die ich für ihn gewaschen habe. »Darf ich das Paar Socken behalten?«

»Natürlich. Nimm noch ein Paar mit. Schreibst du mir, wenn du angekommen bist?«

Er lächelt, weicht meinem Blick aus. »Mach ich.« Den Worten ist es gleich, wofür sie verwendet werden.

Birke landet auf dem Küchenschrank, schaut sich kurz um, fliegt dann weg. Krummschwänzchen nimmt ihren Platz ein. Sie nimmt Blickkontakt zu mir auf, schaut dann zu Paul, fliegt weg. »Sie sind das nicht gewohnt«, sage ich.

Paul dreht den Kopf. »Wer?«

»Die Vögel. Dass jemand da ist.«

»Sie singen schön.«

»Die einen haben mehr Talent als die anderen. Amadeus denkt sich eigene Lieder aus, erfindet häufig neue. Pünktchen singt nur ganz einfache Phrasen.«

Er bereitet das Frühstück, wir essen zusammen, schweigend. Das weiche Brot bleibt mir am Gaumen kleben. Ich sage, er solle noch eine Schnitte essen, nötige ihn dann dazu, indem ich ihm noch eine streiche, jetzt wäre es Sünde, sie wegzuwerfen. Die Kohlmeisen fliegen hin und her; sie sind immer unruhig, wenn der Winter naht. Erst wenn es wirklich kalt ist, werden sie ruhig. Bis dahin sind sie eifrig mit Vorbereitungen beschäftigt, müssen hamstern.

Ich schneide Brot für ihn ab, lege Äpfel dazu und ein Stück Käse. Er packt schweigend seine Tasche. Er könnte bleiben, wir könnten zusammenbleiben.

Sein Rücken vor dem Fenster, nur noch eine Silhouette im Gegenlicht.

Ich gebe ihm den Proviant, erzähle, bei welchem Bauernhof er Milch bekommen kann, und reiche ihm meine Lebensmittelmarken.

»Ich habe noch kein Holz für dich gehackt.«

»Das mache ich schon selbst.« Ich gebe meiner Stimme einen unbeschwerten, hellen Klang. Im Ton von unbehandeltem Holz für einen leichten Tisch.

Ich umarme ihn, nicht zu lange, öffne dann die Tür. Als er zum Gartentor geht, bricht die Sonne durch. Der Wind kommt von Süden, ich kann das Meer riechen.

Er dreht sich noch einmal um und winkt. Ich rufe seinen Namen, bitte ihn zu warten, sein Gesicht strahlt auf, ich renne zu ihm, bleibe kurz vor ihm stehen, berühre sanft seinen Arm, seine Wange, schmiege mich dann in seine Arme, seinen Kuss, bitte ihn zu bleiben. Hier. Er geht mit mir zurück, ich küsse ihn unterwegs wieder, und noch ist es nicht so ganz das, was es sein sollte, aber es wird bestimmt noch werden …

Nein: Er dreht sich noch einmal um und winkt. Ich hebe die Hand, wende mich ab und gehe ins Haus, in die Küche, wo ich den Kessel aufs Feuer stelle und mir die Tränen aus den Augen reiben muss, um den Becher sehen zu können, den ich aus dem Schrank nehmen will.

Pünktchen fliegt in den Schrank hinein, ich lache nicht darüber, sondern scheuche sie mit der Hand hinaus, nicht heftig, aber sie erschrickt. »Entschuldige«, sage ich. »Entschuldige, meine Kleine.«

Sternchen 11

Im Frühjahr baute Sternchen erneut ein Nest mit Peterchen zusammen. Als die Jungen drei Wochen alt waren, schlug das Schicksal zu: Peterchen verschwand. Ich habe ihn nie mehr gefunden, ich denke, die rote Katze der Nachbarin hat ihn sich geholt – die saß ständig im Lavendelbusch in der Nähe des Nests und lauerte auf die Kleinen. Sternchen hat die Jungen dann allein durchgebracht, und das machte sie fabelhaft.

Nachdem Peterchen verschwunden war, tauchte ein unbekanntes Kohlmeisenmännchen im Territorium auf. Sternchen hatte mit dem Füttern ihrer Jungen alle Hände voll zu tun, und da machte der Fremde sie nervös. Ich half ihr, wo immer es ging, aber ich konnte nicht dauernd auf sie aufpassen. Der fremde Kohlmeiserich verjagte alle Nebenbuhler aus dem Garten und versuchte dann, mit Sternchen anzubändeln. Er ließ sich immer wieder bei ihrem Nistkasten nieder und sang die gleichen drei Noten. Sternchen tat so, als bemerke sie ihn gar nicht. Um ihre Beachtung zu finden, verfiel er auf alles Mögliche, ahmte sogar ihren Ruf nach, bei dem sie zwei Noten verschmelzen ließ. Stern-

chen gab diesen Ruf daraufhin auf. Das für mich Ärgerlichste aber war, dass der Fremde so viel von dem fraß, was der Garten hergab, so viele Insekten und Samen. Ich fütterte Sternchen zusätzlich, gab ihr jedes Mal, wenn sie zu mir kam, eine Nuss. Aber ihren Jungen gab Sternchen lieber natürliches Futter.

Am 30. Mai waren die ersten vier Jungen flügge, am nächsten Tag folgten die anderen drei. Die konnten aber eigentlich noch nicht richtig fliegen und blieben im Gras unter der alten Eiche hocken. Sternchen verteidigte sie grimmig. Einem Haussperling, der die Kleinen wegscheuchen wollte, jagte sie einen solchen Schrecken ein, dass er in Panik das Weite suchte. Gut so, diese verflixten Spatzen denken, sie können sich alles erlauben! Ihre Kleinen schafften es aber dennoch nicht, und als sie nach zwei Tagen starben, zog Sternchen mit den übrigen Jungen in einen Garten auf der anderen Seite der Straße, wo sie in sicherer Entfernung Schutz vor dem unbekannten Kohlmeiserich fand, mit dem sie offensichtlich nichts zu tun haben wollte. Sie kam aber weiterhin zu mir, um sich Futter zu holen.

In diesem Frühjahr vertiefte sich unsere Beziehung, sie suchte, vielleicht weil sie ihren Partner verloren hatte, stärker meine Nähe. Glatzköpfchen war im Jahr davor gestorben, und von der alten Garde war nur noch Monokel da, die nie eine gute Freundin von ihr gewesen war. Im Juli begann die Mauser. Sternchen schlief nach wie vor nicht bei mir im Haus, suchte aber tagsüber oft meine Gesellschaft. Mitte August begann sie sich etwas seltsam zu ver-

halten – sie sträubte manchmal das Gefieder, als wollte sie mich wegjagen. Da wir nie vor September mit dem Zählen angefangen hatten, kam ich nicht auf die Idee, dass das etwas mit unserem Experiment zu tun haben könnte, bis sie eines Morgens unverkennbar die Pose einnahm, die sie immer wählte, wenn sie mich darauf hinweisen wollte, dass sie gern klopfen würde. Ich klopfte zweimal auf das Holz, und wahrhaftig, sie klopfte mir sofort nach, höchst erfreut darüber, dass ich endlich begriffen hatte, worauf sie aus war.

• 1944 •

»Gwennie!« Meine Schwester steht auf dem Bahnsteig und winkt, als drohte sie zu ertrinken.

»Wie schön, dass du da bist.« Ich umarme sie. Ihre Gesichtshaut hängt herunter wie die einer alten Frau, und sie riecht anders. Ihr einst blondes Haar ist jetzt fast weiß. »Bist du krank?«

Sie runzelt die Stirn. »Wieso?« Ihre Finger schließen sich um mein Handgelenk.

»Du bist so dünn.«

»Es ist Krieg, Gwen. Glück für dich, dass es bei dir hier noch etwas zu essen gibt.«

»Wir sind gleich da.« Es ist gut eine halbe Stunde zu Fuß vom Bahnhof in Hassocks.

Der Himmel ist aschgrau, die Welt weit. Der Pfad am Bahndamm entlang ist mit einer dünnen Eisschicht überzogen. Das Gras knirscht unter unseren Füßen. Die Sohle von Olives linkem Schuh ist lose. »Magst du meine Schuhe anziehen?«

»Nein.« Ihre Stimme ist schwach, sie ist außer Atem. So schnell gehen wir nicht. »Schön, diese Hügel.«

»Wenn wir Zeit haben, können wir einen Spaziergang machen, nach Ditchling Beacon.« Der alte Aussichtsturm – ich weiß nicht, ob sie das schaffen wird.

Sie hakt sich bei mir unter und erzählt, dass sich Dudley im nassen Herbst eine Lungenentzündung zugezogen habe. Mutter erkenne sie manchmal nicht mehr und wisse auch des Öfteren nicht mehr, wo sie sei. »Aber sie trinkt nicht mehr. Das ist ein Vorteil vom Krieg. Im ersten Jahr war noch mehr als genug Gin da, aber Sparsamkeit gehörte nie zu ihren Stärken. Sie ist schon seit drei Jahren nur noch schlecht gelaunt.«

Ich lache. »Und du? Was ist eigentlich aus dir und Timothy geworden?«

»Nachdem wir umgezogen waren, haben wir uns noch eine Zeitlang geschrieben. Er ist 1940 mit seiner Frau nach Manchester gegangen. Sie kommt von dort, ihre Eltern wollten schon lange, dass sie zu ihnen ziehen. Seither haben wir keinen Kontakt mehr gehabt.« Ihre Augen sehen trüb aus, wie beschlagenes Glas.

»Fehlt er dir?« Aus einem Haselnussstrauch kommt eine Amsel geflogen, keine Bekannte.

Olive schüttelt den Kopf. »Wir haben zwei kleine Mädchen im Haus, sechs und acht Jahre alt. Sie kommen aus London, dort ist es wegen der Bombenangriffe jetzt zu gefährlich. Ganz niedliche Kinder, aber so arm, sie haben Pullover aus lauter Wollresten getragen. Wir haben sie völlig neu eingekleidet. Sie können sich im Garten gar nicht sattsehen, mit den Hühnern und den vielen Vögeln. Die Schule fällt oft aus, dann mache ich mit ihnen Wanderungen – sie konnten, als sie kamen, nicht einmal einen Spatz von einer Kohlmeise unterscheiden. Am Strand finden sie es auch herrlich, sie können stundenlang Muscheln sammeln und haben schon gelernt, Plattmuscheln und Herzmuscheln und Sandklaffmuscheln zu erkennen.«

Wir laufen an der Weide mit den Blässgänsen vorüber. Sie fliegen auf, als wir ihnen zu nahe kommen, sie werden immer scheuer, weil von Jahr zu Jahr mehr von ihnen geschossen werden.

Als die Kirche in Sicht kommt, will Olive unbedingt zu ihr hinauf – sie liegt auf einer Anhöhe, mit einem alten Friedhof, von dem aus man über Lewes Road und South Street hinaus bis zu den Hügeln blickt.

»Im Sommer brüten hier Schwalben. Junge Schwalben sind meine Lieblingsvögel – so verspielt.« Die Welt im Flug erfassen, Karten vom Land unter sich machen, leicht genug sein.

»Wie weit man hier sehen kann.« Sie keucht unrhythmisch.

Ich zeige zum Anne of Cleves House auf der anderen Seite der Straße hinüber, das Henry VIII. ihr bei der Scheidung übereignete. Wir gehen die steile Treppe hinunter zur Straße zurück, überqueren sie. Ich nehme Olive den Koffer ab. Ihre Hand ist kalt, knochig. Sie ist wirklich abgemagert, hat die Haltung einer alten Frau. Ich bin auch alt. Seit Paul da war, habe ich nicht mehr menstruiert. Das letzte Stück legen wir schweigend zurück. Die Luft riecht nach Feuer, vielleicht wird irgendwo Abfall verbrannt. In der Fichte gegenüber vom Haus raschelt etwas oder jemand. Vorige Woche habe ich hier einen Wespenbussard gesehen.

Drinnen mache ich den Kamin an – es ist jetzt Abend, es ist Winter. Ich gebe Olive das Stück Kuchen, das ich von Mary bekommen habe. Sie schlingt es gierig hinunter. »Ich habe auch Brot und Suppe für später. Viel ist es nicht.«

»Mehr als das, was wir haben.« Sie nimmt einen letzten großen Bissen. »Diese ganzen Vogelhäuschen in deinem Zimmer. Das hätte Papa gefallen.« Sie selbst hätte sich früher davor geekelt. Sie schließt die Augen, wendet das Gesicht der Wärme zu.

»Paul ist hier gewesen. Ende letzten Jahres. Ein paar Tage. Er hatte Probleme bei der Truppe und ist in den Norden weitergereist – da wohnt ein Freund von ihm. Er wollte mir Bescheid geben, wenn er dort angekommen ist. Ich habe nie mehr von ihm gehört.«

Olive öffnet die Augen etwas weiter als normal, lässt den Blick wie einen Scheinwerfer über mein Gesicht wandern. »Hast du es denn nicht gehört?«

»Was gehört?«

»Er war ein Verräter. Sie haben ihn im Januar in London verhaftet und exekutiert. Öffentlich.«

Ich atme ganz tief ein.

»Es stand in der Zeitung.«

Wo doch jeder weiß, dass sich Unschuld nicht beweisen lässt. Mein Gesicht brennt, der restliche Körper ist gefühllos geworden. Olive berührt mich am Arm. »Tut mir leid. Ich wusste gar nicht, dass ihr noch Kontakt hattet. Sonst hätte ich es dir mitgeteilt.«

Birke fliegt herein und gleich wieder hinaus, als sie sieht, dass die Lampe an ist. Die Vögel mögen kein künstliches Licht.

Er hätte Holz hacken können, niemand hätte von ihm erfahren müssen. Ich schüttle den Kopf, das Licht vor mir zerfällt in Stücke, im Feuer bricht ein Holzscheit entzwei.

*

Die Alfords hatten keine Milch, keine Butter, keinen Käse mehr. Wir laufen schweigend die Spatham Lane hinunter zum nächsten Bauernhof. Die Bäume längs der Straße sind kahl, harte Linien vor grauem Himmel. Die Vögel lassen sich nicht blicken.

Olive läuft mit nach vorn gezogenen Schultern und tief gebeugtem Kopf, ein müdes Eselchen. Bäume werden von Sträuchern abgelöst, Felder, wieder Bäume. In der Ferne sind die Wolken fast schwarz.

»Wird es auch keinen Regen geben?« Ihre Stimme krächzt.

»Ich weiß es nicht.«

»Du wusstest doch aber, dass ich komme, oder? Hättest du nicht eher gehen können?«

»Wie meinst du das?«

Sie zeigt auf die in der Ferne liegenden Höfe. »Ihr habt hier doch genug zu essen, oder?«

Ich erzähle ihr, dass alles knapp sei, dass ich auch für die Vögel immer wieder losmüsse. Sie sieht mich an wie die Füchsin, die ich im Sommer versehentlich bei ihrem Bau aufgestört habe.

»Olive, bist du eigentlich glücklich bei Mutter und Dudley?«

»Was ist das denn für eine Frage?« Sie bleibt stehen. »Du kannst Menschen vielleicht einfach im Stich lassen. Ich bin nicht so.«

Ich gehe weiter, sie folgt mir. »Es ist doch ganz normal, dass Kinder ihr eigenes Leben führen wollen.«

»Du hast leicht reden.«

»Ich habe niemanden im Stich gelassen.«

Wieder dieser Blick. »Du kommst nie. Mutter hat sich sehr schwer damit getan, dass du weggegangen bist. Und irgendwer muss sich um Dudley kümmern.«

Der Himmel verdunkelt sich noch mehr. Ich beschleunige meine Schritte, Olive bleibt etwas zurück. Ich fasse sie am Arm. »Wir müssen uns beeilen, es dauert noch eine Weile, bis wir beim nächsten Bauern sind.«

*

Der Morgen hat das Gras benetzt. Tropfen perlen über die Kappen meiner Schuhe. Ich winke dem Zug nach, bis ich ihn nicht mehr sehen kann. Olive hat zwei Taschen

Proviant dabei, wir sind gestern den ganzen Tag unterwegs gewesen, zu Bauernhöfen und Obstgärten. Sie hat meine guten Schuhe an. Ich hoffe, dass Olives Besuch die Vögel nicht zu sehr verstört hat. Die kommenden Monate werden nicht leicht sein. Ein Auto fährt vorüber, Soldaten, lautes Hupen. Ich hebe die Hand und winke ab.

Verräter. Ich klappe meinen Mantelkragen hoch. Er hat gelogen, was diesen Freund im Norden betrifft, und das wusste ich, und deshalb wollte ich nicht, dass er blieb. Weil er schon einmal gelogen hatte. Wenn er aufrichtig gewesen wäre, hätte er bleiben können. Vielleicht sollte ich jenes Mädchen aufsuchen, herausfinden, was wirklich passiert ist. Ich muss auch Patricia schreiben.

Am Teich stehen zwei Jungen – Schuljungen, höchstens zehn Jahre alt. Sie werfen Steine ins Wasser.

»Lasst das mal bleiben.« Ich laufe mit entschiedenen Schritten zu ihnen hinüber.

Der Kleinere zieht seine Schirmmütze tiefer in die Stirn. »Warum?«

»Du solltest dich schämen. Blässhühner mit Steinen zu bewerfen.«

Der Größere stammelt: »Wir lassen die Steine übers Wasser springen.«

»Wenn ihr nicht ganz schnell damit aufhört, sage ich es euren Eltern, und dann blüht euch was.«

»Wir werfen die Steine nicht auf die Vögel.«

Die Blässhühner verstecken sich im Schilf auf der anderen Seite des Teichs und beäugen uns misstrauisch.

Am Ende der Straße schaue ich mich um. Die Jungen stehen noch am Teich. Es scheint tatsächlich, als ließen sie die Steine übers Wasser springen.

Ich klopfe beim Laden an die Scheibe und winke. Theo bedeutet mir, dass ich hereinkommen soll. »Tee? Es ist so kalt. Ist deine Schwester wieder abgereist?« Er lauscht kurz aufs Radio, bevor er es ausmacht.

»Ich habe sie gerade zum Zug gebracht.«

»Setz dich.« Es ist leer im Laden, Theos Vorräte sind um mindestens die Hälfte geschrumpft. Er hat Olive Seife, Tee und Mehl mitgegeben, zu viel, sie hätte protestiert, wenn sie es nicht so dringend brauchen würde.

Ich zupfe an einem Hautfetzen am Nagelrand. Alte Haut an einem alten Nagel, totes Material.

»Sie sagen, dass die Deutschen schon die Hälfte ihrer Truppen verloren haben. Dass es nur noch eine Frage der Zeit ist.«

»Das wäre schön. Ich bekomme kaum noch genügend Butter für die Vögel. Womöglich geraten meine Untersuchungen ins Stocken.« Ich arbeite zurzeit an einem Artikel über die Intelligenz von Vögeln für *Out of Doors and Countrygoer*.

»Gwen, auf dem Festland sind Millionen von Menschen umgekommen. Zivilisten. Kinder. Nicht, dass ich die Wichtigkeit deiner Untersuchungen schmälern möchte, aber das scheint mir doch von einer anderen Größenordnung zu sein.« Er schenkt Tee ein, Zucker, ein kleiner Schuss Milch. Er schaut zu mir auf. »Die Vögel haben bestimmt schon öfter einen kalten Winter mitgemacht. Die schlagen sich schon durch.«

Ich nehme die Tasse von der Untertasse, puste in den Tee.

»Ist irgendetwas?«

»Olive erzählte mir, dass ein Freund standrechtlich erschossen wurde. Ein guter Freund. Von früher, ein Dichter. Er soll kollaboriert haben. Wird behauptet. Ich kann es mir nicht vorstellen.«

»Der Krieg macht seltsame Sachen mit den Menschen.« Er zuckt die Achseln. So ist das Leben, kann passieren. Kann jedem passieren.

»Ich war in ihn verliebt. Als junges Mädchen. Aber er bändelte mit meiner Cousine an. Die war eine ziemliche Herzensbrecherin.«

»Möchtest du noch eine Tasse Tee?« Denn der macht alles gut.

Ich schüttle den Kopf. »Wie geht es Mary und den Kindern?«

»Linda hat Husten, und Timmy hat viel zu viel Energie.« Er lacht. »Ich schlage drei Kreuze, wenn der Winter vorbei ist und sie sich wieder draußen austoben können. Mary auch.«

Während wir reden, landet ein Spatz auf dem Fenstersims, kein Bekannter. Er pickt in den verdorrten Blättern, die sich in den Ecken angesammelt haben, dort sind vielleicht kleine Tierchen zu finden. Ich erzähle von Olive, dass sie meines Vaters Stelle eingenommen habe.

»Ich wusste bis zur vorigen Woche gar nicht, dass du eine Schwester hast. Schon komisch, dass sie so beisammengeblieben sind und du ganz weggegangen bist.«

»Olive hat sich nicht getraut wegzugehen.« Ich schiebe die Teetasse von mir. »Mich wollten sie auch nicht gehen lassen. Meine Mutter kaufte mir oft Kleider, die mir zu klein waren, nur weil sie schmale Taillen so schön fand. Ich hatte dann immer das Gefühl, die Luft anhalten zu müssen.«

Dämmerung bedeckt das Land. Ich bitte Theo, Mary Grüße von mir auszurichten, und ziehe meinen Mantel an. Der Gedanke an Paul umgibt mich wie ein Geist, Anwesenheit des Abwesenden.

»Halt die Ohren steif«, sagt Theo und hebt die Hand, schubst mich imaginär an, hilft mir auf den Weg.

Der Winter trägt mich weiter. Ich gehe der Dunkelheit entgegen – der Anhöhe, dem sich um mich herum vertiefenden Blau. Zu Hause suchen die Kohlmeisen schon ihre Schlafplätze auf. Ich greife zur Geige, suche etwas Sperriges heraus, Bartók, meine Finger schwergängig, mein Körper eine rostige Maschine. Die Musik ist darin gespeichert, nur etwas weiter weg als früher.

Verlust heißt begreifen, dass dir nichts je gehört hat.

Trauer heißt begreifen, dass die Hoffnung dahin ist; oder vielleicht noch nicht ganz begreifen.

Sternchen 12

Am 10. September nahm Sternchen auf der Armlehne des grünen Sessels Platz, mit dem Kopf nach unten, dem Zeichen, dass sie zählen wollte. Ich ging mit ihr zum Fensterbrett, wo ich die Vier klopfte und sie es mir nachmachte. Am Tag darauf kam Dado dazu, als wir gerade anfangen wollten. Dado und Sternchen lagen im Streit über das Gebiet zwischen den Bäumen auf der Westseite des Hauses. Dado hatte einen Partner, Presto, und rangierte damit nach dem Vogelgesetz über Sternchen, die allein war, war also berechtigt, diese zu verjagen, wenn sie wollte. Dado flog zu Sternchen auf das Fensterbrett und dann zu mir, aber mich konnte sie nicht einschüchtern, und ich rief Sternchen, die auch zu mir kam. Ich gab ihr eine Nuss, worauf sie aus dem Fenster flog. Eine halbe Stunde später kam sie wieder, um zu zählen, und bewegte unruhig den Schwanz hin und her, ein Signal in Richtung der Kohlmeisen nebenan, die sie ja nicht stören sollten. Am nächsten Tag blieb Sternchen draußen. Ich klopfte auf die Lehne der Gartenbank, doch das erschreckte sie, und sie flog schnell davon. Kohlmeisen klopfen ja sonst mit dem Schnabel, um andere zu verjagen, und Sternchen war es auch nicht gewohnt, im Freien zu zählen. Wenn sie bei unserem Experiment mit dem Schnabel klopfte, stellte sie zwischendrin immer die Federn an der Stirn auf, um zu signalisieren, dass das nicht angriffslustig gemeint war und sie mich nicht verjagen wollte.

In der letzten Septemberwoche begannen die Kohlmeisen wieder damit, Papier zu zerfetzen und auf dem Lampenschirm im Wohnzimmer herumzuhämmern, was Sternchen ziemlich ablenkte; unsere Sitzungen waren kurz und wurden oft unterbrochen. Zudem hatte Sternchen immer noch Ärger mit Dado und dem namenlosen Eindringling, der in den Garten zurückgekehrt war. Eines Nachmittags kam Monokel, um uns zuzuschauen. Sternchen ließ sich davon irritieren und klopfte die Vier statt der Fünf. Ich gab Monokel eine Nuss, damit sie nach draußen flog, was auch geschah. Sternchen wollte sofort mit dem Zählen weitermachen. Früher hatte es sie immer eifersüchtig gemacht, wenn ich einem anderen Vogel eine Nuss gab, bevor sie ihre Nuss bekommen hatte, aber nun war das Klopfen selbst ihr wichtig geworden. Sie hatte in diesem Herbst kein Interesse an Männchen und war beim Zählen viel konzentrierter als sonst. Eigentlich wollte sie jetzt jedes Mal, wenn wir uns sahen, eine Zahl klopfen.

• 1949 •

Silbriges Licht, durch Nebel gefilterte Sonne. Das Feld endet nicht, es wird hellgrau und geht in den Himmel über. Die Vögel waren heute Morgen spät dran; Tessa war noch um halb acht an ihrem Schlafplatz. Die Kälte rückt mir auf die Haut, ich schaudere. Gestern wusste ich schon, dass es heute neblig sein würde. Vor ein paar Monaten überraschten die Vögel mich noch, wenn sie zum Beispiel auf einmal besonders emsig Nahrung suchten – am Tag danach setzte dann eine Regenperiode ein, die drei Wochen anhielt. Oder wenn sie eines Morgens stets nah beim Haus blieben – später brach ein Gewitter los. Aber vorige Woche hatte ich plötzlich das sichere Gefühl, dass es schlagartig warm werden würde. Vielleicht kann ich das Wetter jetzt besser lesen, weil ich länger hier bin, aber ich denke, ich habe das von den Vögeln gelernt. Oder ich lese es an ihrem Verhalten ab, ohne dass ich genau wüsste, wie.

Am Futtertisch setzt sich Sternchen auf meine Schulter. Ich gebe ihr eine Nuss aus meiner Schürze. Sie soll später zu einem Fotoshooting ins Haus kommen – alle

Kohlmeisen haben Angst vor Fremden, ich habe dem Fotografen gesagt, dass ich nichts versprechen kann.

Ich fülle den Futtertisch noch einmal, um sie anzulocken – Brot, Speck, Käse, Rosinen.

»Hallo!« Roger, Redakteur bei der bekannten Vogelzeitschrift *British Birds*, trägt seine Kamera unter dem braunen Fischgrätmantel. Seine dunklen Augenbrauen sind feucht vom Nebel. »Ich dachte, dass Josef mitkommen wollte.«

»Der kommt noch, sein Zug hatte Verspätung. Ich wollte Sie nicht warten lassen.« Er lächelt sein schiefes Lächeln. »Und für die Piepmätze ist der Vormittag doch besser, sagten Sie, oder?«

Die Piepmätze! Ich lächle müde, versuche, meinen Ärger zu verbergen. Josef ist anders, nicht so manieriert.

»Möchten Sie einen Tee? Setzen Sie sich doch.« Ich zeige zum Tisch.

Er wischt mit der Hand über die Sitzfläche, bevor er sich darauf niederlässt. »Ich habe mich kurz mit der Redaktion beraten. Ihr Artikel über Vogelgesang, den Sie uns zugeschickt haben, hat großen Anklang gefunden. Wir möchten Ihnen daher das folgende Angebot machen: Das heutige Interview wird nächste Woche abgedruckt, und danach bekommen Sie eine Reihe von acht Artikeln, einer wöchentlich. Wenn das zur beiderseitigen Zufriedenheit ausfällt, können wir es eventuell verlängern.«

Ich stelle ihm eine Tasse Tee hin. Es ist für die Vögel,

ich tue das für die Vögel, ich darf das jetzt nicht durch meine Irritation verderben.

»Das hört sich sehr gut an.« Ein nochmaliges Lächeln, und damit muss es genug sein.

Wir besprechen die Deadlines und das Honorar, und dann trifft Josef ein, außer Atem, mit fleckigem Gesicht und klatschnassem Haar.

»Tut mir leid, ich habe mich bei diesem Wetter glatt verlaufen. Ich bin bei der Nachbarin dort hinten gelandet, und die hat mich dann bis zur Zufahrt begleitet, ich war total desorientiert, links, rechts, ich hatte komplett den Überblick verloren. Ah, eine Tasse Tee. Gut, Sie zu sehen, Gwendolen. Schöner Artikel, über die Gesangsvariationen. In der Redaktion waren alle schwer beeindruckt. Entschuldigen Sie, ich schwatze viel zu viel. Puh, bin ich froh, dass ich da bin.«

Blaubart kommt hereingeflogen und macht gleich wieder kehrt, als er die Besucher sieht.

Die ersten Interviewfragen betreffen die Kohlmeisen. Ich erzähle, sie hätten binnen weniger Wochen herausgefunden, dass ich ihnen nichts tun würde, und seien von sich aus zu mir ins Haus gekommen. Josef macht hm, hm und schreibt mit. »Und wie sind Sie eigentlich dazu gekommen?« Er streicht sich eine Haarsträhne aus den Augen.

»Ist das wichtig?«

»Die Leser wird es interessieren.«

»Ich habe mich schon immer für Vögel interessiert.

Mein Vater hat früher aus dem Nest gefallene Jungvögel aufgelesen und mit nach Hause gebracht. Wir hatten auch eine Zeitlang eine zahme Krähe bei uns.« Ach, Charles.

Josef fragt weiter, meine Antworten bauen eine Mauer um mich herum auf, Stein um Stein, säuberlich geschichtet. Roger hat inzwischen seine Kamera ausgepackt.

Sternchen landet auf meiner Schulter. »Ha, eine der Meisen«, ruft Roger und wedelt mit der Hand, woraufhin Sternchen schnell davonfliegt.

»Ich denke, wir wären dann fertig«, sage ich.

Roger erhebt sich. Er geht nach nebenan, schaut sich die Schlafplätze der Kohlmeisen auf der Leiste über meinem Bett an, macht ein Foto davon. Mein Schlafzimmer, ihr Schlafzimmer. Ich sehe Josef an. Er zuckt die Achseln. Roger geht auf diese Weise durchs ganze Haus. Die Verärgerung kocht wie Fieber in meinem Leib.

»Er verjagt sie alle.«

»Ich werde noch einmal allein kommen. Er sieht das nicht.« Josef klopft mir auf die Schulter. »Wir müssen auch wieder gehen. Ich habe heute noch zwei weitere Interviews auf dem Programm. »Roger?« Er ruft in den Flur hinein. »Roger?«

Im Flur ist niemand. Roger steht, die Kamera wie ein Gewehr im Anschlag, in der Küche. Bela sitzt auf der Gardinenstange, starr vor Schreck.

»Keine Bange, Bela«, sage ich. »Er geht gleich.« Ich stelle mich zwischen Roger und den Vogel. »Er hat Angst vor Ihnen.« Bela spielt immer mit meinen Schnürsenkeln, er ist ein schüchternes Vögelchen mit forschendem Blick.

»Ganz kurz noch. Ich habe ihn fast, ich muss nur etwas näher heran.«

»Nein, es reicht jetzt.«

Er tritt einen Schritt zur Seite, an mir vorbei, streckt die Kamera in die Höhe und stolpert über ein Stuhlbein, worauf er, ungelenkig, wie er ist, zu Fall kommt. Bela piepst, weicht noch weiter zurück, rutscht ab, erschrickt und verklemmt sich zwischen Gardinenstange und Wand.

»Sind Sie jetzt zufrieden?« Ich spreche leise, um es nicht noch schlimmer zu machen. Dann schiebe ich Roger aus dem Weg, um den Tritt aus dem Flurschrank holen zu können. Bleib bitte ruhig, mein Kleiner, sonst brichst du dir noch was. »Bringen Sie den Mann hier weg«, sage ich zu Josef.

Ich steige auf den Tritt und hangele nach Bela, der sich zum Glück nicht sträubt. »Komm, kleiner Mann.« Mit der linken Hand umschließe ich seinen zarten Leib und die zusammengelegten Flügel, während ich mit der Rechten unter die Gardinenstange taste, um zu erspüren, wo er feststeckt, und ihn dann nach oben schiebe. Der Trick ist, die Hände ohne Druck oder Zwang um den Vogelkörper zu wölben; Vögel fügen sich, wenn ihnen klar ist, dass sie sich nicht bewegen können, und wenn sie keinen Druck verspüren, sträuben sie sich auch nicht. Roger macht Fotos. Ich steige vom Tritt, kontrolliere Belas Füßchen – er scheint sich nichts gebrochen zu haben, auch die Flügel sind unversehrt. Sein Herz klopft sehr schnell, und er gibt leise Piepslaute von sich, wie ich sie nicht von ihm kenne. Ich setze ihn in einen kleinen Karton. Er muss sich erst mal erholen.

»Hauen Sie ab«, sage ich zu Roger. »Und ich will die Fotos sehen, bevor sie abgedruckt werden.«

»Geht in Ordnung, Gwen«, sagt Josef. Er schluckt und fingert am Kragen seines Jacketts.

Zitternd vor Wut öffne ich ihnen die Tür. Das ist nun wirklich das letzte, das allerletzte Mal, dass ich Unbekannten Zutritt gewähre. Theo, Mary, Garth, sonst kommt hier niemand mehr herein.

Das Telefon läutet. Ich gehe ins Wohnzimmer – kein Vogel mehr zu sehen.

»Garth hier. Wie ist es gelaufen?«

»Es war unmöglich. Dieser Josef ist ja ganz in Ordnung, aber Roger – was für ein Dämlack.« Ich erzähle, wie er das Foto von Bela machen wollte und zu Fall kam.

Garth lacht verhalten. »Entschuldige, dass ich lache«, sagt er. »Ich verstehe gut, dass das sehr ärgerlich für dich war, und vor allem auch für die Vögel. Aber ich kann mir das Ganze so lebhaft vorstellen«, er lacht lauter. »Und wie du ihn einfach aus dem Weg geschoben hast.«

Ich muss unwillkürlich mitlachen. Roger, dieser Dussel.

Als ich den Hörer auflege, ist es still im Haus – zu still.

Ich rufe Sternchen, ich rufe Glatzköpfchen, sie kommen nicht. Es war ein Fehler, die Männer hierher einzuladen. Eitelkeit. Was haben die Vögel davon, dass man sich für meine Lebensgeschichte interessiert? Ich rufe Sternchen ein weiteres Mal. Ich hätte gern, dass die Menschen mehr über Vögel lernen, um sie besser zu verstehen und besser zu behandeln. Die Zahl der Gartenvögel nimmt schon seit Jahren ab, manche Arten sind fast ganz verschwunden, weil die Leute ihre Gärten falsch anlegen. Und das Bild, das Menschen von Vögeln haben, deckt sich selten mit der Wirklichkeit. Aber vielleicht mache ich mir auch etwas vor. Vielleicht haben die Vögel gar nichts von alledem.

Ein Himmel aus Rosa und Rot. Ich fülle den Futtertisch und gehe wieder hinein, um mir eine Strickjacke überzuziehen – es ist noch kalt morgens. Als ich zurückkomme, fliegen sie an und ab. Sie sind alle da: Blaubart, Monokel, Glatzköpfchen, Sternchen, Tessa, Klecks, Mohrchen und das junge Gemüse – Fips und Möpschen aus einem vorigen Gelege und die Sprösslinge von Tessa und Blaubart, die gerade erst flügge geworden sind. Ich setze mich auf die Bank und trinke meinen Tee. Blaubart gesellt sich kurz zu mir, seine Kleinen fliegen dicht über meinen Kopf hinweg und wieder zurück, und dann noch einmal. Klecks singt ein paar Noten für Mohrchen, die das aber überhört, da sie gerade frisst.

»Hallo.« Der Klempner, ein grobknochiger Mann um die fünfzig in blauem Overall, ist früh dran. Ich führe ihn in die Küche, wo der Wasserhahn leckt. Der Mann ist ruhig, bewegt sich nicht mehr als nötig, hat eine sanfte und ausgewogene Stimme – die Vögel scheinen ihn kaum zu bemerken.

Als er auf eine Tasse Tee ins Wohnzimmer kommt, haben sich die Meisen zu mir gesetzt.

»So zahm? Wild lebende Vögel? Haben Sie die auch bestimmt nicht heimlich selbst ausgebrütet?« Er nimmt seine Schirmmütze ab und kratzt sich kurz die Glatze.

»Sie wissen, dass sie vor mir keine Angst zu haben brauchen.« Blaubart landet auf meiner Schulter, fliegt weg, als der Klempner den Arm bewegt.

»Eigentlich müsste es immer so sein.«

»Es macht schon viel Arbeit.« Ich zeige auf die Zeitungen, die das Sofa abdecken, die zerrupften Vorhänge, die kleinen Eindellungen im Holz des Klaviers. »Ich muss den ganzen Tag saubermachen.«

»Sie müssen ja vielleicht nicht unbedingt im Haus wohnen, aber so in Harmonie, das ist schon schön.« Er tätschelt den Tisch, braver Tisch, und erhebt sich, um wieder an die Arbeit zu gehen.

Ich nicke. Und doch, es kostet nicht nur viel Zeit, es ist auch unumgänglich, dass man einzelne Vögel besonders ins Herz schließt, und sie werden meist nicht so alt.

Durch das Fenster sehe ich Klecks und Mohrchen zusammen auf dem Futtertisch. Er überschlägt sich fast für sie, führt sein gesamtes Repertoire an Tänzchen, Blicken, Gebärden und Gesangsdarbietungen vor. Sie geht ansatzweise darauf ein, wendet sich dann aber doch von ihm ab. Als er erneut in ihr Blickfeld fliegt, entfernt sie sich resolut in die entgegengesetzte Richtung.

Ich ziehe das verschossene rote Handtuch von der Schreibmaschine. Noch bevor ich das Papier einspannen kann, sitzt Glatzköpfchen auf den Tasten. Sternchen nimmt auf meiner Hand Platz. »Hopp, zieht mal Leine, ihr zwei.« Ich schüttle sachte die Hand – es soll sie nicht wirklich erschrecken. Sternchen fliegt auf und schaut nun vom Tisch her zu. Glatzköpfchen fliegt auch kurz auf, aber landet gleich wieder auf demselben Fleck. Ich klacke mit der Zunge, um ihn zu vertreiben, bevor er mir auf die Tasten macht. Er hüpft auf den Tisch, schaut mich mit schiefgelegtem Köpfchen kurz von der Seite an und fliegt dann aus dem Fenster. Sternchen tut es ihm nach.

Der neue Artikel handelt von Glatzköpfchens erster Beziehung, zu Hanni und Grauröckchen. Hanni und Grauröckchen kämpften wochenlang um den großen Nistkasten im Apfelbaum hinter dem Haus, bis sie aus mir unersichtlichen Gründen gemeinsam ein Nest bauten. So etwas hatte ich noch nie beobachtet und habe es auch danach nie wieder gesehen. Hannis Partner war im Winter gestorben, und Grauröckchen hatte keinen Partner. Glatzköpfchen, seinerzeit noch ein junger, starker Kohlmeiserich, interessierte sich für das Territorium von Hanni und Grauröckchen und für ihren Nistkasten. Er machte beiden Weibchen den Hof, und Hanni und er wurden ein Paar. Hanni konnte wunderschön singen, schöner als so manches Männchen. (Menschen denken oft, dass nur Vogelmännchen singen können, aber das ist ein Vorurteil, auch Weibchen singen, und wie gut sie es können, ist individuell sehr unterschiedlich.) Vielleicht entschied sich Glatzköpfchen deshalb für sie.

Grauröckchen blieb dennoch im Revier und folgte Hanni in diesem Sommer wie ein Schatten durch den Obstgarten. Hanni und Glatzköpfchen schien ihre Gegenwart nicht zu stören. Erst als die ersten Eier gelegt waren, verwehrte Hanni Grauröckchen den Zutritt zum Nistkasten. Grauröckchen baute nun binnen weniger Tage in einem Kasten ganz in der Nähe ihr eigenes Nest, ein sehr schönes Nest mit bunten Fäden aus meinen Teppichen. Glatzköpfchen besuchte sie in ihrem neuen Zuhause, und eine Zeitlang lebten die Vögel eine harmonische Dreierbeziehung. Während der Brutzeit schenkte Glatzköpfchen beiden Gelegen seine Aufmerksamkeit und fütterte die Weibchen gleichermaßen hingebungsvoll. Diese spornten ihn auf identische Weise dazu an: Wie Vogelküken flatterten sie mit den Flügeln und stießen Bettellaute aus.

Anfang Mai schlüpften Hannis Küken aus dem Ei. Glatzköpfchen verlor nun jedes Interesse an Grauröckchen und ihrem Nest. Grauröckchen flog, als ihre Jungen ein paar Tage später schlüpften, erfreut zu Hannis

Nistkasten, wo sie aber von Glatzköpfchen und Hanni komplett ignoriert wurde. In den darauffolgenden Tagen versuchte sie immer nachdrücklicher, Glatzköpfchens Aufmerksamkeit auf sich zu ziehen, wobei ihre Rufe immer jämmerlicher wurden – es klang fast wie das Weinen eines Babys. Mitte Mai kamen sie erstmals wieder zu mir, um sich Käsebröckchen zu holen, und in den Tagen danach half ich Grauröckchen bei der Versorgung ihrer Kinder. Wenn sie Hanni oder Glatzköpfchen sah, rief sie nach ihnen. Doch sie wurde weiterhin ignoriert. Grauröckchen fütterte ihre Jungen allein, und mit meiner Hilfe hatte sie auch reichlich Nahrung für sie zur Verfügung. Sie selbst nahm jedoch fast gar nichts zu sich.

Ein paar Tage später kam sie morgens nicht zum Futtertisch. Ich fand sie vor dem Baum, in dem sich der Nistkasten von Hanni und Glatzköpfchen befand, auf dem Boden. Immer wenn diese mit Futter für ihre Kleinen über sie hinwegflogen, versuchte sie, auf sich aufmerksam zu machen. Ihre Rufe waren so kläglich und ihre Bewegungen so panisch, dass mir ganz elend zumute wurde. Sie schien ihre eigenen Jungen völlig vergessen zu haben. Am gleichen Nachmittag starb sie, vor Erschöpfung und Kummer, und ihre Jungen starben wenige Stunden später.

Ich lese noch einmal durch, was ich geschrieben habe. Meine vorherigen Artikel sind zwar überwiegend positiv aufgenommen worden, aber ich habe auch ein paar kritische Briefe erhalten. Man findet, dass ich den Vögeln menschliche Eigenschaften andichte. Man versteht nicht, dass diese Eigenschaften eben gar nicht ausschließlich menschlich sind. Auch Vögel empfinden Liebe, streiten sich, haben Kummer. Ich schreibe nur auf, was ich sehe. Vielleicht sollte ich streichen, dass Grauröckchen vor Kummer starb und dass ihre Bewegungen panisch waren. Unruhig, anders als sonst, hektisch – kein Wort ist so panisch wie panisch. War es wirklich panisch? Ich denke an die Panik, die ich selbst empfinden würde – ist Panik nicht ein viel zu großes Wort für so ein kleines Tier? Aber es beschreibt das Verhalten, das ich beobachtet habe, am besten. Ich stehe auf, laufe einmal um den Tisch herum. Glatzköpfchen setzt sich auf die Schreibmaschine. »Hopp, weg mit dir.« Ich ziehe die Seite heraus, lege das Handtuch über die Maschine. »Was meinst du, Glatzköpfchen? Machst du dir überhaupt Gedanken?« Er fliegt aus dem Fenster, über die Hecke hinweg aus dem Garten hinaus und schaut sich nicht einmal um.

*

Am Tag nach Erscheinen des sechsten Artikels erhalte ich einen Anruf von Roger. »Gwen, wir möchten Ihnen einen Vorschlag machen.«

Fips zupft an meiner Socke, ich versuche ihn abzuschütteln. »Ja?«

»Könnten Sie sich vorstellen, ein Buch zu schreiben?« Seine Stimme klingt feierlich. Ich bewege die Zehen, ohne dass Fips sich stören lässt, hebe dann den Fuß und vollführe kleine Tritte in die Luft.

»Ich glaube nicht, dass ich Zeit dafür habe.« Jetzt landet Möpschen neben Fips und hüpft auf meinen anderen Fuß, sie zupfen mit vereinten Kräften – vielleicht gefällt ihnen die Wolle. Ich schiebe sie mit der Hand weg. Heute Nachmittag muss ich Mehlwürmer für sie besorgen.

»Wir zahlen Ihnen einen Vorschuss.«

Ich reibe die Füße aneinander – Fips und Möpschen fliegen auf und lassen sich wieder nieder. »Hopp«, sage ich streng.

»Das wäre die Gelegenheit für Sie, Ihre Untersuchungen bekannt zu machen. Es würde die Vögel in ein anderes Licht rücken. Über was Sie im Einzelnen schreiben, liegt ganz bei Ihnen.«

Ich schiebe die Kohlmeisen noch einmal von meinem Fuß herunter. Möpschen bleibt diesmal weg. Fips dagegen lässt nicht locker. »Ich werde es mir überlegen.« Schon das Schreiben der Artikel hat mich so viel Zeit gekostet, ein ganzes Buch daraus zu machen, hat für mich überhaupt keinen Reiz. Andererseits könnte ich dann tiefer auf die Lebensgeschichten der Vögel eingehen und ihre Beziehungen beschreiben. Ich lege auf, schiebe Fips von meinem Fuß. »Hopp jetzt, hau ab.« Er erschrickt, und ich habe sofort ein schlechtes Gewissen, was ist denn so schlimm daran, dass er sich ein paar Wollfäden aus meiner Socke zupft. »Na, dann komm«, sage ich zu ihm.

Er druckst auf dem Fensterbrett herum. Als ich mich mit meinem Skizzenblock an den Tisch setze, kommt er aber wieder auf meinen Fuß, mit einem höchst zufriedenen Ausdruck im Gesicht. Er zupft einen Faden heraus und bringt ihn in seinen Schlafkasten. Gleich darauf kehrt er zurück, um sich noch einen zu holen.

So arbeitet er zufrieden weiter. Ich greife zu meinem Heft, um ein paar Notizen zu machen. Fips hat jetzt den roten Faden am oberen Rand meiner Socke ins Auge gefasst. Die Vögel denken, indem sie handeln, aber vielleicht tun wir das alle.

*

Ich lese die Artikel, die ich bisher geschrieben habe, noch einmal durch. Nicht alles eignet sich dafür, in ein Buch aufgenommen zu werden. Die Biografien der Vögel müssen auf jeden Fall hinein. Genauso wie die Beschreibungen ihrer Spiele, ihres Gesangs, ihrer Beziehungen und Begegnungen. Ich hole die Hefte mit meinen Aufzeichnungen hervor. Ob es die Leser wohl interessiert, welcher Vogel Käse mag und welcher nicht oder wie oft Sternchen am Tag ein- und ausfliegt? Möpschen setzt sich auf meine Hand, flattert dann auf meinen Kopf. Egal, was die Leser wollen, ich muss den Vögeln gerecht werden, deren Leben, deren Welt.

Ein leises Klopfen. »Hallo, Gwen.« Theo streckt den Kopf durch die Tür, öffnet sie dann langsam ganz.

»Guten Morgen.«

»Hast du wieder was Interessantes entdeckt?« Er kommt zu mir an den Tisch.

»Man hat mir den Vorschlag gemacht, ein Buch zu schreiben.« Ich deute auf den Stuhl, aber er setzt sich nicht.

»Mensch, das ist ja toll.«

»Und du, was gibt's?« Ich bemühe mich, nicht irritiert zu klingen, obwohl ich nun schon zum zweiten Mal heute gestört werde.

»Hast du es schon gelesen?« Er druckst sonst nie so herum.

»Was gelesen?«

Er legt eine Zeitung vor mich hin. »Vogelweiblein in Ditchling gelandet.« Neben der Schlagzeile die Karikatur einer hexenhaften Alten mit großem Schnabel und Warzen darauf.

»Soll ich das sein?«

Er nickt und wagt gar nicht, mich anzusehen. Ich lache. »Was schreiben sie denn über mich?«

Er lacht auch, erleichtert. »Dass du angeblich wissenschaftliche Untersuchungen anstellst, aber keinerlei wissenschaftliche Ausbildung hast, und dass du dir die Geschichten, die du schreibst, aus den Fingern saugst.«

»Eine wissenschaftliche Ausbildung habe ich tatsächlich nicht, ich würde auch nie etwas anderes behaupten. Aber das Zweite ist unwahr, und das kann jeder überprüfen.« Vor ein paar Wochen hat mich ein Journalist von einer Vogelzeitschrift interviewt. Ich hatte bei Theo

Kuchen geholt, der Mann blieb ewig lange und fragte mir die Ohren vom Kopf. Ich dachte, er sei aufrichtig interessiert an meinem besonderen Wohnumfeld, bis ich dann seinen Artikel las. Er schrieb, ich bildete mir ein, mit den Vögeln sprechen zu können. Das hatte ich überhaupt nicht gesagt. Ich hatte nur gesagt, dass sie durch den Ton meiner Stimme oft begriffen, was ich meinte, und dass sie auf bestimmte Wörter zu reagieren lernten.

»Sie greifen auch die Zeitschrift an.« Theos Stimme ist ein bisschen kratzig. Vielleicht hat er schlecht geschlafen.

»Ich weiß, aus welcher Ecke das kommt, und ich denke, dass Roger denen schon Bescheid geben wird.« Ich nehme die Zeitung auf und schaue mir die Karikatur noch einmal genau an. »Gut getroffen.«

Felix setzt sich aufs Klavier.

»Spielst du überhaupt noch?«

Ich folge Theos Blick. »Hin und wieder. Häufiger Klavier als Geige, komischerweise. Zu Hause konnten sie es früher nie mit anhören, wenn ich Klavier spielte, weil ich nicht so gut darin war, und Tonleitern durfte ich schon gar nicht üben. Auf der Geige konnte ich oben in meinem Zimmer üben, da störte es keinen. Meine Schwester konnte ganz wunderbar Klavier spielen.« Ich habe schon geraume Zeit nichts von Olive gehört. Ich nehme mir oft vor, ihr zu schreiben, aber immer geht irgendetwas anderes vor.

»Warum bist du eigentlich gerade hierher gekommen?«

Felix fliegt auf. Er zögert immer kurz, bevor er abhebt.

»Wenn du nicht darüber sprechen möchtest, brauchst du mir natürlich nicht zu antworten.«

Dämmerling, das alte Amselmännchen, das immer schon lange vor Sonnenaufgang singt, lässt sich auf dem Fensterbrett nieder.

»Die Stadt hat mich bedrückt, die Menschen.« Ich pfeife Dämmerling kurz zu. Er legt den Kopf schief, erschrickt dann über irgendetwas und fliegt nach draußen. Ich erschrecke auch kurz – meistens sehe ich, was sie sehen.

Theo blickt mich fragend an.

Ich lächle. »Möchtest du eine Tasse Tee?« Ich gehe in die Küche, wo Fips auf dem Wasserhahn sitzt. Er pickt gern mit dem Schnabel ins strömende Wasser – ich weiß nicht, ob er trinkt oder spielt, es scheint ein bisschen von beidem zu sein. Ich drehe den Hahn für ihn auf.

Sternchen 13

Der fremde Eindringling verließ Ende Oktober ein für alle Mal den Garten, und Monokel verlor das Interesse am Klopfen – sie war nun vor allem mit ihrem Partner Felix befasst. Der größte Störenfried war in dieser Zeit Trommler, den ich nicht von ungefähr so nannte – er trommelte den ganzen Tag mit dem Schnabel, zum großen Missfallen von Sternchen, die sich davon abgelenkt fühlte. Vielleicht dachte er, dass ihr Klopfen dazu dienen sollte, mit ihm zu kommunizieren, denn er kam stets, wenn wir unsere Zählübungen machten, um neben ihr auf das Holz zu trommeln, ohne dass bei ihm irgendeine Struktur darin erkennbar gewesen wäre. Ich habe ein paarmal versucht, ihn etwas nachklopfen zu lassen, doch er begriff überhaupt nicht, was ich bezweckte. Eines Morgens verjagte Trommler Sternchen, und Joker nahm ihren Platz auf dem Fensterbrett ein. Ich klopfte dreimal für sie und sagte »klopf drei«. Das wiederholte ich mehrmals, und da klopfte sie die Drei. Das blieb aber das einzige Mal, dass sie etwas nachklopfte. Beim nächsten Mal, als ich es mit ihr versuchte, flog sie schnell ins Zimmer nebenan.

Am nächsten Tag rief ich Sternchen, die auch zur Fensterbank kam. Ich klopfte dreimal, und da kam Trommler. Er fing sofort an zu trommeln. Sternchen ging auf ihn los und jagte ihn aus dem Fenster. Er kam zurück, um nun sie wegzujagen. Es ging ihnen dabei nicht um die Nüsschen, sondern tatsächlich um das Klopfen und um meine Aufmerksamkeit. Eine Stunde später kehrte Sternchen zurück, Trommler im Schlepptau. Auch Joker kam aufs Fensterbrett und fing an zu klopfen. Trommler verjagte Joker, die wiederum Sternchen nachjagte. Das sorgte auch für Unruhe unter den Meisen im Zimmer nebenan, und Trommler flog hinüber, um sie zu verjagen.

Sternchen kam in den Tagen darauf immer in aller Frühe, damit wir klopfen konnten, bevor die anderen da waren. Im Laufe des Vormittags kam Trommler, mittags stellte sich Joker ein. Sternchen suchte immer nach Momenten, da die anderen kurz außer Sichtweite waren, das behielt sie genau im Auge.

• 1952 •

»Tada!« Josef hält ein Päckchen hoch.

»Kommen Sie herein.« Ich stelle den Wischeimer hin und trockne mir die Hände an meinem Rock ab.

Er folgt mir ins Wohnzimmer. »Die zweite Auflage. Nach einer Woche.« Er gibt mir das Päckchen und gräbt in seiner Tasche, fördert erst ein Buch zutage, dann ein Paar Socken, dann eine Flasche Champagner. Er stellt die Flasche auf den Tisch und schiebt alles andere wieder in die Tasche zurück.

»Ist es dafür nicht ein bisschen früh?«

»Zum Feiern ist es nie zu früh. Kommen Sie schon, Gwendolen, oder darf ich Len sagen?« Er drückt mir die Flasche in die Hand und begleitet mich in die Küche. »Ich habe schon wieder drei Anfragen wegen der Übersetzungsrechte bekommen: aus Deutschland, den Niederlanden und Spanien.«

»Wirklich?«

Er nimmt sein Glas Champagner, setzt ein triumphierendes Gesicht auf. »Zum Wohl.« Er lässt unsere Gläser klingen.

»Pst. Nicht so laut.«

»Na, die Vögel profitieren doch auch vom Erfolg des Buches. Es wird den Leuten bestimmt zu denken geben. Wie geht es mit der Fortsetzung voran?« Er stellt sein Glas auf den Tisch, wieder zu laut.

Für das erste Buch habe ich Jahre gebraucht. »Also, immer mit der Ruhe. Ich schreibe das eine oder andere auf, aber die Vögel nehmen viel Zeit in Anspruch.«

»Es hat ja auch keine Eile. Nur sind die Leser jetzt auf den Geschmack gekommen, und da wäre es schön, wenn Sie, sagen wir mal, Ende des Jahres eine erste Fassung fertig hätten.«

»Ich werde sehen, was ich tun kann.« Ich weiß nicht, ob ich überhaupt noch ein Buch schreiben will. Material habe ich zur Genüge, auch Ideen. Aber es ist so schwer, die richtigen Worte für das zu finden, was ich vermitteln möchte. Immer sucht irgendwer ein Haar in der Suppe, findet meine Untersuchungen unsinnig, wirft mir vor, ich phantasierte mir etwas zurecht. Das Buch von Konrad Lorenz, in dem er sein Zusammenleben mit verschiedensten Tieren beschreibt, wird viel ernster genommen, wahrscheinlich weil er eine entsprechende Ausbildung gemacht hat, wissenschaftliche Artikel schreibt, ein Mann ist. Dabei sind seine Beobachtungen weit weniger originell als meine. Überdies haben sich die Vögel hier aus freien Stücken entschieden, bei mir zu wohnen, während Lorenz seine Tiere selbst aufzieht und damit ihr Verhalten beeinflusst. Das ist ein ganz anderer Ansatz.

Fegerchen fliegt herein. Er ist das einzige Rotkehlchen, das regelmäßig ins Haus kommt; voriges Jahr war ein Paar da, das zweimal hereinschaute, und als ich noch nicht lange hier wohnte, gab es ein Rotkehlchen, das oft auf dem Fenstersims Platz nahm. Rotkehlchen sind viel einzelgängerischer als Kohlmeisen – vielleicht tun sie gut daran, ich kann es jedenfalls verstehen. Aber womöglich dichte ich ihnen das auch an, ich kann ja nie sicher sein, dass ich alles richtig interpretiere. Das können die Wissenschaftler aber, denke ich, genauso wenig. Auch unter kontrollierten Bedingungen müssen die gewonnenen Daten interpretiert werden, man geht immer von bestimmten Annahmen aus. Und überhaupt, weiß man es denn bei Menschen immer so genau? Ich weiß zum Beispiel nicht, was Josef jetzt denkt. Ich glaube, er kann mich ganz gut leiden, wird sich aber wohl niemals trauen, mir das zu sagen.

Ich trinke einen Schluck Champagner und folge Fegerchen mit den Augen. Josef setzt sich an den Tisch. »Sind Sie nie einsam?«

»Nein. Sie?«

Er lacht. »Mit diesen Vögeln. Sehnen Sie sich da nie nach Gesellschaft?«

»Sie sind doch jetzt da.« Die Vögel sind wunderbare Mitbewohner. Sie verlangen mir zwar einiges ab, aber sie geben mir auch viel.

»Sie verstehen, was ich meine.«

»Das ist Fegerchen.« Fegerchen hat sich auf dem

Besenstiel niedergelassen. »Rotkehlchen kommen selten herein, er ist eine Ausnahmeerscheinung.«

»Ich sehe, wie Sie auf seinen Namen gekommen sind.« Josef setzt sich ans Klavier, spielt Fegerchen mit einem Volkslied vom Besen herunter. Ich sitze still da. Brummer, der vorwitzige Amselmann, schaut herein. Sternchen fliegt aufs Fensterbrett und dann wieder weg.

»Ich bin Ihnen allen sehr dankbar«, sage ich, als Josef aufsteht. »Ihnen persönlich ganz besonders. Für Ihren Einsatz.«

»Und wir sind sehr froh, dass wir Sie haben, Len. Ach, da ist noch etwas für Sie.« Er legt eine Tragetasche auf den Tisch. »Leserbriefe.« Er schüttet sie aus.

»Muss ich die alle lesen?« Ich nehme einen Brief aus dem Haufen, öffne das Kuvert, es ist ein halber Roman, drei Seiten lang. »Liebe Mrs Howard. Ihr phantastisches Buch spricht mir aus dem Herzen, und mir ist, als würden wir einander schon sehr lange und gut kennen.« Ich schiebe den Brief in das Kuvert zurück.

»Das liegt ganz bei Ihnen.«

Zippi nimmt auf dem Tisch Platz und beginnt, mit schiefgelegtem Köpfchen an dem Kuvert herumzuzupfen. »Er hat vorige Woche schon zwei Briefe vom Finanzamt zerfetzt.«

Josef lacht. »So ein Gauner. Ach, übrigens. Wir könnten Ihrem Buch eventuell noch größere Beachtung verschaffen. Durch öffentliche Auftritte. Lesungen. Könnten Sie sich dafür erwärmen?«

»Das kommt bestimmt von Roger, hm?«

»Ist doch wirklich eine gute Idee. Wir wollen nur das Beste für Sie. Für Sie und Ihre Arbeit.« Er sieht mich flehend an, die braunen Hundeaugen ein wenig zugekniffen.

»Nein, bedaure. Das ist nichts für mich.«

»Überlegen Sie es sich noch einmal.« Er zeigt auf den Haufen Leserbriefe, mit denen jetzt vier Kohlmeisen beschäftigt sind. »Es kann den Vögeln helfen.«

Als er geht, laufe ich ein Stückchen mit. In einem Garten steht ein Perlhahn wie ein lebendes Standbild. Seit dem Krieg liegen drei Bauernhöfe verlassen da. Überall wird gebaut, aber nicht hier. Josef schaudert, obwohl es sehr warm ist. »Gott, Len, wie halten Sie es hier aus?«

Ein Feld mit Graugänsen. Ich rieche Josefs Jackett neben mir, die feuchte Wolle, einst der Mantel eines anderen Lebewesens. »Sie sind immer herzlich willkommen«, sage ich.

Auf dem Rückweg sehe ich unsere Fußspuren in der Erde, für mindestens eine Nacht bewahrt.

Ich bleibe in dem alten grünen Sessel am Fenster sitzen, bis es dunkel ist. Das Polster der Armlehnen ist aufgerupft, Fäden sind freigelegt, Adern. Ich habe Monokel schon seit einigen Tagen nicht gesehen – das kommt zwar öfter mal vor, aber sie ist nicht mehr die Jüngste, und ich habe kein gutes Gefühl. Vögel können ganz plötzlich verschwunden sein. Wir denken immer, dass alles einen Sinn hat, einen Grund, dass sich alles auf die eine oder andere Weise fügen wird und seine Richtigkeit hat. Doch die meisten Leben sind nicht mehr als ein Sammelsurium von Zufälligkeiten, Momente inmitten des großen Nichts.

Ich gehe in die Küche, an den Kartons vorüber, in denen die Kohlmeisen schlafen – Verpackungen, in denen einmal Zucker war oder Müsli, die Menschen werfen so etwas weg, während es für Vögel perfekt geeignet ist –, und gieße mir noch ein Glas Champagner ein. Die Fenster stehen offen, aber noch wird es im Haus nicht kühler. Obwohl die Vögel unruhig waren, bleibt ein Gewitter aus. Ich wische mir den Schweiß von der Stirn, Haut über Haut. Allmählich haben sich die Jahreszeiten hier in meinem Körper verankert, bewege ich mich im Einklang mit allem stets Wiederkehrenden: den Spinnweben in der Hecke, den Eisblumen auf den Fensterscheiben, den Schneeglöckchen, dem Licht bis in den späten Abend. Genauso wie ich auch die Musik früher mit dem ganzen Körper erfuhr. Die Geige steht in der Ecke, Reliquie aus einem vorigen Leben. Ich bin im vergangenen Jahr noch bei einer Aufführung des Orchesters gewesen. Sargent war so rot wie eh und je, aber dünner. Er schien auch kleiner geworden zu sein. Er erzählte, dass er mein Buch in einem Laden habe liegen sehen, fragte aber nicht, wie es mir gehe. Ich konnte die Musik nicht genießen, weil ich das Spielen auf einmal so schmerzlich vermisste. Billy war nicht mehr im Orchester, keiner wusste, was sie jetzt machte.

Draußen vertreibt frische Luft die Wärme. Ich lege ein Kissen auf die Gartenbank. Der Himmel ist klar, in der Zeitung stand, dass Sternschnuppen zu sehen sein würden. Ich habe keine Wünsche, suche aber trotzdem den Himmel ab. Ich trinke einen Schluck Champagner, er schmeckt mir nicht.

Wolken gleiten vor dem Mond vorüber, lassen bleiche Birken zu Schemen werden. Entfernt höre ich einen Waldkauz rufen, vielleicht ist es der, den ich vorige Woche gesehen habe.

Morgen früh wird Sternchen wieder als Erste da sein. Ihre Jungen sind ausgeflogen, sie hat wieder mehr freie Zeit und sucht mich immer häufiger auf. So geht es jedes Jahr, und doch jedes Jahr ein bisschen anders. Ich sollte mich nicht fragen, ob das, was ich tue, etwas nützt und ob es ausreicht. Die Vögel führen mir vor, dass Zeit nicht die Gerade ist, die Menschen darunter verstehen. Die Dinge enden nicht, sondern verändern nur ihre Gestalt. Ein Gefühl wird zu einem Gedanken, ein Gedanke zu einer Handlung, eine Handlung zu einem Gedanken, ein Gedanke zu einem Gefühl. Das erste Gefühl kehrt zurück, streift neue Gefühle. Der erste Gedanke schläft eine Weile, meldet sich dann wieder zu Wort. So vermischen sich die Zeiten, so existieren wir in verschiedenen Momenten gleichzeitig.

Im Bett klopft mein Herz zu schnell, der Alkohol zieht Spuren durch meinen Körper, von meinen Händen zu meinem Kopf zu meinen Füßen, ein Netzwerk ohne Struktur, Nerven. Das Betttuch ist nur für kurze Zeit kühl. Als der Schlaf kommt, wandere ich zu dem Ort, an dem Erinnerungen wohnen, wenn wir nicht an sie denken.

*

Am Ende des Sommers bekomme ich Besuch von dem Biologen Julian Huxley. Er will mich zu meinen Untersuchungen befragen und ist neugierig darauf, wie mein Haus aussieht. Er hat einen Studenten mitgebracht, einen jungen Schlaks mit dünnem Schnurrbart über einer Hasenscharte. Er macht Notizen in einem großen Heft und raschelt dabei derartig mit den Seiten, dass er auf einen Schlag sämtliche Kohlmeisen vertreibt. Ich sehe darüber hinweg, bis er auch noch seinen Tee auf dem Tisch umstößt und sogar Blaubart fluchtartig das Zimmer verlässt. »Wenn Sie so weitermachen, kommen die Vögel die nächsten zwei Tage nicht wieder herein«, fahre ich ihn an. Huxley lacht. »Was ist daran so lustig?«

»Sie hatten mir gerade erzählt, dass die Vögel so nervös seien und Sie genau wüssten, wie Sie mit ihnen umgehen müssten, dass Ihr Körper wisse, was er tun müsse, dass Sie nicht einmal mehr über Ihre Bewegungen nachdächten. Und dann haben Sie hier einen jungen Studenten vor sich, der zum ersten Mal Feldforschung macht, und Sie sehen nicht, dass auch er nervös ist.«

Der junge Mann beugt sich tief über sein Heft.

Ja, aber er ist ein Mensch. Ich zucke kurz die Achseln.

»Wir können auch nach draußen gehen. Es ist ja jetzt so gut wie trocken. Dann zeige ich Ihnen die verschiedenen Nistplätze.« Draußen können Geräusche verfliegen, und die Vögel wissen, wo sie sich verstecken können; das ist ihr Terrain, dort haben sie die Nase vorn.

Huxley nimmt eine Kamera mit, bespricht mit dem Studenten, worauf er achten soll – er zeigt auf die Vögel, beschreibt ihre Haltung, ihre Bewegungen, ihre Lautäußerungen: Das machen sie, um die Partnerbeziehung zu festigen, das dient dazu, einander zu warnen, das macht er, um mitzuteilen, wo er sich befindet. Ich führe die beiden durch den Garten, zeige ihnen die Örtlichkeiten, die ich schon in meinem Buch beschrieben habe. Sie begegnen einigen Kohlmeisen, den Elstern, der Ringeltaube, die sich seit zwei Wochen in der Eiche aufhält. Die Amseln lassen sich nicht blicken.

Diese Männer sind so groß. Ich verstehe ja, dass es da nicht so einfach ist, sich geschmeidig zu bewegen, aber sie könnten es wenigstens versuchen. Huxley hat eine tiefe, schwere Stimme, die des jungen Studenten ist dagegen eher schrill. Sie reden, als hörten sie sich selbst nicht, als merkten sie nicht, wie viel Raum sie einnehmen. Als hätten sie keine Ohren für das, was um sie herum ist. Warum sich nicht geräuschlos wie eine Katze bewegen, wir haben einen gelenkigen Körper, wir machen nur keinen Gebrauch davon. Joker fliegt zum Fenster und sucht wieder Deckung im Garten, als sie die Männer hört.

»Glauben Sie, dass sich Ihr Experiment nachahmen ließe?«, fragt Huxley.

»Nein. Jemand kann wie ich irgendwo aufs Land ziehen, die Vögel dort kennenlernen, ein Vertrauensverhältnis zu ihnen aufbauen. Aber es werden andere Vögel sein. Das ist es auch, was ich vorhin meinte, als ich von der individuellen Intelligenz sprach. Ich kann keine allgemeingültigen Aussagen machen, ob zum Beispiel bei der Kontaktaufnahme unter Kohlmeisen das Weibchen die Initiative ergreift oder das Männchen, denn das ist ganz davon abhängig, wer wem begegnet und unter welchen Umständen. Das Gleiche gilt für den Ort, an dem das Nest gebaut wird, und für alle anderen Entscheidungen, die sie treffen. Und ob sie introvertiert oder extravertiert sind. Es gibt schon ein paar Dinge, die sich verallgemeinern lassen. Sperlinge sind Streithammel. Elstern und Krähen fressen die Küken kleinerer Vögel. Aber damit hat sich's auch schon. Gerade bei den Kohlmeisen sehe ich unheimlich große individuelle Unterschiede.« Der Student schreibt alles sorgsam mit. Eine Elster, die im Apfelbaum unweit von dem alten Benzinkanister sitzt, der Flocke als Nistkasten dient, zieht meine Aufmerksamkeit auf sich. Ich nehme sie ins Visier. Wenn die Elster zu nahe kommt, werde ich sie wegscheuchen müssen.

»Verzeihen Sie, möchten Sie, dass wir gehen?« Huxley versucht, meinen Blick einzufangen.

»Ich muss nur diese Elster im Auge behalten.« Huxley wechselt einen Blick mit dem Studenten. Sollen sie doch denken, was sie wollen. Das ist meine Untersuchung. Mein Haus.

Die Elster fliegt weg, wir gehen ins Haus zurück. Einer der Vögel hat aufs Klavier gekackt. Ich gehe in die Küche, um ein Wischtuch zu holen.

Der Student starrt mich an, als ich zurückkomme. Ich ziehe die Stirn kraus.

Huxley blättert in seinen Notizen. »Glauben Sie, dass Sie die Vögel wirklich verstehen können?«

»Man muss nicht genauso sein wie der andere, um ihn verstehen zu können. Ähnlich gestrickt sein vielleicht. Aber Sie spielen auf Anthropomorphismus an. Nun, dass die Kohlmeisen einer anderen Art angehören, muss nicht heißen, dass wir nichts miteinander gemein haben. Darwin schrieb bereits, dass der Unterschied zwischen Mensch und Tier nur graduell sei.«

»Aber mit Menschen kann man sprechen.« Der Student nickt über seinem Heft.

»Die Vögel sprechen genauso. Mit ihrer Stimme, ihrem Körper, ihren Bewegungen. Außerdem garantiert menschliche Sprache nicht das gegenseitige Verständnis.« Worte können vertuschen, verschleiern, ein plötzliches Eigenleben entwickeln, lange nachdem sie ausgesprochen wurden. »Wären Sie dann so weit fertig?«

»Letzte Frage. Haben Sie noch die Absicht, einen wissenschaftlichen Artikel über diese eine Kohlmeise zu schreiben, wie hieß sie noch gleich, mit der sie dieses Zählexperiment gemacht haben?«

»Sternchen heißt sie. Vielleicht. Garth fragte, ob ich einen Artikel mit ihm zusammen schreibe.« Es gibt so einige, die an meiner Arbeit interessiert sind. Nur gehen die Ansichten darüber, wie wir verstehen können, was in Vögeln vorgeht, oft weit auseinander. Menschen wollen das messen. Als ob sich Gefühle in Zahlen ausdrücken ließen.

»Gute Idee. Es wäre doch schade, wenn das verlorenginge.«

Später denke ich an diesen Satz. Wenn das verlorenginge. Es geht nicht verloren. Es ist zwischen den Vögeln und mir existent, solange es währt, und bei manchen Vögeln heißt das, ihr ganzes Leben lang.

*

»Es tut uns leid. Ihre Untersuchung ist sehr originell, und was Sie schreiben, beweist ein großes Verständnis für die beobachteten Kohlmeisen. Aber leider genügt es nicht den wissenschaftlichen Anforderungen, die an eine Veröffentlichung in *Nature* gestellt werden. Sollte es Ihnen freilich gelingen, das Experiment zu wiederholen, oder besser noch: Sollten Sie das Experiment durch jemand anders wiederholen lassen können, wären wir sehr an einem Bericht darüber interessiert.«

Ich bleibe kurz mit dem Brief (nicht mehr als Tinte auf Papier, Pigment auf totem Baum) in der Hand sitzen. Garth sagte schon, dass sie den Artikel wahrscheinlich nicht annehmen würden, obwohl der über die Dohlen und der über die Tauben sehr wohl publiziert wurden. »Das ist das Risiko, wenn man gegen den Strom schwimmt«, hatte er dazu angemerkt. »Vielleicht wird sich die Welt der Wissenschaft noch eines Tages die Haare raufen.«

Ich hatte ihm erläutert, wieso gerade meine Herangehensweise die Kohlmeisen ganz neu beleuchte – dass man ihr Vertrauen gewinnen müsse, dass sie allesamt Individuen mit eigenen Vorlieben und Wünschen seien, genau wie wir –, bis er mich unterbrach.

»Gwen, du weißt, dass ich sehr an deiner Arbeit interessiert bin. Ich glaube, dass du Einblicke in Aspekte des Vogellebens gewährst, denen noch nie jemand Beachtung geschenkt hat. Aber ich kann dir nicht weiterhelfen. Wir könnten ein gemeinsames Untersuchungsprojekt starten, doch das müsste im Labor stattfinden. Nur so bliebe ich glaubwürdig und ließe sich die Wissenschaftswelt überzeugen. Du könntest Sternchen begleiten. Wir könnten das Labor wie dein Haus einrichten, du hättest Zeit, dich einzugewöhnen.«

Sternchen würde das niemals wollen. Das habe ich Garth schon zehnmal gesagt. Sie würde die Flucht ergreifen und nie mehr wiederkehren. Ich kann sie nicht einfangen und in einen Käfig sperren, dann wäre das aufgebaute Vertrauen mit einem Schlag dahin. Er konnte das verstehen. Er verstand alles. *Nature* versteht es auch. Sie begreifen nur nicht, dass sie nichts begreifen. Menschen lässt man doch auch nicht in einem Käfig darben, von anderen isoliert, tage- oder wochenlang, in einer fremden, sterilen Umgebung mit glatten Wänden, wo es fremd und nach Reinigungsmitteln riecht, um zu testen, wie intelligent sie sind. Die Vögel halten sich dabei noch erstaunlich gut. Es grenzt an ein Wunder, dass sie überhaupt mitarbeiten und sich nicht nur in eine Ecke drücken oder absichtlich gegen eine Scheibe donnern.

Offenbar gelingt es mir nicht, das alles zu vermitteln. Ich wische mir eine Träne aus dem Auge. Ach, Quatsch, deswegen muss ich nicht traurig sein. Es geht um die Vögel, nicht um die Welt von denen.

Sternchen 14

Der November und der Dezember verliefen genauso – Sternchen kam, wann immer es ging, aufs Fensterbrett, und wir übten alle Zahlen von drei bis acht, die sie allein auf meine Ansage hin zu klopfen lernte. Die Neun ging nach wie vor nicht, weil es mir nicht gelang, sie schnell genug zu demonstrieren. Ende Januar suchte sich Sternchen mit Felix zusammen einen Nistkasten. Felix war der ehemalige Partner von Monokel, die aber im Herbst von der Bildfläche verschwunden war; sie war schon sehr alt gewesen und wohl an Altersschwäche gestorben. Felix war eine gute Wahl, zumindest aus meiner, der Sicht der menschlichen Beobachterin; er war ein viel freundlicherer Vogel als Klecks oder der fremde Eindringling und außerdem hübsch anzuschauen. Sternchen verlor wie jedes Jahr das Interesse am Zählen; sie kam zwar noch, aber das Nest und die Vorbereitungen für die Brut nahmen sie völlig in Beschlag. Im gesamten Februar schaute sie nur ganze fünf Mal herein.

Ende März begann es zu regnen. Sternchen kam nun öfter ins Haus, und in dieser Woche klopfte sie alle Zahlen, die ich ansagte, auf Anhieb richtig. Am 5. April gab ich ihr morgens die Fünf auf, die sie im folgenden Rhythmus klopfte: eins-drei-eins. Vor der letzten Eins sah sie mich kurz an, als sei sie unschlüssig. Den Rest des Tages widmete sie sich dem Nistkasten, gemeinsam mit Felix. Der Regen hatte aufgehört, die Zeit drängte allmählich. Sie hatten ihr Nest in einem neuen Nistkasten am großen Apfelbaum hinter dem Haus gebaut. Sternchen hatte Felix abends ohne weiteres in den Nistkasten eingelassen. Vielleicht ging sie davon aus, dass es wie bei Glatzköpfchen und Peterchen ohnehin darauf hinauslaufen würde. Da sie auf der Rückseite vom Haus nisteten und ihr Territorium über meinen Garten hinausreichte, sah ich sie während des Nestbaus manchmal den halben Tag lang nicht. Ich ging daher jeden Nachmittag um fünf noch einmal kurz hinaus und lockte sie mit Nüssen. Sternchen kam immer sofort, Felix folgte ihr auf dem Fuße. Doch eines Nachmittags kam nur Felix geflogen.

• 1960 •

»Gwen, das musst du lesen. Keine schönen Neuigkeiten.«

Es ist früh am Morgen, Schnecken gleiten noch über die kleine Terrasse vor dem Haus. Ihre Spuren formieren sich zu Buchstaben einer Fremdsprache. Theo reicht mir die Zeitung, zieht sie dann zurück und schlägt sie auf. »Hier.« Er deutet auf einen Artikel auf der Seite drei.

»Bau des Ferienparks in Ditchling beginnt im Herbst.« Ich lese es noch einmal, schaue mir dann die kleine Karte an, die dazu abgedruckt ist. Sie haben das Land von den Hendersons aufgekauft und wollen das gesamte Gebiet vom Wald bis zu meiner Grundstücksgrenze bebauen – auf das Stück, das direkt an meinen Garten grenzt, soll ein Kinderspielplatz kommen.

»Das geht nicht.« Ich gebe Theo die Zeitung zurück.

»Ich fürchte, dass sie schon alle Genehmigungen in der Tasche haben.« Er blickt zu Boden, wo ein paar Wollfädchen aus einer Socke liegen.

Ich greife zu meiner Tasche. »Wir gehen jetzt zuerst einmal ins Rathaus. Und dann reden wir mit diesen Leuten.«

Ich nehme die Zeitung. »Thompson und Co. Ich rufe Roger an, wenn es etwas später ist. Und Josef und Garth.«

Bevor wir aufbrechen, fülle ich den Futtertisch: zerkrümelte Brotkanten, Butter, ein paar Körner, die wegmüssen, drei braun gewordene Äpfel, in Stücke geschnitten. Die Vögel kommen sofort. Schelmchen fliegt zuerst auf meine Hand, um mich zu begrüßen, dann zum Futtertisch. Mir wird ganz elend zumute, aber dann richte ich mich entschlossen auf.

Wir fahren mit Theos Auto. Um halb neun kommen wir beim Rathaus in Lewes an, das aber erst um neun öffnet. Es lohnt sich nicht, noch einmal zurückzufahren, und so setzen wir uns auf ein neues Steinmäuerchen mit Bäumen im Rücken. Entfernt höre ich Möwen schreien. Redend vertreiben wir uns die Minuten, bis die Kirchturmuhr schlägt.

Die Drehtür klemmt. Am Empfangsschalter schildere ich unser Anliegen. Die junge Frau, die uns anhört – brauner Lippenstift, gerade geschnittenes weißes Kleid mit grünen Streifen, schwarz umrandete Fischaugen –, sagt, sie könne uns für Donnerstag einen Termin geben. Das ist in drei Tagen. »Das geht nicht. Ich bleibe so lange hier, bis ich jemanden gesprochen habe.«

Sie geht in den ersten Stock hinauf. Theo trommelt mit den Fingern auf den Empfangstisch, bis er meine hochgezogenen Brauen sieht. »Oh, entschuldige.«

Das Klappern von Absätzen. »Um zehn kann Mr Waters Sie empfangen. Möchten Sie einen Tee?«

Ich schüttle den Kopf. »Dürfte ich Ihr Telefon benutzen?«

»Ich weiß nicht recht«, sagt sie.

»Es ist wichtig.« Ich warte nicht, bis sie eine Antwort parat hat, und greife zu dem grünen Telefon, das hinter dem Empfangstisch steht. Ich wähle die Nummer von Roger.

»Hallo?« Mehr Schlaf als Stimme.

»Verzeihung, dass ich so früh anrufe. Es gibt hier ein Problem. Man will direkt neben meinem Grundstück einen Ferienpark anlegen. Das wäre das Ende meiner Untersuchungen.«

Er murmelt irgendetwas.

»An meinen Garten würde dann ein Kinderspielplatz grenzen. Ich möchte Sie bitten, das in der Zeitschrift aufzugreifen, und vielleicht kennen Sie ja noch andere Journalisten, die das Ganze publik machen könnten. Jede Hilfe ist willkommen.«

Er verspricht, herumzutelefonieren und mich am Nachmittag zurückzurufen. Ich rufe Josef an, erzähle ihm, was los ist, und richte die gleiche Bitte an ihn wie an Roger. Die junge Frau vom Empfang steht mit hochgezogenen Brauen daneben. Josef ist weniger energisch als Roger und hat auch nicht so viele Verbindungen, aber er kennt meine Untersuchungen gut und wird sein Möglichstes tun. Garth geht bei sich zu Hause nicht an den Apparat, also rufe ich ihn unter seiner dienstlichen Nummer an. Seine Sekretärin stellt mich erst durch, als ich sage, dass ich für ihre Entlassung sorgen würde, wenn sie es nicht sofort mache. Auch Garth verspricht zu tun, was er kann.

»Mrs Howard?« Ein hagerer Mann in hellblauem Anzug mit leicht ausgestellten Hosenschlägen steuert mit ausgestreckter Hand auf uns zu. »Peter Waters. Folgen Sie mir bitte?«

Wir gehen in den ersten Stock hinauf.

In seinem Büro – weiße Wände, Holztisch, braune Vorhänge, breites Regal mit Aktenordnern – lege ich ihm den Zeitungsartikel vor und zeige auf der Karte, wo ich wohne. »Von meinen Büchern sind weltweit zigtausend Exemplare verkauft worden. Mittlerweile wahrscheinlich schon an die hunderttausend. Mein erstes Buch erscheint demnächst in der dreißigsten Auflage. Wenn dieser Park kommt, wäre das das Ende meiner Untersuchungen.«

»Ein fabelhaftes Buch«, sagt Mr Waters. »Lassen Sie mich das gleich vorausschicken. Meine Frau hat es zuerst gelesen, und danach ich. Wir bekamen den Tipp von Nachbarn, die auch ganz begeistert waren. Selbst meine Mutter hatte ihre Freude daran. Also Respekt für Ihre Arbeit! Darf ich Sie vielleicht um ein Autogramm bitten? Für meine Frau? Sie würde das sehr zu schätzen wissen, da bin ich mir ganz sicher. Ihr zweites Buch müssen wir noch bestellen. Ich wollte es meiner Frau eigentlich zu unserem zehnten Hochzeitstag schenken, aber es war gerade nicht lieferbar.«

Ich sehe ihn abwartend an.

»Verzeihen Sie, ich gehe ja gar nicht auf Ihr Problem ein. Ferienpark. In der Tat. Ich habe kurz nachgeschlagen, die Genehmigungen sind in Ordnung. Sie sollten am besten mit dem Bauunternehmen sprechen, vielleicht könnte man einen Streifen Land unberührt lassen. Oder irgendetwas Ähnliches. Ich fürchte, dass ich wenig ausrichten kann; der Erwerb des Landes war rechtens, und der Eigentümer darf damit machen, was er will.«

»Kann ich gegen diese Baugenehmigung Beschwerde einlegen?«

»Das können Sie. Nur hat das wenig Aussicht auf Erfolg. Das Ganze ist völlig legal.« Er bricht ab, als er meinen Gesichtsausdruck sieht. »Ich hole mal eben die Formulare.«

Als er den Raum verlassen hat, sehe ich Theo an.

»Du musst an seine Gefühle appellieren«, sagt Theo. »Schreib ihm eine Widmung, bitte ihn, dir zu helfen. Gib dich als Frau.«

»Als Frau.« Ich seufze.

Mr Waters kehrt mit den Formularen ins Büro zurück.

»Mr Waters. Natürlich signiere ich Ihnen gern mein Buch, es freut mich ja sehr, dass es Ihnen und Ihrer Frau so gefallen hat. Ich hätte auch sicher noch ein Exemplar von meinem zweiten Buch für Sie, falls es immer noch nicht lieferbar sein sollte. Aber es wäre sehr wichtig für mich, dass ich meine Untersuchungen fortsetzen kann. Und ich fürchte, dass alle Vögel vertrieben werden, wenn man dort zu bauen beginnt.« Ich schaue ihn betrübt an. »Dann wäre alles umsonst gewesen.«

»Das darf nicht geschehen«, sagt Mr Waters. Er wirft sich ein wenig in die Brust und atmet tief ein. »Dem müssen wir uns in den Weg stellen. Ich werde auf jeden Fall alles tun, was in meiner Macht steht, um dafür zu sorgen, dass Ihre Beschwerde an die richtige Adresse gelangt.«

Er hilft mir, das Formular auszufüllen, und merkt unten auf der letzten Seite an, dass die Untersuchungen von nationalem Interesse seien. Er gibt mir die Telefonnummer von demjenigen, der meinen Fall bearbeiten wird. »So müsste es gelingen.« Er reibt sich die Hände.

»Gut gemacht«, sagt Theo, als wir draußen stehen. »Ich wusste gar nicht, dass eine so charmante Dame in dir steckt.« Ich gebe ihm einen Rippenstoß.

Bei Thompson und Co. in Burgess Hill sind wir weniger erfolgreich. Die Sekretärin lässt uns fast zwei Stunden auf einer harten violetten Sitzbank warten und gibt uns dann Bescheid, dass Mr Thompson erst am Freitag Zeit habe. Ich bin zu müde, um Krach zu schlagen, und vereinbare so freundlich wie möglich einen Termin für das genannte Datum.

Den Rest des Tages verbringe ich bei Theo, wo ich Flugblätter vervielfältige: »Helfen Sie Ditchlings Vögeln, sagen Sie nein zu Thompsons Ferienpark!« Mary bietet an, mir bei der Verteilung zu helfen.

Zu Hause setze ich mich in den Sessel vor dem Fenster zum Garten. Die Füße tun mir weh, ich ziehe die Schuhe aus und massiere meine Zehen. Zwei Kohlmeisen fliegen in die Hecke. Meine Augen sind inzwischen zu schlecht, um aus dieser Entfernung erkennen zu können, welche es sind. Vielleicht muss es jetzt mal genug sein. Vielleicht sollte ich einfach klein beigeben.

Trommler II kommt ans Fenster geflogen, trommelt zweimal mit dem Schnabel aufs Fensterbrett und fliegt schnell wieder weg. Ich muss lachen, und dann schießen mir die Tränen in die Augen. Nein, das darf nicht sein, diesen Park darf es nicht geben. Dann müsste ich mir etwas Neues suchen, und ich will nicht weg von hier, hier gehöre ich her. Außerdem muss ich die Vögel beschützen.

*

Nach mehreren Artikeln in Lokalzeitungen greift die überregionale *Daily Mail* die Sache auf. Dann bringt der *Guardian* ein großes Interview, begleitet von Vogelfotos, und das wiederum zieht die Einladung zu einem Radio-Interview der BBC nach sich. Unterdessen hat Garth mit einigen Kollegen einen Brief an den zuständigen Minister geschickt, in dem sie meine Untersuchungen als einzigartig bezeichnen und unterstreichen, dass eine Störung durch Baulärm das Ende vieler Jahre Arbeit bedeuten würde. Josef ist derweil mit einem Artikel über die Praktiken von Thompson und Co. befasst, die auch anderenorts auf Widerstand stoßen. Er ist davon überzeugt, dass ihre Methoden nicht den Umweltschutzauflagen entsprechen.

Theo begleitet mich an dem Freitag zum Termin bei Thompson. Wir warten wieder auf der violetten Sitzbank. Eine Viertelstunde, zwanzig Minuten, es bleibt uns nichts anderes übrig. Die Sekretärin führt uns nach einer halben Stunde in einen Raum, der nach Sauerkraut riecht. Thompson sitzt an seinem Schreibtisch, ein vierschrötiger Mann mit dünnem Schnurrbart und riesigen Pranken. Sein Hemdkragen berührt das Kinn, er hat fast keinen Hals.

»Mrs Howard.« Er nickt nur, reicht mir nicht die Hand. »Ich sehe, dass Sie eine Verleumdungskampagne gegen unser Unternehmen gestartet haben. Also fasse ich mich kurz. Der Park wird kommen, und falls Sie uns Schwierigkeiten machen sollten, werden wir Anzeige erstatten.«

»Verleumdungskampagne? Ich versuche lediglich, die Vögel zu beschützen.« Ich räuspere mich, um meiner Stimme die unnatürliche Höhe zu nehmen; tiefe Stimmen werden ernster genommen und haben mehr Gewicht. In den Bauch atmen.

»Wir tun keiner Fliege etwas zuleide.« Er lacht. »Keiner Fliege, keinem Vogel. Ihr Ansinnen steht auf schwachen Füßen, da können Sie zwitschern, so viel Sie wollen.«

»Dann muss ich wohl vor Gericht ziehen.« Ich schaue ihn nicht an, will nicht, dass er meine Wut sieht.

»Ich wünsche Ihnen viel Erfolg.«

Er schreibt etwas in seinen Terminkalender. Theo erhebt sich und öffnet die Tür. »Komm«, sagt er leise. »Wir gehen.«

»Meinst du, wir müssen wirklich vor Gericht?«, frage ich, als wir über den Platz laufen. Tauben fliegen auf und landen einen Meter weiter.

»Ich würde das erst noch mal abwarten. Aber was sein muss, muss sein.«

Vor seinem Laden steht eine bekannte Gestalt. »Ich wollte Ihnen kurz persönlich berichten, dass Ihre Beschwerde sehr ernst genommen wird.« Mr Waters lächelt mich an.

»Möchten Sie hereinkommen?« Theo öffnet die Tür.

Waters schaut sich misstrauisch um. »Besser nicht. Dieser Thompson ist, wie soll ich sagen, ziemlich einflussreich.«

Theo nickt.

»Man wird sich die Genehmigungen noch einmal ansehen. Ich möchte Ihnen keine falschen Hoffnungen machen, das heißt noch lange nicht, dass sie zurückgezogen werden. Aber man schenkt dem Ganzen Beachtung.« Er zieht vielsagend die Brauen hoch.

Dann schüttelt er mir die Hand und ist auf und davon, bevor ich mich bedanken kann. »Der tat aber komisch«, sage ich zu Theo.

»Ein nervöser Mensch.«

Ich borge mir Theos Fahrrad aus und ziehe mit einem weiteren Stapel Flugblätter los – alle nahe gelegenen Dörfer sind bereits damit ausgestattet, jetzt stehen die öffentlichen Einrichtungen in Brighton auf dem Programm: Pubs, Theater, das Kino.

In dieser Nacht werde ich von einem lauten Rums geweckt, der das Haus erzittern lässt – es wird wohl ein Donnerschlag gewesen sein, aber es gibt sonst keine Anzeichen für ein Gewitter. Ich steige aus dem Bett, gehe im Dunkeln ins Wohnzimmer, die Holzdielen kalt und uneben unter meinen nackten Füßen. Kein Sturm, kein Einbrecher, sondern wohl nur ein Windstoß, der zwei Kohlmeisen vor Schreck aus ihrem Schlafkasten fliegen und auf der Bettkante hat landen lassen. Vielleicht ist die Haustür aufgegangen, sie schließt nicht mehr so richtig.

Ich rieche es, bevor ich es sehe. Schießpulver. Ich öffne die Tür zur Diele. Die Haustür ist aus den Angeln geflogen, da ist nur noch ein klaffendes Loch. Ich mache das Licht an, ganz ruhig, und greife zum Besen, der hinten im Flur am Türrahmen lehnt. Die Nacht ist klar, mehr Sterne am Himmel als sonst. Ich trete in die Stille hinaus. Vor dem Haus scheint alles in Ordnung zu sein – die Bäume stehen noch da, wo sie standen, der Gartentisch, die Gartenstühle. Ich gehe den Kiesweg ab. An die Seitenwand des Hauses hat jemand mit roter Farbe »Das ist erst der Anfang« geschrieben. Meine Hand sucht Halt an den Backsteinen, ihren rauen Rändern. Nichts passiert, sage ich mir immer wieder, die Vögel sind noch da, in der Diele schläft ja keiner.

Nach drinnen zurückgekehrt, mache ich mir einen

Tee. Meine Hand zittert, als ich den Kessel unter den Wasserhahn halte, und sie zittert immer noch, als ich mir den Tee eingieße. Ich könnte die Kohlmeisen einfangen und mitnehmen, wenn ich umziehe, sie im Haus halten, bis sie sich an die neuen Örtlichkeiten gewöhnt hätten. Nein, ich schüttle den Kopf. Das darf ich nicht, sie würden es nicht wollen, sie leben hier, sind hier verwurzelt, gehören mir nicht. Es wäre ein Verbrechen. Außerdem habe ich den Vertrag für ein drittes Buch unterzeichnet, das eigentlich schon in diesem Jahr herauskommen soll. Ich habe Roger und Josef vor ein paar Monaten eine erste Fassung geschickt, aber die war ihnen zu seriös. »Wir möchten die netten Vogelgeschichten«, sagte Roger. »Das hier ist weder Fisch noch Fleisch, zu anekdotisch, um wissenschaftlich zu überzeugen, und zu ernst, um den normalen Leser zu begeistern.« Seither liegt das Manuskript unter einem Handtuch auf dem Tisch.

Am Tag darauf erscheint Josefs Artikel über die Praktiken von Thompson. Ein großer Artikel, der eine ganze Seite einnimmt. Josef hat auch gleich den Anschlag auf mich mit hineingearbeitet, und sogar in den Fernsehnachrichten wird darauf eingegangen.

Am Montagvormittag kommt der Briefträger den Pfad zum Haus herauf. Er ist vergangenes Jahr an der Hüfte operiert worden und hat noch Mühe mit dem Gehen. »Tut mir leid«, ruft er von weitem, »ich weiß ja, dass Sie das nicht möchten. Aber ich kriege es nicht in den Kasten.« Er deutet auf seine Tasche.

Ich gehe ihm entgegen. Die Tasche ist bis oben hin mit Karten und Briefen von Menschen aus dem ganzen Land gefüllt. Solidaritätsbekundungen, man bietet mir Hilfe bei meiner Kampagne an.

»Schön, nicht?«, sagt der Briefträger stolz, als sei er für den Inhalt dessen, was von ihm zugestellt wird, persönlich verantwortlich.

»Sehr schön.«

Ich gehe mit der Post ins Haus – es ist ein ganzer Stapel. Vielleicht könnten wir eine Menschenkette um Haus und Garten bilden, wenn sie mit dem Bauen beginnen.

Das Telefon läutet. Bestimmt Theo. Es wird ihm gefallen, dass so viele Menschen an unserer Sache Anteil nehmen. Wir sollten eine Demonstration organisieren oder ein Sit-in vor dem Rathaus. »Mrs Howard, hier Peter. Peter Waters. Ich habe gute Neuigkeiten für Sie. Der Gemeinderat hat beschlossen, die erteilten Genehmigungen bis auf weiteres zurückzuziehen, da das Bauunternehmen unlauterer Methoden verdächtig ist. Es wird eine Untersuchung geben, und die kann Jahre dauern, so dass Thompson wohl einen Rückzieher machen und das Gelände verkaufen wird. Vielleicht kauft die Gemeinde es und würde es dann an Sie verpachten. Aber das weiß ich nicht. Da würde ich vorgreifen, und ich möchte Ihnen keine leeren Versprechungen machen. Trotzdem, gute Neuigkeiten sind das allemal. Und wie sagt man so schön, besser ein Spatz in der Hand als eine Taube auf dem Dach. Ich wollte Ihnen das gern persönlich mitteilen. Und übrigens, meine Frau hat sich sehr über das signierte Buch gefreut. Ich natürlich auch.« Seine Stimme zittert vor Enthusiasmus.

Nach dem Anruf bleibe ich eine Weile am Tisch sitzen, die Hände auf der kühlen Tischfläche. Ich werde nachher gleich zu Theo gehen, um ihm die gute Nachricht zu überbringen. Aber erst einmal müssen die Vögel davon erfahren.

Sternchen 15

Felix war sichtlich aufgelöst, nahm kein Nüsschen an, sondern flog wieder zur Hecke zurück. Ich folgte ihm. Er flog dort laut rufend hin und her, dann zum Baum und wieder zurück. Mir war eigentlich gleich klar, dass etwas Schlimmes passiert sein musste. Ich suchte in der Hecke, im hohen Gras davor, im hohen Gras bei den Bäumen. Felix flog währenddessen um mich herum. Nach etwa einer Stunde verschwand er im Nistkasten, er war erschöpft, kam aber trotzdem gleich wieder heraus. Er blieb in der Nähe der Hecke. Ich konnte dort nichts entdecken, auch am späteren Abend nicht.

Sternchen kam am nächsten Morgen nicht, um sich ihre Frühstücksnuss abzuholen. Sie kam auch nicht zum Zählen. Sie kam nicht zum Futtertisch, nicht, als ich danach auf der Bank saß, um die Vögel zu beobachten. Sie kam nicht, als ich mittags eine Schnitte Brot aß, nicht, als ich nachmittags den Futtertisch zum zweiten Mal füllte. Sie kam nicht, als ich sie und Felix gegen Abend rief. Felix war den ganzen Tag lang unruhig und druckste lange vor dem Nistkasten herum. Wieder blieb ich draußen, als die Vögel schlafen gingen. Es war still ohne ihr Gezwitscher.

Am nächsten Morgen ließ ich das Wohnzimmerfenster zum ersten Mal seit Jahren zu.

Zwei Tage später sah ich die rote Katze der Nachbarn aus der Hecke nahe dem Nistkasten von Sternchen und Felix umherschleichen. Ich zweifelte nicht mehr daran, dass sie Sternchen erwischt hatte, als diese in den Nistkasten hinein- oder von dort herausgeflogen war. Sie war in all den Jahren nie länger als ein paar Stunden weg gewesen.

Sternchen war mindestens neun Jahre alt, als sie starb, denn als sie im Frühjahr 1946 zum ersten Mal in meinen Garten geflogen kam, dürfte sie etwa ein Jahr alt gewesen sein. Ich hatte gleich gewusst, dass sie außergewöhnlich war, obwohl sie anfangs noch sehr ängstlich auftrat. Ihr Talent fürs Zählen war natürlich etwas Besonderes, genauso wie die Freude, die sie daran hatte. Sternchen klopfte nicht um der Belohnung willen, sondern weil es ihr Spaß machte, weil sie Spaß an der Zusammenarbeit hatte. Ihr Verständnis war einmalig, es schien, als habe sie bestimmte Dinge von sich aus gewusst. Als habe sie mich oft schneller begriffen als ich selbst.

• 1973 •

Sie klopfen trotzdem. Räuberchen fliegt vorüber und ist weg, bevor ich den Kopf zum Fenster drehen kann. An der Zufahrt steht ein Schild: *Kein Zutritt.* Am Zaun hängt ein Schild: *Keine Besucher. Nicht ums Haus laufen. Nester!* Es ist noch ein Glück, dass nur Räuberchen drinnen war. An der Haustür mahnt ein Schild: *Nicht klopfen!* Es besteht kein Grund dazu, keine Not. Es kann niemand gestorben sein, es ist kein Krieg. Und wenn ich von dieser Welt gehe, dann gehe ich. Nichts, was ein Klopfen rechtfertigen würde. Ich stemme mich hoch, ich werde immer steifer, und spähe durch das Guckloch. Ein junger Mann, grüne Cordhose, Oberhemd, kein Jackett, bestimmt irgendwer von der Gemeinde. Oder er will mir etwas verkaufen oder irgendwas vermessen. Ich gehe zum Tisch zurück. Räuberchen sitzt schon wieder auf der Fensterbank. Eichblatt schaut kurz herein. Es klopft erneut. Ich gieße etwas warmen zu dem kalt gewordenen Tee. Als ich einen Keks aus der Dose nehme, kommt Blacky auf den Tisch geflogen, gefolgt von Räuberchen. Ich zerkrümele das letzte Stückchen Keks und schiebe die Krümel mit der Handkante von mir weg. Eichblatt ist wieder hinausgeflogen, da ist bestimmt irgendein Eindringling, der verjagt werden muss. Eichblatt benutzt Blätter, um seinen Feinden zu imponieren, er ist der einzige Vogel, den ich je so etwas habe machen sehen.

Räuberchen ist viel gieriger als Blacky und pickt, als hinge sein Leben davon ab. Letztens hat er mir sogar in die Hand gepickt, als ich ihm nicht schnell genug seine Rosine gab. Blacky trippelt von Krümel zu Krümel, ganz majestätisch. Ich strecke den Finger aus, Räuberchen springt beiseite. Blacky lässt sich streicheln. Oder ist vielleicht etwas mit Theo? Nein, dann wäre Linda gekommen. Oder Esther. Oder sie hätten eine Karte geschickt. Der Mann steht immer noch da. Ich habe keine sich entfernenden Schritte gehört. Weg sind sie, zuerst Blacky, dann Räuberchen, als er sich vergewissert hat, dass wirklich alles vertilgt ist. Ich beuge mich zur Seite, um zum Besen zu greifen, muss mich halb erheben, mein Rücken. Ich halte den Besen erst in der einen, dann in der anderen Hand, weil das blöde Handgelenk zwickt. Ich horche auf Schritte. Draußen rufen Floh und Monokel II, Moses und noch irgendwer, ich glaube, es ist Dickerchen. Zugluft an meinem Bein. Ich muss Theo bitten, diesen jungen Mann anzurufen, wegen der Außenmauer. Ein, zwei Tage, dann müsste das repariert sein. Nur für die Spinnen ist das eine Katastrophe. Aber Handwerker braucht man gar nicht erst zu bitten, darauf Rücksicht zu nehmen. Oder sie versprechen es und passen dann doch nicht auf.

Es wird lauter geklopft. Die Tür knarrt. Ich nehme den Besen fest in die Hand und erhebe mich möglichst geräuschlos. Der Mann schiebt einen Zettel unter der Tür hindurch. Dann entfernen sich seine Schritte. Er könnte ruhig etwas leiser sein. Die Schilder sind nicht umsonst angebracht worden. Ich setze mich wieder, der Tee ist inzwischen ganz kalt geworden. Ich mache die Keksdose zu. Pippa fliegt zu ihrem Schlafplatz, einem Karton, in dem ursprünglich Cornflakes waren, über dem Geschirrschrank. Im Flur, auf dem Weg zur Tür, höre ich, dass Krähen im Garten sind. Macht nichts, es gibt jetzt keine Nestlinge.

Liebe Mrs Howard,
mein Name ist Jonathan Brown, und ich arbeite für den *Guardian*. Ich würde Sie gern über Ihre Bücher und Ihr Leben mit den Vögeln interviewen. Sie können Kontakt …

Ich falte den Zettel zusammen, einmal und noch einmal, und stecke ihn in die Tasche meiner Strickjacke. Den Besen lehne ich neben der Tür an die Wand. Vielleicht hat dieser Jonathan Brown meine Bücher gelesen. Vielleicht ist er von irgendwem beauftragt worden. Ich habe seit Josefs Tod nichts mehr von Roger gehört. Der wird wohl inzwischen auch tot sein. Ob der Verlag überhaupt noch existiert, weiß ich nicht. *Out of Doors and Coun-*

trygoer wird mir seit Jahren nicht mehr zugeschickt. Die Zeitschrift gibt es wahrscheinlich gar nicht mehr. Oder sie ist von einem anderen Verlag übernommen worden.

Die Bohnen sind fast alle. Morgen muss ich ins Dorf. Samstag, Markttag, das trifft sich gut. Dann kann ich auch gleich bei Theo vorbeischauen. Er weiß bestimmt, was mit Roger ist. Jonathan Brown, nie gehört.

Sternchen II fliegt an mir vorbei Richtung Wohnzimmer – ja, die Kohlmeisen bleiben nicht, sie kehren höchstens wieder.

Bevor ich mich auf die grüne Holzbank an der Rückseite des Hauses setze, lege ich mein Kissen hin. Davon haben sie die Schnäbel gelassen, brav. Die Vögel, die sich zurzeit hier aufhalten, sind alle sehr brav, es sind keine Aufwiegler darunter wie einst Trommler oder Joker. Ich klopfe dreimal auf die Armlehne der Bank. Eichblatt sitzt neben mir, bevor ich überhaupt eine Bewegung wahrgenommen habe. Ich gebe ihm ein Nüsschen. Presto II setzt sich zu mir, Eichblatt reißt den Schnabel auf und lässt seinen Rachen sehen, Presto II zuckt zurück. Noch einmal alles erzählen. Nein, nicht alles. Ich kann ihm von den Vögeln erzählen. Aber sie wollen immer noch mehr wissen. Doch was? Mehr gibt es eigentlich nicht zu erzählen. Ein Stück weiter weg, über den Wiesen am Hang, schwirren Stare durch die Luft – ein Körper aus einer Vielzahl von Körpern, der ständig seine Form verändert.

*

Eine Nachtigall. Ich werde in einem dunklen Zimmer wach, das ich nicht gleich als mein Schlafzimmer erkenne, erinnere mich an einen Traum, vergesse ihn wieder. Blacky landet auf meinem Kopfkissen. Ich richte mich auf, Kopfschmerzen, kann den Arm nicht heben. Dann doch. Blacky fliegt auf. »Guten Morgen«, sage ich zu den Vögeln, wie jeden Morgen. Bernie fliegt ganz schnell zu mir her, um mich herum. »Na, komm.« Er gibt mir kein Küsschen.

Räuberchen flattert um mich herum, als ich mit dem Teller zum Futtertisch gehe. Ich übersehe dadurch die Türschwelle, strauchle aber zum Glück nicht, weil ich mich so langsam bewege. »Du Räuber«, brumme ich. »Nimm dich in acht.« Die Vögel sind ganz schön unfallträchtig, zumal wenn sie noch jung sind. Genauso die glatten Steine, ich muss das Moos entfernen. Irgendwo müsste ich noch einen Schaber dafür haben. Im Flurschrank. Oder in der Küchenschublade. Blacky löst Räuberchen ab. Ich bewege mich noch langsamer, taste mich mit kleinsten Schritten über die Terrasse. Als ich die Speckwürfel an den Rand des Futtertischs lege, kommen schon die anderen, der Helle vorneweg, oder ist es Streifchen? Die Butter, die Brotkrümel, das Körnerfutter. Ich locke den Hellen mit einer Nuss. Er pickt sich aber erst ein Stückchen Speck, das er im Apfelbaum verspeist. Streifchen ist nicht da. Oder war der Helle nicht da? Vielleicht sollte ich meine Augen mal wieder untersuchen lassen. »Streifchen.« Blacky kommt, verschafft sich Platz am Futtertisch, wird seinerseits von Räuberchen attackiert. »Benehmt euch, Jungs. Nicht streiten.« Ich setze mich auf die Holzbank. Der Helle landet auf meinem Schoß. Ja, es ist der Helle, wie konnte ich denken, dass es Streifchen sei. Aber wo ist dann Streifchen? Im Herbst bleiben sie in der Nähe des Hauses, im ihnen vertrauten nebligen Garten, treue Vögel. Glatzköpfchen ging manchmal auf Wanderschaft. Ach, Glatzköpfchen, immer mit breiter Brust, immer der Chef, bis er am Ende, in seinem letzten Frühjahr, nicht mehr von meiner Seite wich. Tapferes Tierchen. Bulli ist im September verschwunden. Sara auch. »Streifchen.« Streifchen hört manchmal auf seinen Namen, hat aber auch oft Wichtigeres zu tun. Ich verhalte die Luft, wenn ich rufe, damit meine Stimme hell klingt – nach ein paar Sekunden bin ich außer Atem. Ich müsste Gesangsübungen machen. »Glöckchen.« Diese liebe kleine Kohlmeise kommt immer öfter, anfangs war sie so schüchtern. Ich nehme eine Nuss aus meiner Schürzentasche, Glöckchen landet auf meiner Hand, um sie dort zu verspeisen, fliegt dann aber ganz schnell wieder weg, als die anderen Vögel kommen, ich sehe endlich auch Streifchen. Blacky ist satt. Räuberchen sehe ich nicht. Oder dort?

*

Klopf, klopf. Knirschende Knie, ich komme nur mühsam vom Stuhl hoch. Tapp, tapp. Dorchen hämmert auf den Lampenschirm ein. »Hör mal auf.« Ich wedle mit der Hand in ihre Richtung, ohne Erfolg, der Schirm hat schon kleine Löcher.

In Pantoffeln über die alten Holzdielen, die Steinfliesen im Flur. Eine Staubflocke.

»Guten Morgen, Mrs Howard. Wie geht es Ihnen heute?«

»Hmm.«

»Besser als letzte Woche, oder nicht? Diese verflixten Erkältungen, irgendwann erwischt es jeden.« Sie hängt ihren Mantel an die Garderobe, mit der Vertrautheit einer guten Freundin. »Ich hab's zum Glück schon hinter mir.« Sie trägt ein enges Kleid, kurz, zu eng, um sich wirklich frei bewegen zu können. Frauen müssen sich immer wieder aufs Neue Sachen anziehen, dic sie einengen.

»Leise.« Dorchen ist schon hinausgeflogen, nur Petrus ist noch an seinem Schlafplatz. Sie werden schon wiederkommen, sie kennen Miranda inzwischen, aber ihre Stimme ist so laut und überdreht.

Ich setze mich wieder an den Tisch. Heute Nacht habe ich zum ersten Mal geträumt, dass ich fliegen kann. Ich flog über die herbstgelben Felder um Wallington, sah den kleinen Platz, wo Kingsley und Duds immer mit Murmeln spielten, die Bank beim Bäcker, alles ganz unberührt von der Zeit. Ich roch nichts. Manchmal rieche ich Dinge, wenn ich träume. Käse, Gras.

»Ich mache zuerst rasch den Fußboden und danach

die Fenster, und wenn wir dann noch Zeit haben, das Badezimmer, aber das kann ich auch Freitag machen.« Ihre Stimme ist nicht mehr so kratzig. Vielleicht hat sie mit dem Rauchen aufgehört.

»Gut.« Ich habe gelernt, mich, was die Planung betrifft, nicht auf Diskussionen mit ihr einzulassen, das macht alles nur noch schwieriger, und dann redet und redet sie, und es dauert immer länger, bis sie wieder geht. »Aber geben Sie bitte acht auf die Spinnen.« Vor ein paar Wochen hat sich ein neues Paar in der Ecke hinter dem Bücherregal eingerichtet. Unheimlich nützliche Tierchen und so nett anzuschauen.

Der Besen kratzt über den Fußboden. »Soll ich nicht doch mal einen Staubsauger für Sie kaufen? Die sind ja heutzutage ganz preiswert. Es wäre praktischer, bei all den Federn.«

Ich bin bis jetzt immer ohne ausgekommen. »Mögen Sie eine Tasse Tee?« Es ist gut, in Bewegung zu bleiben. Wenn ich zu lange sitze, komme ich überhaupt nicht mehr hoch. In der Küche setze ich Wasser auf. Der Dunkle und der Helle spielen in der Hecke. Die Brüder sind im letzten Sommer hier im Garten zur Welt gekommen und geblieben – sie schlafen beide in einem Kästchen über meinem Bett. Manchmal kommen sie morgens, wenn ich gerade aufgewacht bin, zum Spielen zu mir. Dann lassen sie sich mit steif gestreckten Beinchen von meinem Kopfkissen runterrutschen, Vogelski, ein großer Spaß. Vielleicht sind sie geblieben, weil sie so spät dran waren, denn Bella hatte sie ausgebrütet, als der Sommer schon weit fortgeschritten war, nachdem ihr erstes Nest von dieser buntscheckigen Katze der neuen Nachbarn geplündert wurde.

Der Kessel pfeift. Der Dunkle ist ein verrückter, sehr erfindungsreicher Vogel. Noch nie habe ich einen anderen Vogel so wie ihn dabei beobachtet, dass er sich kopfüber sonnt: Er lässt sich dann an den Füßen von einem Zweig herunterhängen – mit ausgeklappten Flügeln, damit sein Leib auch ja ungehindert von der Sonne beschienen wird. Nicht ganz ungefährlich allerdings.

»Eine Tasse Tee?«, frage ich noch einmal, als ich wieder am Tisch Platz nehme.

Miranda setzt sich mir gegenüber. »In Keymer werden jetzt Wohnungen für ältere Menschen gebaut, die von zusätzlichen Betreuungsangeboten Gebrauch machen möchten. Sie können dort im Prinzip selbständig wohnen, aber das Pflegeheim ist gleich um die Ecke. Wenn nötig, kommt eine Pflegekraft ins Haus. Ich weiß, dass Sie gern so lange wie möglich in Ihrem eigenen Haus wohnen bleiben wollen, aber die Wohnungen dort werden wirklich sehr hübsch. Hell und geräumig, und es wird einen schönen großen Innengarten geben. Da werden sich bestimmt auch Kohlmeisen wohlfühlen.«

Der Tod hockt schon in der Zimmerecke, in einem Winkel meines Kopfes. »Ich bleibe hier.« Das »hier«

kerbt eine Linie in die Luft zwischen unseren Gesichtern. Lakritze, die Amsel, kommt durchs Oberlicht geflogen, sieht die Besucherin und macht postwendend kehrt, ist schneller verschwunden, als sie kam.

»Ihr Hausarzt meint auch, dass es besser wäre, wenn Sie nicht so fern von der bewohnten Welt lebten.« Sie hat einen nervösen Tic, reibt sich ständig mit den Fingern über die Lippen, eine Zeitlang schien es nachgelassen zu haben, aber jetzt macht sie es wieder. Vielleicht hat sie Probleme. Heutzutage haben alle Probleme.

»Ich lebe hier mitten in der bewohnten Welt.« Petrus fliegt jetzt auch weg.

Sie seufzt. »Haben Sie sich das mit dem Fernseher noch einmal überlegt?«

Ich weiß nicht, was für einen Fernseher sie meint. »Neulich war ein junger Mann an der Tür. Ein gewisser Jonathan Brown. Kennen Sie den zufällig?«

Sie schüttelt den Kopf. »Was wollte er denn?«

»Er wollte mich interviewen. Über das Zusammenleben mit Vögeln.«

»Das ist ja nett, oder nicht? Ein bisschen Anerkennung. Das haben Sie verdient.«

Ich habe keine Ahnung, ob sie etwas von meinen Büchern weiß. »Es geht nicht. Das würde alles stören, die Kohlmeisen vertreiben. Neue Menschen machen sie nervös.« Es muss jetzt genug sein.

Miranda trinkt einen Schluck Tee, stellt die Tasse dann brüsk wieder ab. »Sie sollten das aber unbedingt machen. Es wäre doch eine tolle Möglichkeit, dafür zu werben, dass man den Vögeln mehr Beachtung schenkt. Was Sie vorige Woche erzählten, dass die Leute nicht in die Nistkästen gucken sollen, weil die Katzen dann wissen, wo sie sind, solche Sachen weiß doch sonst niemand. Und wenn das nur ein einziges Vögelchen retten würde.«

Ich nicke, langsam, fühle das Gewicht meines Kopfes, vor und zurück – Gehirn, Blut, Knochen, Hohlräume, morscher Schädel. Irgendwer müsste meine Nachfolge antreten, jemand Junges, mit Gespür für die Meisen und die Amseln, mit Liebe zu ihnen und einer ruhigen Haltung. Aber da ist niemand. Es hat sich niemand angeboten, und ich habe zu viel zu tun, um jemanden zu suchen. Die Tage sind so kurz, werden immer kürzer. Ich müsste mal wieder etwas schreiben. Über das Schreiben die Zeit greifbar machen.

Miranda steht auf und nimmt den Mopp aus dem Flurschrank. Sie geht in die Küche, lässt Wasser in einen Eimer laufen. Die Holzabsätze ihrer Pantoletten lassen stets verlauten, wo sie sich gerade befindet. Sie hat schöne Waden.

»Miranda?« Meine Stimme klingt schrill.

Sie streckt den Kopf zur Tür herein, neigt ihn zur Seite wie für ein Foto, als schaue sie durch meine Augen auf ihr Gesicht und wolle es möglichst vorteilhaft positionieren.

»Lassen Sie die Fenster jetzt ruhig bleiben. Die haben

bis zum Sommer Zeit.« Das viele Wasser. Verschwendung.

»Nein, so entlasse ich Sie nicht ins Wochenende. Es ist doch schön, wenn dann wieder alles gut zu sehen ist.« Kurzes Auflachen, ihr Kopf verschwindet.

Unwillkürlich balle ich die Fäuste – lass es, es hat keinen Zweck, sich zu ärgern. Vor mir auf dem Tisch liegt eine Zeichnung vom Hellen und vom Dunklen. Ich greife zum Radiergummi, der Flügel vom Dunklen ist zu lang, ich weiß nicht, ob ich das noch hinkriege. Ein Altersheim, eigentlich unverschämt, von so etwas zu reden.

Es wird schon wieder an die Tür geklopft. Miranda macht auf, bevor ich protestieren kann. Es ist William Gill vom Sussex Naturalists' Trust, ein Mann mit einer Stimme wie ein knorriger Baum. »Mrs Howard.«

»Leise«, sage ich. »Sie haben sie alle verjagt.«

»Wir sollten Sie noch kurz kontaktieren wegen Ihres Nachlasses. Damit alles so gut wie möglich geregelt ist, auch was das Land betrifft, das Sie gepachtet haben. Ich bin gerade beim Notar in Lewes gewesen, und der hat Folgendes vorgeschlagen.« Er zwinkert Miranda zu und legt eine Mappe mit Papieren auf den Tisch. Ich suche nach meiner Brille.

»Möchten Sie eine Tasse Tee?« Miranda lächelt ihn an.

»Nein, danke, ich komme lediglich wegen der Unterschrift.«

Vielleicht liegt sie in der Küche. Ich höre sie im Wohnzimmer reden. Es ist sehr schön, dass sie das Vogelhaus nach meinem Tod übernehmen wollen, um eine Art Auffangstation daraus zu machen. Ich verstehe nur nicht, wieso er immer wieder mit neuen Verträgen daherkommt. Die Grundstückspreise sind enorm gestiegen, vielleicht steckt das dahinter. Die Brille liegt nicht auf der Anrichte, nicht auf der Fensterbank. Mir sind jetzt zu viele Menschen im Haus. Er soll später wiederkommen.

*

»Mrs Howard? Hier spricht Josefine Wolch, Praxis Dr. Stuart. Wir haben jetzt die Ergebnisse.«

Mit der Handkante kehre ich die Krümel vom Tisch zu einem Häufchen zusammen.

»Sind Sie noch dran?« Sie spricht betont deutlich, als wäre ich nicht ganz richtig im Kopf.

»Hmm.« Ich kehre das Häufchen auf den Teller in meinem Schoß, stelle diesen dann auf den Tisch.

»Ihr Blutgerinnungsfaktor ist zu hoch. Dafür gibt es gute Medikamente. Wir würden gern einen Termin für eine weitere Untersuchung mit Ihnen vereinbaren.« Ihre Stimme ist mir unbekannt.

»Wie, sagten Sie, ist Ihr Name?«

»Josefine. Wolch. Ich bin die neue Praxishelferin von Dr. Stuart. Simone ist im Schwangerschaftsurlaub.«

Wusste ich's doch. Simones Stimme ist viel tiefer, eher ein Alt, Richtung Bass, sehr tief für eine Frau. Aber schön. Sie spricht auch schön getragen. Die hier nicht, die quasselt.

»Ich würde gern einen Termin für die Herzuntersuchung mit Ihnen vereinbaren.«

Dienstag ist ein guter Tag. Da kommt niemand, und ich kann die Vögel ruhigen Herzens allein lassen.

»Was macht Ihr Handgelenk?«

»Mein Handgelenk funktioniert prima.« Sie haben mich wie ein Kind behandelt, erst die Helferin und dann der Arzt. Sie bewegten meinen Arm, fragten, ob das wehtue – natürlich tat es weh, deswegen war ich ja gekommen. Er musste wohl ruhiggestellt werden, ich wusste nur nicht, ob auch ein Gips nötig sein würde. Der Tritt in der Küche war umgekippt. Ein Unfall. Kann jedem passieren. Ich hielt mich am Küchenschrank fest und geriet unglücklich ins Trudeln. Geige kann ich noch nicht wieder spielen. Macht nichts. Das lässt sich auch in ein paar Wochen wieder aufnehmen.

Als sie das Gespräch beendet hat, lege ich erst den Hörer auf und greife dann zu einem Zettel. Dienstag, halb zehn, Dr. Stuart. Ich fasse mein Handgelenk mit der anderen Hand, spüre es jetzt, aber ich darf mir auch nicht zu viele Gedanken machen. Der Teller steht an der Tischkante. Ich stehe auf und streue die Krümel durchs offene Fenster auf die kleine Terrasse – Spatzen, ein Rotkehlchen. Ich könnte mit dem Bus fahren. Das ist vielleicht am besten. Dann muss ich aber rechtzeitig aufbrechen, denn die Busse fahren die Haltestelle oft früher an, als auf dem Fahrplan angegeben. Ich müsste noch mal kurz hingehen und nach den Zeiten schauen. Vielleicht kann ich auch noch absagen. Ja, ich sage besser ab. Wozu so eine Untersuchung? Ich fühle mich gut. Manchmal bin ich kurzatmig, aber das ist normal in meinem Alter. Ich muss nur hin und wieder mit dem Handgelenk üben. Sonst wird es steif. Ich brauche nicht gleich anzurufen. Der Termin ist erst nächste Woche. Der Helle und der Dunkle fliegen hautnah an mir vorüber. Ich muss den Futtertisch saubermachen. Vorige Woche stand im Blatt des Vogelbunds Sussex, dass über Futterplätze viele Krankheiten verbreitet werden. Meine Vögel sind schon seit Jahren nicht krank gewesen. Am Anfang hat es mal Ausbrüche der einen oder anderen Krankheit gegeben, gleich in zwei aufeinanderfolgenden Sommern. Dadurch habe ich sieben meiner Kohlmeisen verloren. Aber ich glaube nicht, dass das etwas mit mangelnder Hygiene zu tun hatte. Es schien ein Virus zu sein – so was wie Paratyphus, würde ich sagen. Sie hatten jedenfalls Durchfall. Nicht alle, die daran erkrankt waren, starben auch, manche waren nur eine Zeitlang sehr schlapp. Und viele Jahre später hat mal ein ganzes Gelege nicht überlebt. Das war ein Gelege von Joker. Vielleicht waren Parasiten daran schuld, von Milben zum Beispiel können die Küken eingehen, oder es war irgendeine Pilzkrankheit.

Ich gehe in die Küche, lasse Wasser in einen Eimer laufen. Essigreiniger. Ich weiß nicht, wo Miranda die Scheuerschwämme gelassen hat.

*

Die blaue Stunde, Winterdämmerung.

Spätes Licht verleiht den Blättern Form, für einen Moment noch. Ich schaue, bis sie verwischen – die Ränder scheinen sich zu bewegen. Über die Fensterscheibe läuft die Spur eines Tropfens, direkt neben dem Rahmen, kerzengerade abwärts.

Die Kohlmeisen sind schon zu Bett gegangen. Ich mache kein Licht, bleibe sitzen, wo ich immer sitze. Mein Sessel ist vorige Woche neu gepolstert worden, das war mal nötig. Jetzt liegt eine Decke darüber, um ihn zu schonen – da hätte ich ihn genauso gut nicht neu beziehen lassen können. Im Garten bewegt sich etwas, das Gras bewegt sich – eine Maus vielleicht oder doch ein Igel. Die Mäuse sind wieder da. Ich habe gestern welche gesehen.

Theo sagt, ich bräuchte einen Assistenten, der sich meiner Aufzeichnungen annimmt und die noch unveröffentlichten Geschichten an diese neue Zeitschrift – ach, wie heißt sie noch gleich? – schickt. Ich habe ihm mein Archiv mit Geschichten, Fotos und Zeitungsausschnitten gezeigt. Er wollte beim Heimatmuseum anfragen, ob man dort vielleicht Interesse daran hat. Theo ist vorige Woche gestürzt, Linda musste mit ihm in die Notfallambulanz fahren.

Im Garten ist es jetzt dunkel, Schwarz im Weiß des Fensterrahmens. Mein Gesicht erscheint erst in der Scheibe, als ich ganz nah herangehe, um Öffnungen im Himmel zu suchen.

Ich lasse mich in meinen Sessel zurückfallen, schließe die Augen. Morgen darf ich nicht vergessen, Käse einzukaufen, sie können jetzt vor dem Winter gut etwas mehr Fett brauchen.

Sternchen 0

Die erste Sonne des Jahres fällt durch den Spalt zwischen den Vorhängen. Vor sieben Tagen hat der Januar begonnen, der bis jetzt grau und dunkel war – ein neues Jahr, das man kaum richtig sehen konnte. Die Sonne bringt Farbe mit sich und Hoffnung. Ich gehe in die Küche, fülle einen Teller für den Futtertisch. Die Vögel sind schon seit Stunden auf, rascheln, flattern, schwatzen miteinander. Timmy, der kleine Amselmann, sitzt auf der anderen Seite der Scheibe auf dem Fenstersims, mit schiefgelegtem Köpfchen, erwartungsvoll – er ruft mich, zwei Noten, die gleichen, die er benutzt, wenn er seine Gefährtin ruft. Ich öffne das Fenster und lege ihm ein Stückchen Apfel hin. Glatzköpfchen sitzt auf der Armlehne der Bank neben dem Futtertisch, an seiner Seite ein unbekanntes Weibchen. Ich lege die Stückchen Speck, Käse und Roggenbrot auf den Tisch und gehe dann zurück, um noch etwas Butter, Nüsse, Obst zu holen. Glatzköpfchen flattert herbei, um das Angebot zu inspizieren, das Weibchen fliegt hinter ihm her, sorgt aber dafür, dass sie mir nicht zu nahe kommt. Auf ihrer Stirn ist ein weißer Fleck – Sternchen, ich erinnere mich plötzlich, dass sie schon einmal im Nistkasten vorn am Gartenweg gebrütet hat. Ihr damaliger Partner ist nicht bei ihr, vielleicht ist er tot. Sie zeigt ausgesprochenes Interesse an Glatzköpfchen, der sie weder ermutigt noch zurückweist. Er war voriges Jahr mit Monokel zusammen, die ich jetzt schon einige Tage nicht gesehen habe. Glatzköpfchen frisst in aller Ruhe, fliegt dann auf meine Schulter. Wir schauen gemeinsam Sternchen zu, die Hunger zu haben scheint und von allem einen kleinen Bissen nimmt. Nur den Käse lässt sie unangetastet. Nach jedem Bissen schaut sie kurz zu uns auf. Sie ist sehr hübsch, ihr Gefieder glänzt, und die Farben scheinen satter zu sein als bei den anderen Vögeln. Sie schaut auch sehr pfiffig aus den Äuglein. Anfangs blickt sie nur auf Glatzköpfchen, dann wandert ihr Blick auch zu mir. Hallo, sage ich mit den Augen. Schön, dass du da bist. Sie erwidert meinen Blick einen Moment lang, fliegt dann weg. Glatzköpfchen folgt ihr, und dann geht es auf und davon, immer höher in die Lüfte, immer höher und schneller.

Nachwort

Mit dem Werk von Len Howard kam ich zum ersten Mal in Berührung, als ich gerade meine Masterarbeit in Philosophie schrieb. Eine Freundin meiner Mutter (welche, das haben wir komischerweise beide vergessen – wenn du dies liest: Vielen Dank!) empfahl mir, *Birds as Individuals** zu lesen, und gleich im Anschluss las ich auch *Living with Birds*. Beide Bücher waren früher Bestseller, sind jetzt aber nur noch antiquarisch erhältlich. Howards Arbeit ist größtenteils vergessen. Das ist schade, denn mit ihren Untersuchungen war sie ihrer Zeit weit voraus, und die Bücher, die sie geschrieben hat, sind auch für heutige Leser noch interessant. Über Howards persönliches Leben ist wenig bekannt. Im vorliegenden Buch habe ich Fakten mit reiner Fiktion vermengt. Die Kapitel über Sternchen sowie einige andere Vogelgeschichten basieren auf dem, was Howard selbst in ihren

* Die deutsche Übersetzung von Dr. H. Zehrer erschien 1954 unter dem Titel *Alle Vögel meines Gartens* bei der Frank'schen Verlagshandlung, Stuttgart.

Werken geschrieben hat. Die Szene mit den Pferden am See habe ich einer unveröffentlichten Geschichte von ihr entnommen, die ich in ihrem Archiv (ein großes Wort für eine fahlblaue Mappe mit etwa zwanzig Dokumenten und einem Foto von Olive) in Ditchling fand. Anderes haben mir Dorfbewohner erzählt, die sich noch an Len Howard erinnerten.

Den folgenden Personen möchte ich für ihre Mithilfe danken: John Saunders, der heutige Bewohner von Len Howards *Vogelhaus*, gewährte mir Einblick in ihr Archiv und scannte ihre unveröffentlichten Geschichten für mich ein. Er erzählte mir auch, dass Len Howard ihr *Bird Cottage* dem Sussex Naturalists' Trust für eine versprochene Auffangstation hinterlassen habe. Das Versprechen sei jedoch nie eingelöst worden, sondern man habe das Haus für einen satten Preis an jemanden verkauft, der gleich die meisten Bäume im hinteren Garten habe fällen lassen (nur die große alte Eiche steht noch). Er erzählte mir auch, dass Len Howard in einem anonymen Grab liege, auf dem Friedhof gleich hinter dem Haus. Ralph Levy war mir eine große Hilfe und ein freundlicher Gastgeber während meines Aufenthalts in seinem Cottage in Ditchling. Michael Alford konnte sich noch gut an Len Howard erinnern und lebhaft vor sich sehen, wie sie mit ihren Vögeln auf den Armen und auf dem Kopf über die Felder lief. Eline van den Ende half mir in Bezug auf das Geigenrepertoire zu Howards Zeit weiter und schilderte mir, wie es ist, in einem Orchester zu spielen.

Irwan Droog hat gründlich mitgelesen. Lucette trat in mein Leben, während ich an diesem Buch schrieb, und brachte Licht mit. Putih und Olli haben mir wie immer beim Schreiben geholfen, weil sie bei mir sind und mich lehren, was es bedeutet, mit anderen zusammenzuleben.

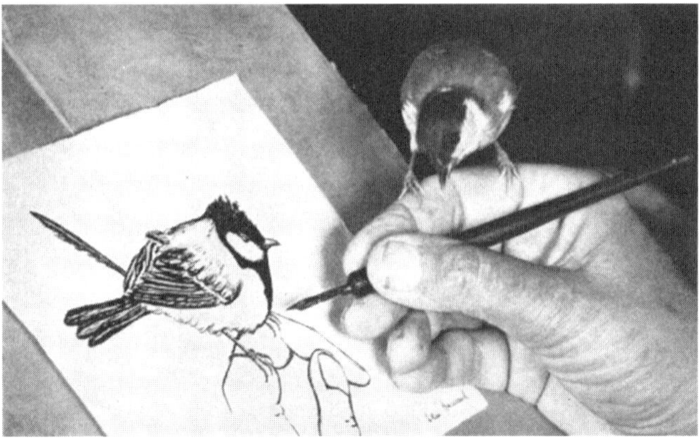

telephone
IRECTORY
AREA

Eva Meijer

Die Sprachen der Tiere

Naturkunden, Band 044
Aus dem Niederländischen
von Christian Welzbacher
176 Seiten, illustriert,
gebunden mit Lesebändchen

Die Philosophin und Schriftstellerin Eva Meijer beschreibt in diesem abwechslungsreichen und unterhaltsamen Buch tierische Kommunikationsformen. Sie wechselt dabei von wissenschaftlichen Anekdoten zu deren Analyse und von persönlichen Erlebnissen zu philosophischen Reflexionen über Sprache und ihre Funktionen. Die lautlichen Äußerungen von Hunden, Delfinen oder Elefanten beschreibt sie ebenso wie die erstaunlichsten systemischen und körperlichen Kommunikationsformen bei Ameisen oder Bienen. Es geht ihr neben der Entdeckung einer bis heute fast unerforschten Welt auch um die Möglichkeiten der Verständigung von Mensch und Tier. Ihre überraschenden Entdeckungen und Einsichten münden in der Frage, ob es nicht an der Zeit wäre, die schwache politische Position der Tiere zu überdenken. Denn wer Sprache hat, ist ein Mensch und damit ein ethisches Subjekt, so jedenfalls eine jahrhundertealte philosophische Überzeugung, mit der man bislang den Menschen über das Tier erheben wollte. Eva Meijer leistet mit diesem glänzenden Buch einen Beitrag zu einer längst überfälligen Debatte.